箱をあけよう

メイの異世界見聞録

ひろりん
Hirorin

JN066900

文芸社文庫

目次

セラン
ハリルトン商会所属の船医。優秀な外科医だが、人の内面を探るのが得意なナイスミドル。
レナード
ハリルトン商会所属の凄腕でつるつる頭のコック長。世界中の料理を知って師匠を超えるのが目標な夢追い男。
メイ（芽衣子）
うっかり箱を開けて異世界に来ちゃった 22 歳独身女性。元の世界に戻るために奮闘中。

ルディ
ハリルトン商会所属の雑用係３年目の少年船員。
いつか皆のように筋肉マッチョになりたい甘党少年。
カース
ハリルトン商会所属の航海士兼副船長。優秀さと腹黒さが際立つ、繊細な男。オカン属性あり。
レヴィウス
ハリルトン商会所属の有名腕利き船長。若いながらも操舵技術はピカイチのカリスマ性溢れるいい男。

挿画　夏目悠

箱をあけよう　メイの異世界見聞録

第一章　それは漂流から始まった航海記

眩しい日差しに鮮やかな青い空、ぷかりと浮かぶ白い雲、見渡す限りに広がる大海原を渡る風が運ぶ濃厚な潮の香り。これだけならば、リゾートにいるのではと錯覚するかもしれない。だが、現在の居場所が、ゆらりゆらりと常に揺れている小さな板の上であり、ドプンドプンと音を立てて周囲を支配しているのが海上である事実がそれを否定する。周囲には誰一人いない。どれだけ遠くを見渡しても島影一つない。その一瞬で全身に恐怖が走り、本能的に体が逃げそうになるところをぐっと抑えたが、この状況では、どんな人間だろうと、思わず叫んでしまうに違いない。

「な、なんで？　こ、こ、ここ、どこ――――？」と。

芽衣子《めいこ》は、ひとしきり叫んで息を弾ませたが、何も変わらない現状に、なんとか深呼吸し、こめかみに指を当てて考えてみる。何かに困った時には、そう、どうしてこうなったのか原因を振り返ること。それが、問題解決の近道だと恩師は言っていた。

なので、芽衣子は、自分の身に何が起こったのか、今朝の記憶から思い出すことにした。

確か、そう、芽衣子はガランガランと大きく鈴を回した。これは今日の午前中のことだ。芽衣子は職場である神社の境内で祈っていた。今年は、大吉、いや、中吉くらいの幸せが来ますようにと。具体的には、先日買った宝くじに、ほんの少しの期待をしている故《ゆえ》のお願い事だ。その後、財布から百円玉を一枚取り出し賽銭《さいせん》箱に入れ、柏手を打ってお辞儀した。これが本当の、困ったときの神頼みだろうか、とふと考える。

冷たい風が後ろから吹きつけ、背筋がぶるっと震えた。正月もすでに十日過ぎて、境内には数えるほどしか人はいない。年始参りは三が日のうちにというが、職場が職場なので贅沢は言えない。芽衣子がここでの働き口を得るまでにはそれなりに紆余曲折があった。まず、芽衣子の決まっていた就職先が、卒業間近で吸収合併、人員削減のあおりを受け就職は反故にされた。大学を卒業後、フリーターと呼ばれる人種に分類されて半年。その間に何社も面接を受けたが、美人でなくコネも資格もない芽衣子を欲しいと言ってくれる会社はなかった。一応国立大学出なので夢も希望も持っていたのだが現実は厳しい。間接的であれ、人からいらないと評されるのは心が荒んでくるものだ。だんだんと人生と未来にも挫《くじ》けそうになった中、ようやく採用されたこの神社の事務員の仕事は、金銭的には多少厳しいのだが、芽衣子は心から喜んで受け入れた。だが、正直に言って今は、財布が軽すぎることがやはり苦しい。

……なんともならないものだね、人生は。

誰かの有名な言葉が頭を過《よぎ》った時、ふいに芽衣子の背後から男性の声がした。

「すいません。お守りを一つください」

芽衣子は竹箒《たけぼうき》を道脇に置いて、いつものように急いで社務所に入った。

「はい。交通安全のお守りですね。五百円になります」

この怒涛の年末年始の受付で慣れた通りに、お金をお守りと引き換えに受け取った。

目の前の背の高い男は、年は三十歳前後だろうか。がっしりとした肩周りに似合うカシミヤの茶色のセーターにツイードで有名なブランドの定番ウールコートの高級服。男らしい目鼻立ちだが粗野な感じはしない。上品で柔らかな雰囲気を纏《まと》っていた。

このハンサムな男性は、芽衣子を不躾《ぶしつけ》に見ながら、手の中のお守りを転がしていた。

「おや、君は初めて見る顔だね。新しいここの巫女さん？　でいいのかな」

「はい。年末よりこちらで働き始めました。ご近所さんですか？　これからもよろしくお願いいたします」

本当は事務員だが、巫女服着用中なので否定しない。説明が面倒なのもある。

「まあ、近所といえば近所だね。あの本屋が見える？　あそこが僕の仕事場だよ」

男性の指差す先、境内からまっすぐに降りた突き当たりに立つビル群の中に、クリーム色の「龍宮堂古書店」の看板が見えた。

あれ？　あんな目立つところに古本屋ってあった？

首を傾げてみて気がついた。芽衣子がここに勤め始めて一か月弱。

周囲に馴染みがなく、本屋にあまり興味がない芽衣子に覚えがあるはずがなかった。

「き、綺麗な看板ですね。龍宮堂古書店ですか。誰が入ってもいいのですか？」

焦ったせいで妙な返答をしてしまったら、男性は一瞬驚いた顔をしたものの、そのまま笑い出した。だが、笑い出してからが、やけに長い。笑い過ぎではないだろうか。

……なんとなく面白くない。そこまで笑われるようなことを言っただろうか？

芽衣子は明らかにむっとした顔をしたが、彼は涙目でまだ笑っていた。

「ああ、君は見えるんだ。それより、本屋なのに看板褒めるって、君、変わってるね」

視力は裸眼で一・五。見えるに決まっている。ばっちり看板の汚れも見えるとも。

まぁ、看板云々はともかく、笑いながら変わっていると評価されたことで、芽衣子の彼に対する評価は見事に急降下していた。ちょっとカッコいいと思ったが、がっかりだ。

そんな芽衣子の前に、ようやく笑いを収めた彼が右手の拳を差し出した。

「なんですか？」

「いいから手を出して。はい」

芽衣子の手の上に、十センチ程の小さな朱色の箱がポンと載った。

「それは玉手箱かな。まあ、幸せがつまっているって言われているけどね」

玉手箱？　あけると煙が出て、もれなくお爺さんになっちゃうあれのことだろうか？

「あけると帰ってこれないけど、持っていると幸せになること請け合いだよ」

……怪しい。もしかして、この箱は呪いの箱？　もしくは後から請求の高額箱？

「ふふふ、君が気に入ったからね、あげるよ」

今の会話のどこに気に入る要素があるのか。ともかく、呪いの箱はいらないし、お金もないと告げようとしたら、背後からいきなり風が大きく巻き上がった。

思わず目を閉じ、ブルッと体を震わせたら、社務所の奥から声が掛かる。

「芽衣子さん、そろそろお昼にしたら？」

神主の奥さんの声に返事をして箱を返そうと振り返ると、彼はもういなかった。

なんて素早い。この箱は押し売り仕様なのだろうか。本当に世知辛い世の中だ。

手の中の箱をじっと見下ろし、ため息と共に社務所の窓を閉めた。仕事帰りにあの本屋に寄って箱を返してこよう。一応は幸せの箱らしいから捨てるには忍びない。

芽衣子は、再度小さなため息をついて、社務所の奥へと足を向けた。

芽衣子がお弁当を食べていると、外から大小コンビのおじさん達が入ってきた。

「芽衣子さん、お疲れさま。今日も寒かったね。裏庭はあらかた終わったよ。やれやれさ。明日からは本殿前を掃除するよ」

よほど寒かったのだろう。背の低い小太りのおじさんが鼻の頭を赤くしてだるまストーブの前でかじかんだ手を何度も擦《こす》りつつ、鼻をすすっている。

「お疲れさまです。先にお昼をいただいてます。私も鳥居前とお賽銭箱前の石畳付近の掃除が終わりましたよ」

お弁当を食べる手を一旦止めて、こちらも報告する。

「今年もいろいろ大変だったね。でも本当に、芽衣子さんがいてくれて助かったよ」

背の高い頭頂部が薄いおじさんが、長机に湯のみを二つ置いた。ストーブにかけてあるやかんから、急須に熱いお湯を注ぐ。会話からもわかるだろうが、彼らは芽衣子の同僚だ。芽衣子は昨年の十二月に急遽空きが出た求人で雇われたため付き合いは短いが、彼らは実に心根のよい人たちだ。真面目で優しいし、決して無理は言わない。難を言えば雑務が多いし残業代もつかないし、給料は安い。だが、藁《わら》を摑むように就いたこの職場では、本当に良い人間関係に恵まれた。職場の人間関係に悩む大手に勤める同級生を知ってからはなおさらそう思う。これは大吉とも言える幸運だと芽衣子は常日頃から思っていた。

　さて、この巫女衣装にもそろそろ慣れた。ここの神社では、旧正月付近までは参拝客が多いため、職員は全員が制服（男性は直垂《ひたたれ》、女性は巫女服着用）で仕事をすることになっている。ちなみに、おじさんたちは色違いの直垂を着ている。コスプレかと思われがちだが、職員と一般人の違いがわかって良いらしい。それに、意外に暖かい。暖かいといえば、高級カシミアのセーターとかだと思っていたけどこれはこれで、と考えていたところで思い出した。

「そういえば、先程、近所の方が参拝に来られましたよ」

　ふと、先程のことを思い出して、話のネタにする。

「へえ。この近所さんは、ほとんどが三が日に来るんだけどね。どこの人だろ」

「坂の下の本屋さんだそうです」

　おじさんたちは、互いに目を見合わせて首を傾げた。

「本屋？」

「はい、クリーム色の大きな看板が目立つ、ええっと、龍宮書店だったかな？　本屋さんが、交通安全のお守りを買っていかれましたよ」

「坂の下に本屋なんてあったかな？　駅前ならあったけど」

　おじさんたちは首を傾げている。なぜと私も首を傾げたい。あんなに目立つ看板なのに知らないなんて。でもまあ、人間興味がないと目に入らないらしいから。

事実、芽衣子は長年住む自分のアパート近くの本屋の存在すら把握していない。

「そういえば、辞めたあの子も本屋がどうとか言ってなかったか？」

小太りおじさんが、何かが記憶に引っかかったらしくこめかみに指を当て、眉間にしわを寄せて言った。確か、前任者の彼女は結婚して辞めたと、面接時に聞いた気がする。

「そうだったか？　彼女、宝くじは当たるは、彼氏の職が決まるはと、いろいろ良い事ずくめで、幸運を呼ぶ女性って一躍有名になって、辞めた時は幸せ満載だったね」

宝くじって、当たった人がいるんだ。じゃなくて、いいなぁ、うらやましい。

「で、その時に、ほら、幸せを呼ぶ箱だって、いつも小さい箱を大切にしてただろは？」

「ああ、そういや本屋でもらったって赤い箱を持ってたね。中身はなんだって聞いたら、秘密だって嬉しそうに笑ってたよ。案外、彼氏との思い出の品とか入ってたのかな」

なんですと！　幸せを呼ぶ箱！　思わずポケットの中の箱をぎゅっと握りしめた。

これが、それ？　その本屋の箱はこの箱？　良い事ザクザクな幸運箱って本当？

「さあなあ。それはともかく、幸せは人それぞれだからね。聞いた話では、誰かに騙《だま》されたり、泥棒に入られたりと面倒事もあったらしいから、良い事ばかりじゃないよ」

親切なおじさんたちの言葉は、その時の芽衣子の頭の中をつるんと上滑りしていた。なんと。これは呪いの箱ではなかったのか。玉手箱なんて名前だから、てっきり。そういえば、幸せになれるって言っていた気がする。あの時は、しこたま笑われたが、これはこれ、それはそれだ。前任者のように降って湧いたような幸運が、この赤い箱で手に入るならば、ぜひ受け取りたい。そうでしょう。年末年始に出費が嵩《かさ》んで、今のお財布は節約しても追い付かないくらいに軽かったのだ。もし宝くじが当たったら、駅前の焼肉屋で一番高いランチを食べられるかも。それに、ずっと食べてみたかったお高いケーキなんかも。あれもこれもと思いつく幸せを想像したら目がくらみそうだ。よし、本屋に返すのは、あけて幸運が来なかったらにしよう。うん。ものは試しよね。

おじさんたちの有難い忠告をちゃんと聞いていれば、もっと慎重になれたのかもしれないが、すでに芽衣子の頭の中から、あの笑い男や箱に対する警戒心は綺麗さっぱり消えていた。で、その結果がここ。芽衣子は今、叫んでいた。

「な、なんで？　こ、こ、ここ、どこ――――？」で、冒頭に戻ったわけだ。

息も絶え絶えにひとしきり叫んだ後、芽衣子は、目をぎゅっと閉じて一生懸命に念じた。

「これは、夢。夢よ。そうに決まってる」

そうっと目を開く。しかし、そこは一面の海原。抗えない現実は夢を打ち砕く力を十二分に発揮していた。そう、現実の芽衣子は、変わらず海の上だ。小さな木板に乗って、ゆらゆらと浮いていた。というより、漂流していた。なぜ、こうなった。そこがどうしてもわからない。混乱している頭を抱えて、芽衣子は必死で更なる記憶を呼び戻す。あの日、るんるんスキップでアパートに帰り、宝くじの使い道にワクワクしながらこたつに座り、今や光り輝いて見える幸せの赤い朱塗りの玉手箱をポケットから取り出した。十字結びの紐を解き、蓋をあけると、突然煙がボンと箱から飛び出して、箱を覗き込んでいた芽衣子の顔に勢いよくぶつかった。有り体に言えばその時に、衝撃で気を失ったのだと思う。そうして気がついたら……漂流していたと。

原因は、どう考えてもあの玉手箱に違いない。絶対にあの煙が怪しい気がする。

「何が幸せになる赤い箱よ。死ぬ一歩手前だよ。嘘つき。詐欺師。笑い狸男」

原因はわかったが、文句を言っても現状打開の第一歩にはならないということで、肩の力を落としたら疲れてきた。何しろ暑いのだ。障害物が何もない海上は、太陽光の海面反射効果で三六〇度からの照りつけだ。グリルの中の秋刀魚状態だ。肌がじりじりと焼けてとにかく暑い。真冬の日本にいた芽衣子の服は、セーターにパーカージャケット、デニムのジーンズである。持ち物は、かろうじて腕にかけたままだったトートバッグ一つだけ。日差しを遮るためにジャケットを頭の上にかぶせて陰を作った。

そうして少し落ち着いたら、ゆっくりと周りの海を見渡すことができたが、島影どころか船影すら見えない。密かに自慢の視力一・五もここでは役に立たないらしい。

「視力三・〇くらいあったら、もっと見えたのかな？」

可笑しなことを言っているのはわかっているが、芽衣子はこの状態が、今も受け入れられてはいなかった。考えれば考えるほど先が見えない。ここから何とかしようにも、泳ぎに自信はないし、携帯はアンテナすら立たない。助けの呼び方もわからない。もう何をどうしたらいいのか、さっぱりだ。

正方形の板の上で体育座りしていると、ふと見慣れた傷が目に留まる。この板、私のこたつの天板だと気が付いた。だからどうだというわけではないが、見覚えのある物に触れて少しだけほっとしたら、喉が渇いてお腹がすいた。布バッグの中には、いつも携帯しているガムとのど飴、明日の朝用に買ってきていた固形の栄養補助食品二本、昼に飲んでいた緑茶のペットボトルが半分、コンビニで買ってきていたサランラップとお湯を注ぐだけのカフェラテのスティック。裁縫セットに手帳にボールペン、繋がらない携帯電話。こんなことなら、サバイバルキットとか、浮き輪とか、携帯用食料を買っておけばよかったと思っても詮無いことだ。とりあえずソイバーを半分食べてお茶を一口飲む。もっと食べたいけど我慢することにした。漂流中に生存する唯一の方法は、船を、助けを待つしかない。今は、生きていけるように最大限の努力をしなくては。芽衣子が考えていたのはそれだけだった。

そうして、波の色も音も全く変わらない風景の中にどれくらいいただろうか。次第に太陽の位置が傾き始めた。夕日が斜めに差し込んで海がオレンジ色に染まる。夕日を見ながら太陽の熱が失われる夜の訪れを喜んだ。これで涼しくなると。だが日が沈むと、周囲は真っ暗になる。自分の手足さえも目で確認することができない程の闇。

ここまでの暗闇はいまだかつて体験したことがなかった。その上、風が冷たく寒い。夜を渡る風は、芽衣子の体に残る昼間の熱い空気を根こそぎ奪っていく。汗で濡れていた服は、海風でどんどん冷たく湿気ていく。頭にかけていたジャケットを羽織り直して、風があたる面積を少しでも減らすために、座っていた天板の上に横たわった。

体勢は安定し風は遮ることができたが、今度は、チャプチャプ、ドプンドプンと海の音が耳に近くなって、更なる恐怖が芽衣子を襲っていた。

怖い。波の揺れが気持ち悪い。暗闇が、こんなにも怖いなんて、知らなかった。

空には満天の星だが、こんな状況では、星の光を愛でる余裕なんてない。月も出ていない今夜のような日は、暗闇のみがあった。恐怖がすぎると涙も出てこないって本当だったんだと、どこか他人事《ひとごと》のように考えている自分がいて、乾いた感情が恐怖を舐めるように上書きする。早く早く、どうにかなってほしいと気ばかりが焦る。他には何も考えられず、ただそれだけを念頭に必死で体を丸めて恐怖に歯を食いしばった。

その時、天板越しにだが揺れが大きくなっていることに気がついた。先程までの凪《な》いだ波でなく、うねっている。もし大波が襲ってきたらどうなるのかと更なる恐怖に耳鳴りがする。そのまま天板に体を押しあて、波のうねりによる吐き気になんとか耐える。木板から落ちたら一巻の終わりだ。ぎゅっと端を摑んで震えながら必死で耐えていた。

ざざざざ、ざぶぶと、波のうねる音がどんどん大きくなっていく。板が波に添って前後左右に大きく揺れ続け、芽衣子の板を摑む手がついに滑る。そして、ドン！

大きな音がして、芽衣子は乗っていた天板ごと撥ね飛ばされた。ふわっと体が浮いたかと思うと波に叩きつけられ、海に引っ張られた気がした。その衝撃に重なるようにして肩と足を痛みが襲い、反射的に「ああっ」と叫んだ口に、海水が飛び込んできた。息と共に吐き出そうとして、さらにごぼっと肺に海水が入り込む。

苦しい。苦くて塩っぱい。鼻が、耳が、喉が痛い、意識がぶつりぶつりと切れていく。なんで、どうして。芽衣子は何がなんだかわからなかった。

「…………」

誰かが叫んでいる。視界の端、海面の向こうに小さな光が揺れていた。

光？　誰か！　助けて！　死にたくない！

芽衣子は重い手を必死で伸ばして、海に沈みつつも光に向かってもがく。小さな光の向こうで誰かの顔を見た気がしたが、強烈に襲ってくる痛みと海水の冷たさに全てが遠のいて意識がふっと沈んだ。そうして、芽衣子は本日二度目の気絶をしていた。

＊

つんっとした薬品の臭いがした。鼻から抜けた香りは、消毒薬の臭いに似ている。そう思った時、低いバリトンの知らない男性の声が聞こえた。

意識が戻ったらとりあえず目をあけるべきだろうと、薄めに目を開くと、ぎょっとした。見知らぬ男の人が私の顔をじっと見ていたのだ。それも至近距離で。

次に驚いたのは、相手の目。はっ？　瞳が青い？　外国人？

咄嗟に息をするのより速く瞬きしてみるが、現状はさっぱり変わらない。

私は一体、どうしてここで、青い目の異人さんと対面しているのだろうか。

「##＊＊＊＊……？」

青い目の外国人が私に何か言ったけど、言葉がさっぱりわからない。

「＊＊……、……？」

一応大学で英語と第二外国語でフランス語を履修したけど、言葉のとっかかりが違うようでさっぱりわからない。そんな中、わからないとは、どうやって言えばいいのか。

思わず頭の中で、変な外国人がカタコトで「ワタシ、ニホンゴワカリマセン」って両手を肩まで上げて首を振る仕草が浮かんだ。いやいや、あれは怪しすぎる。

とりあえず、否定は首を振る、でいいかな？

「何を言っているのか、わかりません」

まずは日本語で首を振る。得意というかまともに話せる言語って日本語だけだし。同じことを数回していたら、青い目の人が、眉間にしわを寄せ右眉を上げた。彼はしばらくじっと私を見ていたが、そのうち大きな溜息をつき、壁際の机に向かって座り、羽根ペンで何かを書き始めた。そしておもむろに扉付近に佇んでいた男性に話しかけた。その時、この部屋にもう一人いたことに、私は初めて気がついた。彼は、いつからそこにいたのか。私は、全然、全く、これっぽっちも気がつかなかった。

壁際の彼は、赤褐色の髪に綺麗な緑の目を持つ逞《たくま》しい体の男性だ。三十歳くらいかな。野性味ある男らしい顔立ちに、どこか洗練さを感じさせる高い鼻梁、何の変哲もない木綿の服に黒のズボンと革のベストを着ているのに、無造作に開いた開襟シャツから覗く男性特有の色気にくらくらしそうな美丈夫が腕を組んで壁に寄りかかっていた。彼はおもむろにこちらを向くと、真っ直ぐに私を見た。その時、ドキンと私の心臓が音を立てた。その視線は、切れるように冷たく硬質的なのに、瞳の伝えてくる感情はどこか激しく熱い。相反する印象が同時に伝わってきて困惑しつつ目が離せなくなった。全てにおいて彼は誰とも違っていた。……こんな印象的な雰囲気を持った人は初めてだ。

彼はその緑の瞳で私を見ていた。まるで磁石が惹きあうように、私も彼から目を離せない。時と空間が私と彼だけで切り離されているような不思議な感覚に襲われる。

……なんだろうこれは。まるで、そう、宝石のように輝く緑に囚われる。

何もかもが私の中から消えていた。彼の存在だけが私の中で色づき輪郭を残し、何かが形造られていくような。奇妙なのにどこか心地よい不思議な感覚が絶えずしていた。

だが、不意に彼のほうから視線を外し、くるりと背を向け出ていってしまった。

ぼうっとしていた感覚が消えて、後に残るは、物足りなさと少しの寂しさ。

……あの人は誰だろう？　また帰ってくるだろうか。

なんとなく名残惜しくて、彼が出ていったドアを見送っていたら、青い目の人が私を観察しているのに気がついた。ならばと、こっちも負けずにじっくり観察する。

改めて見ると、結構ナイスミドルなおじさまだ。お腹も出てないし、顎髭も似合っていて足が長い。外国人の顔立ちって彫刻みたい。それに腕まくりの白衣が似合う。

格好から見て医者だろう。髪はこげ茶色にちらほら白いものが交ざっているが、しわは目尻のとこにちょっとだけ。そんなにお年寄りではないよね。心配性なのかな。

その医者の視線がふっと笑ってはずれた。勝った？　ではなく、まずは現状把握だよね。ええっと、私は今、ベッドの上。で、なぜにベッドの住人になったのだろうか。

思い出そうと首をかしげ、られない。むち打ちだろうか。首の筋に手をあてたら目線が不意に左右上下にぶれた。目の奥に残る光が揺れてぶれる感覚に、遭難していたことを思い出した。そうだ、私はあの時、何かにぶつかって、海に落ちて溺れた、はず。

確認のために無意識に体をひねったら、途端に痛みが左肩と左足に走った。急激に襲ってきて、「ひぅっ」と小さく悲鳴をあげたら、痛みが伝染したように頭痛とめまいが襲う。後ろ向きにベッドに倒れ息を短く吐き、じんじん痛む左肩に右手をあてようとしたら止められた。医者が、私の左肩に軟膏のようなものを塗りつけ、ガーゼを貼り、脇と肩を覆うように包帯を巻いていく。左足首の腫れにも軟膏を塗りつけ、包帯を巻いていく。実に手際がいい。熱を持っていた箇所が軟膏でひんやりして気持ち良い。安堵から長い息を吐いた。ああ、だいぶ楽になった。お礼を言わないと。

「ありがとうございます」

私の様子をじっと見ていた彼に、私は小さく頭を下げ、ふと気がついた。

あれ？　私、服、下着しか着てない。どうりでなんだか寒いと思った。ではなくて、現在、このぷよぷよな体がさらされているということだよね。ナイスバディからほど遠いダイエット必須なこの体が。まぁでも、医者の前なら仕方ないよね。うん。はっ、ちょっと待って。つまり、あの緑の目の彼にも見られたってこと？

くぅ～、わかってたら、腹筋部分だけでも息を止めて、少しでも細くしたのに。

一気に羞恥心というものが舞い降りて顔が赤くなってきた。乙女心よ、そうなのよ。うーん。とりあえずかけてくれていた毛布を引き寄せて、隠せるところは隠そう。

かろうじて痛みなく動かせる右手で布を掴むと、お腹の辺りに、ばさっと、厚めな生成り色の木綿のシャツが落とされた。

「……：＊＊＊」

仰ぎ見ると、医者は、それを着る仕草をする。なるほど、これを着ろと。

ゆっくり、痛みが響かないように右手を軸にして体を起こし、シャツを羽織る。大きいからゆったりと着られる。でも右手だけだとボタンがうまく留められない。ボタンで苦労していたら、医者の大きな手が器用にボタンを留めてくれた。

そうして、シャツを着終わったところでノックの音がした。

「……：＊＊＊：＊：＝—＾」

少し高めの明るい声がしてドアが開くと、明るい茶色のくるくる巻き毛にそばかす、大きな茶色の目の少年が、食事の載ったトレーを持って入ってきた。美味しそうな匂いと湯気に、ぐうっと反射的にお腹が鳴る。うん、言葉で喋るより明確な意思表示よね。羞恥よりも食欲が勝った私の目はトレーにくぎ付けだ。

少年は笑いながらも、すぐに持ってきてくれた。野菜スープと小さな黒パン、りんごに似た果実が一個。一見粗末にも見える食事内容だが、一口で驚くほど美味しいので目を瞠《みは》る。二口目をすくおうとすると、右手に少年からパンが渡された。だが、このパンの硬さに頬が引きつる。硬すぎる。乾パンというより石のよう。力を込めても形が変わらない。硬パンに苦労していたら、少年がパンを私の手から取り上げてバリッと二つに割って無造作にスープに浸けた。スープに全部浸したあとでスプーンを渡された。すぐにスープの中の硬パンは、柔らかくなっていた。なるほど、硬パンはこうして食べるのね。美味しいスープに浸したパンは優しい味で、じんわりと心にも沁みる気がする。

食べ終わったところで、少年が果実を私の手に載せる。そのままかじると梨のような舌触りなのに、マンゴーのような濃い味の果実は瑞々しくて、とても美味しかった。

「美味しい！」

口元をゆるませながら果実を見つめていると、「ルーレ」と少年が不意に言った。

少年を見ると、果実を指差しながらもう一度。

「ルーレ」

これは果実の名前なのかな？　果実を私も指差して復唱してみる。

「ルーレ？」

少年がにこにこしつつ頷《うなず》く。この美味しい果実はルーレというらしい。

更には、少年は自分の胸を指差して、「ルディ」と言った。

「ルディ？」

少年はルディという名前のようだ。ルディの指が次は私を差す。ああ、私の名前ね。

「芽衣子」と告げると「メーロ？」と返された。

言いにくいのかな。外人さんだし。なので、「メイ」と省略してみた。

「メイ」とにっこり少年が笑う。通じたようだ。よかった。

こんな感じで、拾われた船の一室で芽衣子初の異文化交流が始まった。

あれから、ルディは毎日医務室に来てくれて、身の回りの物や細々したことを、身振り手振りで教えてくれた。本当に親切で優しい少年です。青い目の医者の名はセラン。セランは私の手当てと簡単な世話をしながらも、ルディと一緒に言葉を教えてくれた。しかし、増えていく知識に脳が悲鳴を上げつつある。ノートと鉛筆が欲しかったが、ないものは仕方ない。セランが使っていた羽根ペンはインクにつけるタイプで、

万年筆すら使ったことのない私にはハードルが高すぎた。また、貸してくださいって
どうやって伝えたらいいのかわからない。ああ、言葉が通じないって、本当に不便。
教えてもらった単語と、それを示す物を指差し確認しながら、毎日、反復勉強。繰り返し繰り返し、それこそ寝ている時間以外を、私は言葉の勉強にあてていた。

セランの手当てが良かったのと、なるべく動かないように生活していたのが良かったのか、私が拾われて三週間経った頃には、怪我の痛みも減り、カタコトだけれども、私も彼らの言葉のいくつかが理解できるようになっていた。四苦八苦だが、日々、私の語彙《ごい》が増えていった。で、そろそろ私の気になることを聞いてみたいと思います。

「セラン、私、布、かばん、どこ、知る？」

単語を並べただけだが通じたようで、セランは小さく頷いて、机横のミカン箱サイズの木箱を渡してくれた。木箱には私の服と布のトートバッグが入っていた。バッグの中から携帯を取り出す。開けてみるが、もはや電源すら入らない。海水に浸かったせいもあるだろうが、充電していないので、これは仕方ないだろう。

ペットボトルのお茶もあったけど、あれから三週間で明らかに腐ってる。他の荷物は海水に浸かったせいでよれよれだ。私が一つずつ中の物を出して確認していると、「なぁ、それなんだ？」セランが聞いてきた。

のど飴のきらきらした袋を開けて、一つセランに差し出した。

「甘い、食べる、好き、いる？」

セランは困った顔をしていたので、個袋を開けて一つ食べてみる。

うん。かりんのど飴。蜂蜜入りでこれ好きなのよね。思わず顔がにんまり。

「僕も欲しい」と言うので、個袋を開けて、ルディの手のひらに飴を載せた。

「甘い。すごい、おいしい」

ルディの目が驚きで見開かれる。そうでしょう、そうでしょう。美味しいのよ。

「甘いのは苦手だからなぁ」

セランが苦々しく言う。ガムなら大丈夫かと、蓋を開けてガムを差し出した。

「甘くない、辛い、鼻、噛む、目、覚める、冷たい」

うーん。ガムの表現は難しい。

セランは複雑な顔をしていたけど、私の手からガムを取って口に入れた。

「噛む、鼻、目、つーん」

「おぅ？　なんだ、ハーブか？　鼻と喉がスースーする。へぇ、面白い感触だな」

どうやら気に入ったようです。しかし、ガムを知らない人がこの世の中にいたとは。

まぁ、日本もガムが入ってきたのは戦後なのだから、それもありかな。

彼らと飴やガムを食べながら、この三週間を振り返った。

この三週間、この部屋から出るなと言われていたのと怪我を理由に、私は部屋から一歩も出ていない。訪ねてくるのはルディとこの部屋の持ち主のセランのみで、他の船員には一切会えていなかった。もちろん、あの時の、緑の目の彼にも。

セランとルディには、幾度となく日本についての説明をしたが、私の拙《つたな》い会話力が問題なのか、はたまた外国情勢に興味がないのかはわからないが、彼らは日本のことを全く知らないらしい。そして、この船は結構大きな船で、大勢の人が働いているそうだ。船員の中には日本を知っている人がいるかもしれないが、誰にも会えていないのが現状だ。セランが次の寄港地名を教えてくれたが、私にはさっぱりわからない。

海も世界もとことん広いのだと心の底から実感しました。日本は私が思うより有名ではないのかもしれない。ちょっと目から鱗《うろこ》が落ちました。今さらだが不安を感じる。寄港地に日本大使館はあるだろうか。なかったら、どうしたらいいのだろう。

時折囚われる不安を払拭するように、セランは優しく頭を撫でてくれる。ルディはにこにこ笑っている。二人のいつもと変わらない態度に、本当に涙が出そう。

そう、感謝しているのです、私は。漂流していた私を拾ってくれたこの船と彼らに。ならば、どうすべきか。じっと自分の手を見つめる。

救助してもらった挙句《あげく》に、衣食住の世話から言葉の指導までしてもらっているのに、今の私は穀つぶしの引き籠り。ニートは、やっぱり成人女性として駄目よね。

体は少しずつだが動くようになってきたし、何か私にできることはないだろうか？

「怪我、よい、手伝い、何、する、ある？」

カタコトで二人に伝えてみたら、二人はちょっと驚いた顔をしていた。

でも、鶴だって恩返しするのだから、人間だって、もちろんするべきでしょう。

強く意思を伝えるように、まっすぐに二人を見た。

「じゃあ、船長に聞いてみるよ。ちょっと待っていて」

ルディは、にっこり笑って部屋を出ていった。

船長！　そういえばお世話になっているのに、船長さんに挨拶すらしていない。

なんてこと！　今の私って、とってもダメ人間。ここはしっかりお礼を言っておかなくては。拳をぐっと握って気合を入れて、両手を広げて深呼吸をした。


複数の足音がして、木のドアが大きく開いた。

一人は、あの時医務室にいた緑の目の彼。三週間ぶりに会えた彼の姿になぜか鼓動が早打ちする。少し長くなっていた赤褐色の前髪から見える緑の目が、明かり取りの窓から差し込む光に反射して、希少価値の高い澄んだ宝石のようにきらきらしていた。

ああ、本当に綺麗。それに、カッコいい。誰が見てもハンサムって存在するのね。

彼にぼうっと気を取られていたら、黒髪の男の人が私の前に一歩踏み出した。

あらまぁ、こちらも神経質そうな知的な美形。

彼は黒髪に薄い水色の目をしていた。にこりともしない顔が冷たそうで心持ち後ずさると、無表情なまま、淡々と私に質問を投げかけてくる。

「貴方はどこの国の人ですか？　なぜ、あんなところで漂流していたのです。この船の航路を知っていたのですか？　海賊の一味ですか？」

うーん。わからない単語がたくさん出てきた。

「航路？　海賊？　その言葉、わからない」

首をかしげて聞き返すと、すっと目を細めて睨んできた。

うぅ、だって知らないんだもの。説明プリーズ。

「航路とは船の進んでいく針路のこと。海賊とは無法者、無頼漢《ぶらいかん》、犯罪者のことです」

航路はなんとかわかったけど、続く言葉はもっと知らない言葉だ。どうしよう。

「カース、まだ難しい言葉は教えてない。もっと子供に話すような言葉を選んでやれ」

セランありがとう。

「面倒ですね」チッ。

美形なのに舌打ちしたよ、この人。

「カース副船長、メイは絶対海賊ではないよ。だってメイは単純だし、本当に驚くほど知らないんだ。言葉も地名もなにもかも。絶対、うっかり落ちたただの遭難者だよ」

「そうだな、スパイもありえないな。色気がなさすぎる。体つきだって凡庸だし」

えーと、ルディとセランは私のことを庇《かば》ってくれたんだよね。言葉はわからないけど多分そうよね。でもなんとなく、頭の端がちくちくするのはなぜだろうか。

「奇妙な格好した漂流者。それも海賊がよく現れる海域で。毒物を隠して持ち込んでいるかもしれません。そもそも、言葉の通じないふりをしているのでは？」

キツイ物言いな美形カースが怖い。それにまたわからない言葉が。きっ、聞くべき？

「漂流者？　海域？　毒物？　セラン、ルディ何？」

あんまり怖かったので、ついカースから目を逸らしちゃった。

「あーっと、後で説明してやるよ。カース、この三週間ずっと見てたんだ。ふりをしていたら俺にだってわかる。それに、さっき彼女の持ち物を食ったけどなんともないぞ。毒の持ち込みはないな」

「食べ物らしき物がありましたか？」

「ああ、あのきらきらした袋の中は砂糖菓子みたいだ。あと、変わった薬ビンの様な物の中に入っていたのは、ハーブみたいなものだな」

「そうなんです。すっごい甘いんですよ。あんなの、初めて食べました」

「この船唯一の船医が、怪しげなものを口にしないでください」

厳しすぎる口調も怖いが、右のこめかみに青筋が浮かんでいる。美形が怒ると怖い。

「やっと怪我が治ってきたので働きたいって言ってんだ。普通の感性を持った普通の子だよ。言葉だって、ようやくカタコトなんだ。このまま次の港で降ろしたら、あっという間に騙されて奴隷行きは見えている。次の港に着くまででいい。少しでも世間の常識と、なんとか働ける目星をつけてやったって、罰は当たらないと思うんだがな」

「貴方はどこぞの宗教家ですか？　医者でしょう。施しは誰かに任せとけばいいのです。次の港で教会に連れて行けばいいでしょう。この船の中で揉め事は困るのです」

「漂流者を引き上げて助けるのは、船乗りの義務だろうが」

「ですが、船に火種をばら撒く必要がどこにあるのです。これは腐っても女ですよ」

「知っているのはこの四人だけだ。幸い凹凸は無いし、黙っていれば問題ないだろう」

セランがカースに責められている。多分、私が働きたいと言ったことが原因だろう。役に立ちたいと思ったが、正直こうまで反対されるとは思わなかった。

「あの、働く、私、駄目、怒る、ごめんなさい」

頭を思いっきり下げて謝った。早々に恩返しプロジェクトが却下されてしまった。他に何ができるのか、もう一度考えようと腕組みしてうんうんと頷いていたら、じっと黙って聞いていた緑の目の彼が、いつの間にか私の前に立っていた。

「メイ、お前は何ができる？」

張りのあるテノールの声に、言い合っていた皆がピタリと言葉を止めて注目した。

「私、簡単、お掃除、片づけ、料理、する」

彼の瞳に私が映っている。緑の目の中の私は、不思議に笑っていた。

「ルディ、明日から連れていけ。せっかくだ。無駄飯分くらいは働いてもらおう」

「おい、それはちょっと厳しすぎないか？　病み上がりだぞ」

「無理しないようにそれなりに気をつけてやれ。それなら見張りも兼ねられるし、ルディの仕事も早く終わるだろう」

どうやら話が決まったようだ。カースが苦々しい顔をしている。ということは、私はこの船で働けるの？　恩返しＯＫ？　振り返ったら、ルディが嬉しそうに笑った。

「はい。任せてください。レヴィウス船長」

レヴィなんちゃら船長？　それがこの人の名前かしら？　緑の目の彼を見上げる。

「レヴィ船長？　貴方、名前？」

「ああそうだ。メイ、俺がこの船の船長、レヴィウスだ。言い難いようならレヴィと呼べばいい。明日からお前はこの船で働く。だが、女ではなく男としてだ。問題が起こらないように、形だけでも男になれ。わかったか？」

ゆっくりと簡単な言葉で話してくれたら理解できる。しっかりと頷いた。

「はい。男、なる。頑張る。ありがとう、レヴィ船長」

私はにっこりと笑う。カッコいい上に理解ある男性は、最高に素晴らしいです。レヴィ船長はちょっと目を見開いて私の顔を見た後、にやりと笑いました。

「ああ、頑張って働いてもらおうか」

うん？　ちょっと笑顔が黒い気がするのは、気のせいでしょうか？

「よかったね、メイ。それなら、今日は早く寝てね。夜明け前に迎えに来るから」

明日は朝早くから仕事ですね。了解です。

「ありがとう、ルディ。よろしく」

さぁ、明日から頑張って働こう。


ルディが夜明け前に迎えに来た。今日からルディと一緒に雑用係だ。ルディがくれた麻の上下服をざっくりと着て、髪を後ろで無造作に括《くく》り、パンっと頬を軽く叩いて初仕事に行く。ガラスに映る姿はルディと同じ少年にしか見えない。出る所出てないのは知っているが、これなら少年にしか見えないと太鼓判を押されて微妙な気分です。

さて気を取り直して、朝一番に船底の船倉の更に奥に行くと、家畜部屋があった。

乳牛が五頭に豚が五頭、鶏が二十羽、馬が二頭。これだけ大きな船になると動物も積んでいるんですね。動物の皆さん、これからいろいろよろしくです。

ルディの指導で、糞を片づけて寝床のわらを綺麗にし水を替え、最後に餌をあげる。

狭い場所なのに、結構な重労働。畜産業の大変さを少しだけ実感した気がする。

腰を叩いて汗を拭いていたら、ルディは牛のお乳を搾り始め、ものすごい勢いで牛乳がバケツに溜まる。ミルク搾りの音に追い立てられるように、私は鶏に突かれながらも卵を拾う。今日は大小合わせて十五個。結構大きくて立派な卵ですね。うふっ。

掃除と餌やりが終わると、集めた牛乳と卵を持って厨房に向かう。割れないように丁寧に慎重に。

厨房に行くと、三人のコックさん？　が、忙しそうに朝ご飯の仕度をしていた。ルディが、下っ端の男性に卵と牛乳を渡した。美味しい料理になってね。それから、ルディと一緒に食堂の机を拭いて、食事のトレーをせっせと拭く。

厨房から声がかかると、料理のお皿を厨房窓口側の棚や台に置いていきます。

今日の朝食メニューは、ベーグルサンド。具はチーズにハム、トマトにレタスかな。パンの焼けるいい匂い。ああ、美味しそうですね。食べるのが楽しみ。ごっくん。

船員たちは、料理の載ったお皿を各自トレーに載せ、適当な席で手早く食事を済ませ席を立つ。その後を追って、私とルディがお皿を片づけていく。流れ作業の中で、レヴィ船長たちも同じように朝食を取っていくのを横目で見た。本当に美味しそう。

大方の人が終わった頃、厨房の中から声が。

「おい、そろそろお前たちも食べとけよ」

起きてから結構な時間が経ったし、よく働いたので、お腹すいて目が回りそう。

美味しそうな食事が載った皿を受け取って、空いている席でようやく朝ご飯だ。

「いただきます」

手を合わせて食事を始める。以前から私が食べている様子をじっと見ていたルディは、私が食事前に必ず手を合わせることを知っている。それはなにと聞かれたので、ご飯をありがとう、という意味だと言っておいた。まあ、間違ってないよね。

いつものように食べていたら、私が半分も済まないのにルディは食べ終えている。

「メイ、早く食べ終わらないと、次の仕事が遅くなっちゃうよ」

急いで口に入れるけど、私は基本よく噛まないと飲み込めない。特にベーグルは硬くて噛みきれない。早くと焦るが、ちっとも食べるスピードが上がらない。

「いいよ。僕は先に厨房の中で仕事してるから、食べ終わったらすぐに来て」

私は教えてもらう立場なのに、ルディに申し訳ない。むむ、これは要改善ですね。

あ、思いつきました。お弁当作戦ならいけるかも。昔、給食が時間内に食べられない級友のために皆で考えた作戦だ。内容は単純だが、半分食べて残りは持ち帰りにするというもの。それなら時間内に食事が終わる。食べ物を粗末にするわけではないので、良心も痛まないし先生も怒らないし生徒も助かる。一石三鳥の作戦でした。

よし、明日から作戦を実施するための包み布を持って来よう。取りあえず今は水で流し込んで、食べてしまいます。ふう、大変美味しかった。ごちそうさまです。

厨房に行くと、ルディは柄杓《ひしゃく》で盥《たらい》の中に海水を入れていた。その中には汚れた皿がどさどさと入れられ、そこで私はたわしをぽんと渡されました。

「ここで皿の汚れを落として、こっちに並べて」

なるほど、皿洗いですね。これならなんとかできそうだと、腕まくりをする。

海水で皿を洗い、汚れが落ちたら立てかけて水切り。私が立てかけた皿をルディは次々と拭いていく。その速さはプロ並み。あわわ、急がなければ追いつかれる。

一心不乱にたわしで皿を擦る。やっと皿を洗い終わった時は、私の手はしわしわに。足と腰が更に痛い。お皿洗いってこんなに重労働だったんだ。知らなかった。

お皿は食器棚にしまい、食堂の床を掃いて机を拭いて綺麗にして終わり。

ルディは元気にくるくる動いている。腰に手を当ててトントン。さあ、次は何かしら。

「次は、これ」

今度は、人がすっぽり入りそうな程大きな籠《かご》を渡された。

「今日は、これから部屋回り。出ている洗濯物を回収するんだ」

まず船長室、そして副船長室や医務室で洗濯物を回収した後、船員部屋の前の籠を回収する。大きな籠は中身が満杯でした。重い籠はルディが持ち、全部回収したあと、私たちは小さな六畳程の物置部屋に入った。ルディは部屋の隅の棚から裁縫箱を出して籠をどさっと逆さにして洗濯物を床に広げた。ちょっと、いやかなり臭うかも。

「先にほつれや破れを確認。なければこっちの洗濯籠に。あれば、縫ってから洗濯だよ」

うう、洗濯後ではないのですね。ですが、この作業もなんとかできそう。裁縫は辛うじて得意分野。チェックした後のお直し服は半分ほど。肩のほつれに脇破れ、袖切れに裾の穴、等々だ。それを一つ一つ繕っていくのだが、みんなが着ている服は布地が厚くて、太い木綿針を差し込むだけで指先が痛くなってくる。うぅ、指貫が欲しい。ルディをちらりと見ると、慣れているのか無造作にザクザク縫っている。私も遅いなりに丁寧にしていたら、ルディがほとんど仕上げてしまった。

なんてことでしょう、全く。私、ここでも役に立ててないです。

点検とお直しが終わると、洗濯物を持って甲板へ。ルディは甲板の端っこで二つの盥を用意し、桶でくみ上げた海水を入れていきます。えっ？　服洗うのも海水なの？

「汚れを落とすのは海水で十分だよ。最後の一回は溜めた雨水で濯《すす》ぐけどね」

お水が貴重なのはわかるが、洗剤すら使わないで、海水の中で擦るだけ。でも、洗濯板でごしごし擦ると、それなりに汚れは落ちるらしい。それなりだけどね。

「服を海水に浸けたら、次は甲板磨き」

ええっ！　休みなし？　くっ、体がすでに怠くて重いわ。なのにルディは平気な顔でデッキブラシを持ってきた。若いっていいわね。

靴と靴下を木箱に入れて、ズボンの裾を捲り上げる。甲板には七、八人の船員たちが同じ格好になってデッキブラシを持っていた。その中で一番年配の人が声を張り上げた。

「おーい、始めるぞー」

甲板の上に桶でくみ上げられた海水が撒かれると、全員一斉にブラシで甲板を擦る。なんだか大仏殿の年末大掃除みたい。私もデッキブラシでごしごし甲板を擦りながら、甲板の端から端まで進んでいく。これは、甲板の水垢やコケを落としていく大事な作業。きちんと落とさないと誰かが滑って怪我をする。それに、いざ大波が来た時に甲板が滑ると踏ん張りが利かなくて、船から落ちてしまうことがあるそうです。

滑って海の中へを想像したら、漂流していた記憶が戻ってきて背筋が寒くなった。なので殊更《ことさら》真剣にごしごしと甲板を擦りました。水コケ絶滅！

全部磨き終わったら最後に海水を撒き、デッキブラシで浮いた汚れを海へ落とす。船員たちはこの作業に慣れたもので、まるでスケートをするように、鼻歌を口ずさみながら気持ちよさそうに走る。私もいつか、あんな風にできる日が来るのかな。

今の私は、腰が痛いし、左足がひきつっている気がする。ふぅふぅ、ひぃはぁ。

「メイ、洗濯始めるよ」

さらに休憩なし⁉　座れるのは有難いけど、ちょっとだけ休憩を、お願いしたい。

「ちょっと、休み、駄目？」

弱音を吐いているのはわかっているが、手足がまっ赤になって痛い。裸足作業は思っていたより辛かった。ルディは笑って「いいよ」と言ってくれたが、自分が情けない。私、本当に役立たずだ。ちょっと項垂《うなだ》れて左足をさすっていたら、セランがいつの間にか側にいて、優しい笑顔で私の頭をぽんぽんとしてくれた。

「最初から全部できるなんて思ってないさ。少しずつだ。メイはまだ病み上がりなんだから、無理はするなよ」

それだけ言うと、セランは何をするでなく船室に戻っていった。

セランは、私のことが心配でわざわざ甲板に出てきてくれたのだろう。なんだか、じわりと心が潤う気がした。

その優しい言葉に今は甘えようと思う。でも繰り返せばいつかは私も慣れるはず。ちょっと野望を抱く。明日はもっと頑張ろう。必ずいつか役に立つ！

で、今はルディの洗濯作業の見学中ですが、洗濯板に二、三回擦りつけ汚れを落とし、絞って脱水。これもかなりの重労働だと判明。電化製品って偉大だったのね。二十世紀の大発明が洗濯機である意味がわかった気がする。足踏みでは駄目かな。私にはこの洗濯も無理かも。せめて脱水機があればいいのに。うう。

ルディは、服のしわをパンッと伸ばして袖をロープに通して、洗濯ピンチで間隔をあけて干していく。全部でロープは六本。ロープの端は船の縁に結びつけ、もう片方の端を持ってルディがするすると、まるでお猿さんのようにマストを上っていく。そして、
あっという間に、マストの中ほどのフックに次々とロープをかけていく。
ロープがピンと張られた時、洗濯物が旗のように風に揺れていました。
青い空に洗濯物がはためいて、実に壮観ですね。
「メイ、食堂に行くよ。お昼の前の厨房の手伝い。いける？」
もう？　ルディは本当に働き者です。休憩も取ったし、左足の痛みも治まったので
頷いた。今度こそと気合を入れて、私はルディの後を付いていった。
食堂に行くと、昼食のいい匂いが鼻をくすぐる。献立はなんでしょうか？
朝と同じく床を軽く掃いて、机の上を拭き、乾いたトレーを重ねます。
「おい、並べとけ」
厨房からの声で次々と渡されるのは、赤い野菜とお肉がごろごろ入ったシチュー。
お肉は豪快に骨ごと入っているのが素敵。ふわっと湯気が上がり、涎《よだれ》が出そうになる
のをぐっと我慢した。硬めの丸パンがたくさん盛られた籠がカウンターの端に置かれ、
船員たちは各自でパンと皿をトレーに載せて椅子に座り、一匙《さじ》一匙、笑顔で食べてい
る。ああ、いい匂い。この時ばかりは、本当に待ち遠しい。皆もよく働いたから、お

腹がすくよね。お皿を片づける作業が心持ち速くなった気がします。ですが、食べ終わる人を待つ私の目が怖かったのか、いきなり「小僧《ペッソ》、あっち向いてろ、いや、どこかに行け」と言われました。……大変失礼しました。

ところで今さらですが、すれ違う皆は、私を小僧（ペッソ）と呼ぶ。男のふりをしているので、まぁいいのですが、小僧って、正直複雑。

漂流時には花柄ピンクのセーターを着てたのに、誰も私を女性とは思っていない。現に背中やお尻を遠慮なく叩かれ突かれる。先輩からの、立派な船員になる試練という名の激励だそうで、その扱いは雑というか乱暴というか、遠慮がない。なにしろ小僧ですから。……男に見えるように振る舞うのが、無理なく自然にできて良いことだと喜ぶ所なのですよね、本当は。うん、本音は別として。

さて、どこかに行けと言われたので、返却の皿を待つ間に、厨房の端っこでコック？の観察をする。なぜ「？」をつけるのかといえば、彼らの風貌に理由がある。

この船の誰よりも大柄なコック長は、プロレスラー顔負けの体格に、つるつるの頭にねじり鉢巻。エプロンはラブリーな猫の刺繡入り。コックさんといえば私の中で白いコックコートをイメージしていたが、どちらかといえば漁師か魚屋のような風貌だ。くりくりの小鹿のようなまん丸な目が印象的なコック長、名前はレナードさん。

二人目は中肉中背で、よく見るとハンサム部類に入る無表情な男性。彼は、同じく頭つるつるでした。ヒヨコ柄のバンダナを家庭科で使う三角頭巾のように巻き、誰かが話しかけても、基本無口。そんな彼は副料理長で、名前はラルクさん。

三人目は一番下っ端。私より年下っぽい彼の特徴は、とにかくよく喋ること。

彼は今もジャガイモの皮を剝《む》いているが、口はずっと喋り続け。あ、ちなみに彼は髪の毛ふさふさでした。そんなお喋りな下っ端君の名前はマートル。

三人しかいない厨房の仕事は忙しく、誰も自己紹介はしてないが、マートルがぺらぺらと教えてくれた。「教えてくれてありがとう」と笑い合っていたら、マートルと私の前に追加の籠が、でんっと置かれました。ジャガイモが山積み。百個くらいかな。

「ペッソ、暇ならお前もこれ剝いとけ。ナイフはこれだ」

ラルクさんは無口で仕事も厳しそう。でもまあ、これならなんとかなるかも。

椅子に座って皮剝きを始める。貧乏独り暮らしでしたので自炊は得意でした。特に、野菜の皮剝きはお手の物だ。先にジャガイモの芽を取り、皮を薄く剝いていく。ジャガイモの皮は別の容器に入れておく。どうやら再利用するらしい。海の上では食材は貴重なので、捨てるところはほとんどないらしい。エコだね。くるくる剝いていると、いつの間にか、レナードさんが私の後ろに立っていました。

「へぇ、包丁が使えるのか。いいな、明日からお前に野菜の皮剝きを頼もう」

つるつるの頭を撫でながら褒めてくれた。本日の仕事でなんとかなったのはこれが初めてです。もしかして、厨房の下働きなら今の私にも何かできるのでしょうか。

「はい。えーと、ルディ、聞く、大丈夫？」

〝ルディと一緒に雑用〟が船長命令だから、聞いとかないとルディが怒られる、多分。

レナードさんが、せっせとお皿を片づけているルディを、窓口から呼んだ。

「おい、ルディ。こいつ、明日から厨房でも使いたい。いいか？」

ルディはびっくり顔の次に困った顔。だって、船長によろしくって言われたものね。

駄目かなと思ったけど、レナードさんは豪快に笑いながら、

「ああ、船長には俺から言っておく。なぁ、いいか？」

いいか？　の疑問は、ちょうど食堂に来て食事をしていたカースやセラン、レヴィ船長に向けて言ったようです。あら、そこにいたなら話が早いですね。

「駄目に決まっているでしょう。信用できない輩《やから》を目の届かない厨房になど論外です」

カースの言い方はかなり辛辣《しんらつ》だが、まあ言っていることは間違ってないと思う。

やはり駄目かと思っていたら、レナードさんが厨房から出て、船長たちが食べている机に向かい、つるつる頭を撫でながらレヴィ船長の前で鉢巻を取った。

「なあ、頼む。この小僧《ベッソ》はマートルより使えるかもしれねえ。コックの数が圧倒的に足りねえ。本来五人で回してたところを今は三人だ。使える奴が一人でも欲しい」

「ですが、身元不確かな怪しい輩です。無用な揉め事を生むことになりかねない」

「へなちょこ小僧が何かしたところで、俺の目と舌は誤魔化せねぇよ。問題ないだろ」

レナードさんが力拳を作って力説していると、セランが応援するように口添えを。

「まあそうだな。なら、ずっと厨房にいなくても、雑用を半分、厨房半分でいいんじゃないか。メイが慣れてくるとルディも楽になるだろう。それに厨房も」

レナードさんが嬉しそうに頷いていたら、それまで黙っていた船長が、窓口から覗いていた私の顔をじっと見て、ふっと軽く笑いました。まぁ素敵！　大人な笑顔！

「ああ、いいぞ。どうせなら、こき使え」

言っていることはひどいですが、突然の笑顔にどきりとしました。色男の笑顔は毒舌さえも凌駕するのでしょうか。あの緑の目は、私の何倍も色気がある気がします。

レヴィ船長は最後のパンを口に入れると、無造作に席を立ち、こちらに来る。楽しそうな光を湛えた緑の目に、頬と耳が赤くなっていく。ああ、美形パワーってすごい。しなやかに歩く姿は、どこか優雅で、伸ばされる指先にすら見とれてしまう。

「メイ、しっかり働けよ」

そう言って、レヴィ船長は私の頭に手を置いた。えへへ、うん、嬉しい。

だが、私の頭の撫で心地が気に入ったのか、ぽんぽんから、なでなでで、ぐしゃぐしゃになりました。くっ、やめてと言うべきだが、楽しそうな顔にやっぱり言えない。

「はい。頑張る。ありがとう」

レヴィ船長の手を摑まえて、にっこり返事。よし、今度こそ役に立つのです。

カースはまだ文句を言っているようですが、船長の決定は絶対、厨房で働く許可が出た。レナードさんとルディが、私の仕事配分で話を始めたので、ルディの仕事が滞っている。私だって、できることはしなくちゃね。

どんどんお皿を片づけていくと、朝のように皿がバベルの塔状態に。で、今朝も思ったんだけど、お皿は並べておいてあとで洗うより、浸け置きして汚れを浮かしてから洗うほうが綺麗に落ちると思うの。だから、早速腕まくりして、海水を二つの盥に入れて皿を浸けた。そうすると、お皿の容量分水も少なくて済む。貧乏人の知恵だが、私の手もふやけなくて済む気がする。そうやって食堂と厨房を行ったり来たりして皿洗いをしていたら、レナードさんとルディが帰ってきた。

あらかたのお皿を洗い終えているのを見て、レナードさんの瞳がきらきら輝いた。

「おっ、手際がいいな。やっぱりお前は厨房向きだ」

貧乏人のうえ時間にせわしない日本人の性《さが》といいましょうか。うん、まぁいいや。

ルディは皿を拭きながら決まったことを私に説明してくれた。

「食堂の手伝いは、今みたいに分けよう。僕が食器の片づけと掃除、メイが厨房で皿洗い。朝の家畜の世話は僕がする。メイは朝一番に厨房でレナードさんの手伝い。洗濯物の集荷は僕がするからメイは部屋で繕い物をして干すのは僕がする。甲板の掃除は毎日ないから、レナードさんや厨房の用事がない時だけメイは参加。乾いた洗濯物は小部屋に持っていくから、昼食後に時間があれば手伝って。その他の、夜警の交代はしなくていいよ。多分、夕食後は厨房の片付けがあるみたいだから」

なんだか、全然半分じゃないような気がする。

「ルディ、楽、ない、ごめんなさい」

なのに、ルディは大丈夫と笑ってくれた。

「元は僕一人でしてたことだから気にしないで。メイと仕事するのは楽しいよ。裁縫や皿洗いをメイがしてくれると随分と楽になる。メイは繕い物が上手だしね」

ルディは、褒め上手だ。将来、良い旦那様になるよ絶対。それに、きちんと見てくれていたようで嬉しい。褒められたり、できることがあるっていうのは、いいね。

なんだか、背筋がぴんとしてくる。

お世話になっているばかりの私だけど、猫の手より少しはお役立ちになりたい。

「ありがとう、ルディ、頑張る」

よろしくねの意味で伸ばされたルディの手を見る。まだ少年なのに大きな硬い手。働き者の手だ。いつの日か必ず、ルディのお役に立てるくらいに頑張るからねと、ぎゅっと決意を込めて手を握り返した。

さて、早速本日午後より、私は厨房の下っ端二号に決定しました。正式に厨房で働くからには、社会人として節度ある態度で礼節をもって臨みたいと思います。

マートルは、自分より下ができたのが嬉しいらしく、「マートル先輩と呼べ」と言われたけど、ラルクさんに頭を叩かれて涙目に。なのに、喋る速度は全く落ちない。そんなお喋りなマートルと一緒に、下っ端二号の私は、やはり野菜の皮剝きです。

まずは、ジャガイモの皮剝きの続きをする。マートル下っ端一号は、緑色の大根を剝いていた。やはり籠一杯です。緑の大根は大根味なのでしょうか。つらつらと考えながら剝いていますが、手は慣れた様子でするすると皮を剝く。

マートルのお喋りを聞き流しつつ、簡単リスニング。そのおかげで、今まで知らなかったこの船や、船長のこと、その他の船員のことをいろいろと知ることができた。

まずこの船は、イルベリー王国というところの商船だそうです。近年、ヨーロッパのあちこちで独立して国ができたりしたから、そのうちのどれかだろうかとも思うが、世界地図をじっくり見る機会がなかった私にはわからない。その王国の、ハリルトン公爵傘下にある商会の貿易船。公爵って貴族だよね。外国には爵位が残っているらしいのでありなのかも。この船はちょっと特殊で、大多数の船員が戦闘員も兼ねているので有名らしい。横行する海賊たちに対抗できる十分な装備と船員を乗せているから安心だと聞いてちょっとびっくりした。このご時世に海賊って、まだいたのね。

大型船の倉庫の大半は積荷。大きい船だから乗組員も多いが、食べ物もしっかり積んでいるから安心だそうだ。うん、牛も鶏もいるしね。

そして、レヴィウス船長は、恐ろしい海賊も避ける程一目置かれた存在なのだとか。機転も利く上、腕力自慢も唸らせるくらいに腕が立ち、優れた操舵技術はもちろん、高いカリスマ性と人情味ある人間性、誰もが認める成果を叩き出している実力派の船長で有名らしい。更には、男ぶりも抜群で、気前がいいとくる。貴族の雇われ船長なのに、理不尽な雇い主の要求にも応じない。驕《おご》ったところがなく、相手の地位や立場で態度を変えない。など。まさに理想の船長らしい。マートルはずっと前から船長に憧れていたらしい。小さな姿絵を見せてくれた。あ、それ私も欲しい。

　レヴィ船長の絵を見たら、心の中がなんだかほわほわした。かっこいい容姿だけじゃなくて、皆に慕われる素敵な人なのね。なんだか嬉しくなって顔がにやけた。

　マートルは船長のような男になりたくて意気込んでこの船に乗ったのに、職場は厨房。厨房見習いも一緒に募集していたのを見てなかったって。でも、船員募集だとマートルは雇ってもらえなかったから、これはこれでよかったと言っていた。そうだね。この船の人たちって基本マッチョ。だけど厨房のラルクさんはどちらかというと中肉中背。厨房だから力仕事が重要視されないのかもしれないね。例外はあると。

　あの口うるさいカースは副船長。意地悪なのに偉そうだったのはそのため。でも、かなり有能らしい。航行計画にルートに海図と測量計算、積荷の計算から税の計算までカースがこなしているらしい。つまり、この船のお財布はカースが握っていて、この船のお母さんなのだ。そう思うと口うるさいのも仕方ないと思えるから不思議。

そして、彼は海賊が大嫌いらしい。そういえば海賊って言葉にすごく反応してた。噂では、子供の頃に家族を海賊に殺されたらしい。殺されるって、外国ではまだあるのね。そんな事件はトラウマにもなるよね、確かに。私を海賊の仲間かもと疑ってた故の態度だったと思えば、あのカースの態度は、少しだけ大目に見られる気がした。

そんな船長と副船長を筆頭に、優秀な船員を数多く抱えているこの船は、めったに人員募集をしない。だって、理想的な職場なら人は辞めないからね。そういった安全かつ金払いのいい就職先であるこの船の船員は本当に選考基準が高いらしい。マートルは、怪我をして船を降りたコックと店を構えるために退職したコックの代わりを募集したところで運よく引っかかったそうです。その上、この航海が終わったらようやく念願の彼女と晴れて婚約できるとか。へぇ、おめでとう。

今日一日で、たくさんのことを知った。ありがとうマートル。

大方のジャガイモを剥き終わった所で、マートルはレナードさんに叱られ倉庫に、私は迎えに来たルディと一緒に洗濯物を畳むために小部屋に向かいました。

部屋で待っていたのは堆《うずたか》く積まれた洗濯物。取り込む時に籠に適当に突っ込んだらしくしわしわ。服は木綿や麻の分厚い生成りの服がほとんど。仕立てのよい服もあるが、大多数は同じような服。ルディは一枚取り出して私の前で広げました。

「メイ、見て」

服の裾に、これは刺繍かな。文字のようで絵のような刺繍がある。

「これで、服の持ち主を特定するんだよ。だから、服の裾が見えるように畳んでね。まずは、船長と副船長、甲板長、船医の印を覚えて。これがそうだよ」

船長は黒の糸で一文字かな？　副船長は青の糸で一文字。甲板長は茶色の糸で一文字。なんだか模様みたい。船医のセランは赤の糸で三角。そういえば、文字はまだ教えてもらってなかったのでわからない。

「ルディ、これ、何、読む？」

「船長のはレヴィウスのレ、副船長のはカースのカ、甲板長はバルトのバ、船医のセラン先生のは医者のマークらしいよ」

へえ、今度五十音表を作成してみようかな。よし、この四つは覚えました。

レヴィ船長とカースの服は仕立てがいいですね。同じ木綿でも、手触りが違います。

じっと印を見ていたら、一つ気になりました。

「私、メイ、印、何？」

私も洗濯物に刺繍しなくちゃだよね。ルディは少し笑って手を止めた。

「メはすでに使用済みだから、他がいいかもしれないね。何か使いたい絵柄とかある？」

簡単で何かないかな？

「星、いいかな？」

「星のマークだね、いいと思うよ。どんなマーク？」

ルディの手のひらを取って、三角が上下に重なった六芒星を指で描いた。

「仕事が終わったら、この中から好きな糸を選んで刺繡したらいいよ」

裁縫箱の下の段を引くと、いろんな糸があった。後でのお楽しみにしましょう。

ルディは服を手早く四つ折りに畳んでいく。私は縦三つ折り、裾上で二つに折り畳む。

これだと襟が折れなくていいのよね。しわになりにくいし。

「ボタンはそのままで。着る時にいちいち外すのが面倒だから」

あら、男の人ってそうなのかな。ということで、私流アレンジでどんどん畳む。それをルディが順に籠に詰めていって、最後にレヴィ船長の服を一番上に置いた。

「最初にレヴィウス船長に持っていくから、その服が一番上。その下は副船長と甲板長、船医。それからは、部屋ごとに分けていく。メイには、誰がどの印かまだわからないから、部屋には僕が持っていく」

ふむふむ。ルディのはあるのかな？

「ルディ、服、ある？」

「僕は三日前に洗ったから。普通は月に一度くらい。全く洗わない奴もいるけどね」

月一回。そうだよね。水は貴重なのに毎日洗濯したら無くなってしまう。今さらながら、ここは陸地じゃない。海の上なんだって実感する。

「時折、刺繍がほつれてしまっているものがあるけど、それは、洗濯前に確認することで直せるから。メイが繕い物をする時に一緒に点検してね」

なるほど。

ルディは洗濯籠を難なく持ち上げて、部屋を出ていった。

新品だったのか私の服の裾にはまだ印が入ってない。裁縫箱から緑色の糸を取り、私の服の裾に星の刺繍を入れた。レヴィ船長の瞳と同じ緑で。ちょっと、うふふって感じ。ファン心理かなあ。マートルに感化されたのかも。

ちくちくと刺繍を済ませたあと、夕食の支度をするために厨房へ。厨房に戻ったら、レナードさんに、まっ白のエプロンと水玉模様のバンダナを数枚もらいました。エプロンは私の身長よりも長め。バンダナは手ぬぐいのようです。

「前にいたコック見習いが使っていたものだ。奴は背が高かったから、お前には長いし大きいから腰の部分で調節するか。いや、どうせなら適当に切っちまってもいいぞ」

この手ぬぐいはどうするんだろう。ラルクさんが、ぼそっと教えてくれた。

「汗が料理に入らないように、髪の毛が料理に紛れ込まないように、しっかりそれで頭を纏めておくことだ」

ラルクさんの三角頭巾のようにですね。レナードさんの手ぬぐいはねじり鉢巻に。マートルはと目を向けると、頭にぐるぐるインド人巻き。思わず「ぷっ」と笑ってしまった。さっきまで細い紐で一括りに纏めていただけのはず。

「へへっ、俺、今度から料理を作る方に回れるんだ。新人が入って下準備から解放されるからね。でも、そうすると髪をしっかり纏めるか、そ、剃らないといけないから」

なるほど衛生対策。だからラルクさんもレナードさんもつるつるなのですね。

「マートル、剃る、髪？」

「嫌だ。絶対に剃らない。彼女に嫌われるかもしれないいじゃないか！」

彼女のために決して髪は切らないとか、青春映画のようだ。願掛け？

「ちなみに、髪の毛が一度でも食事に入ったら、強制的に剃るから」

たまにしか口を開かないのに、手元のナイフをキラめかせつつラルクさんが呟く。

マートルの顔が青ざめる。ふっ、つるつるマートルも一休さんぽくって可愛いかもよ。

「ラルクは、それで、俺が、剃った」

くるりと振り返ったレナードさんが胸を張って言い放った。白い歯がきらり。

なんと！　冗談ではなかった！　マートル、ピンチです。ラルクさんは苦笑い。マートルは半泣き状態。だって髪の毛だよ。料理に入ることあるよね。私も炊飯ジャーに髪の毛が入ってたことあったよ。わざとでないから、気がつかないんだよね。

そうなると結果は見えている？　解決にはならないけど一応言ってみる。

「マートル、もっと、髪、切る、短い、どう？」

角刈りとかにすれば、髪の毛は三角巾で十分隠れると思う。

「調理助手になったら、メイにも同じ試練が待ち受けていることを忘れんなよ」

レナードさんの頭と白い歯がきらりと光る。がーん。いつか私も小坊主決定？？　今、ただでさえペッソ（小僧）って呼ばれているのにリアル小僧に。私だって一応女性なのよ。つるつるになるとそれすらも忘れるかもしれない。嫌だ、絶対に。なんとかこの手ぬぐいを有効活用しなくては。後で、じっくりしっかり考えましょう。

さて、今日の夕食はハンバーグと焼き野菜でした。釜で焼いたホクホク野菜とハンバーグの肉汁がとってもデリシャス。本日の私は釜係。焼き野菜にするため、次々と焼き皿に野菜を載せ石釜に入れていく。釜の温度によく注意しつつ薪《まき》を足す。基本、釜はパン焼き用なので、間口が三十センチの入り口は三つ。汗が滴り、手ぬぐいはすでにぐっしょり。三角巾も汗で張りついて気持ち悪い。

でも、美味しいご飯のため、休まず頑張る！

夕食時が朝昼と違うのは、食堂の中央に大きな酒樽があること。樽の下部にある栓からルディが皆のジョッキにワインを注ぐ。朝昼の健全な食堂が酒場に早変わりです。大きな声で会話を楽しみながら食べて飲む。いわゆる、騒がしい食事風景だ。酔っ払って歌い出す人もいて楽しそうだ。夕食は基本、フリースタイル。食堂から人が去らないので、遅れてきた人はお酒と食事のトレーを持って、甲板や個人部屋、好きな場所で各々勝手に食べるらしい。甲板って大丈夫なのかな。甲板はまっ暗で、ご飯どころか、足元も見えないのでは。夜の海は怖くて危ないのよ。

「今日は満月だし、ランプもあるから、心配ないよ」

ルディ曰《いわ》く、今日は満月。月が照るなら甲板は明るいだろう。ほっとしました。

焼き野菜作業も終わり、盥に浸けておいた皿を洗うと、冷たい海水が気持ちいい。気分が良いので、鼻歌付きで皿を洗っていると、レナードさんに頼まれました。

「おい、メイ。船長室に四人分だ。俺たちは手が離せん。お前が持っていってくれ」

「はい」

船長室は確か甲板の後方、高台の奥まった部屋ですよね。

ハンバーグが入った小さな鍋と焼き野菜が入った木のボウル、焼きたての丸パンが入った籠、四枚のお皿とナイフとフォーク。ワインが一本。うーむ、一度で運べない。まず、重いワインと食器を籠に入れて用意する。次にお鍋とボウルとパンね。冷めたら美味しくないから、とりあえず釜の端っこに入れておこう。急ぎ足で船長室に行き、船長室の前で、籠をそっと扉の脇に置いて厨房に引き返す。

確かに今日は満月で、甲板は明るく足元も周囲もしっかり見えた。階段や溜まり場に、赤ら顔の船員たちが転がっているのを横目に見ながら、お鍋とボウル、パンが入った小さな籠に布を被せて持ち、船長室の扉をノックした。

「メイです。食事、船長、入る、いい？」

中から足音がして扉が開いた。あれ？　出てきたのはセランでした。

「ご苦労だったな、メイ。こっちに持って来てくれ」

入ってすぐの部屋の中央に、四人掛けの立派な木の机。まずは鍋とボウルに籠を机の上に置いて、次に床に置いてあった籠からワインと食器を取り出して並べます。それから、パンと焼き野菜とハンバーグをレナードさんがしていたように配膳していく。釜にさっきまで入っていたおかげで、メインは当然ほかほかです。湯気がふわりと立ち、美味しそうな匂いを部屋に充満させる。うーん、私もお腹がすいてきた。

セランは髭を撫でつつ、美味そうだと呟き、大きな手で私の頭を優しく撫でた。セランの手は、幼い頃の父の手を思い起こしそうで、どこか懐かしくて、つい頬が緩む。

ところで、船長さんや他の方はどこにいらっしゃるのでしょうか。

「船長とカースとバルトは奥の部屋だ。もうじき来るさ」

奥にも部屋があったのね。奥に目を向けた時、ちょうど船長の声がしました。何だか、どきどきしてくる。私のエプロン姿は大丈夫かな。あ、シミが。つい意識的にエプロンの裾を引っ張ってお腹を引っ込めるのは、まあ、乙女心です。

奥の扉が開き、船長とカースと甲板長のバルトさんが出てきました。髪を無造作に掻きあげる動作も素敵すぎです。はう！　レヴィ船長は相変わらずかっこいい。なんだかそこだけ輝いて見える気がする。誰か一人から目が離せないっていうのは、こういうことだと今更ながらに思う。宇宙人や珍品を見ている感覚とも違う。圧倒的な存在感に、目が、心が、惹きつけられていくのを感じる。レヴィ船長が何かをするたびに、目で追っていくのが止められない。結構な重度のファン心理ってやつかも。

ぼうっとそんなことを考えていたら、セランの言葉を聞きそびれた。

「おい、メイ、わかるか？」

はっ、なんて言ったの？　慌ててセランに聞き返す。

「ごめん。もう一回」

「一人で運んできたのか？　ルディはどうした？」

うん？　ルディに用があるのかな？

「ルディ、食堂、大変。僕、一人、運んだ。ルディ、呼ぶ？」

私が食堂に走って呼びにいこうかと聞く前に、カースが会話に割り込んできた。

「目を離すなと言ったのに、何をしているのですか。彼は」

忙しそうだったルディには、私がここに食事を運ぶことを伝えてない。ルディのためにきちんと言い訳をしたかったが、言葉がわからないのが悔しい。

「レナードさん、ご飯、持っていけ、言った。どうぞ」

カースは私の顔を睨みながら言った。

「毒入りかもしれないのに、食べられるわけがないでしょう」

なんて失礼な奴なんだ。カースに同情した先程の自分を猛省したい。

「そんなわけないだろ。メイの持ち物に毒物はない。それに、温かくて美味そうだ」

セランは、つけ合わせの焼き野菜を一つ取り、ポイッと口に入れた。

「うん、うまい。冷めちまう前に食べようぜ」

うん。ありがとう。セラン。

「そうだな、まずは食べよう。先程の件については食事後に詳しく話し合おう」

そう言ったレヴィ船長は席につき、セランとバルトさんもその真向かいの椅子に座った。最後まで私を冷たい目で見下ろしていたカースも、私からふっと目を逸らして、壁際に置いてある銀のゴブレットを四つ取ってきて、レヴィ船長の横の椅子に座った。

「ところで船長。こいつは先日海で拾った漂流者だろ。なんでエプロン着てんだ？」

バルトさんがワインをゴブレットに注ぎながら、私にちらりと視線を向けた。

バルトさんは、全体的にずんぐりむっくりな体格の枯葉色ふさふさのおっさんです。ごついむき出しの二の腕までふさふさ長い体毛で覆われ、耳の側なんて髭と髪の毛の区別がつかないくらいワサワサしている。声を聞く限り、さほど年寄りではないが、若くも見えない。いつ見ても、彼が纏う色は枯葉色。髪の毛も髭も纏う服さえも焦茶だ。遠くから見ると蓑虫に見えるに違いない。こだわり？　そう思うと、ちょっぴり可愛いかもしれない容姿でも、この船の甲板長。私はぺこりと軽く頭を下げました。

「レナードからの要望だ。コックが不足しているのは知っているだろう。前の港で五人辞めたうち二人がコックだ。募集を急遽かけたが身元が確かな者は一人だけ。その一人も、見習いからで使い物にならないからレナードの負担はでかい」

レヴィ船長がワインを飲みながら、バルトさんに説明をしてくれた。

「ふん。で、こいつの身元はわかったのか？」

カースもワインをぐいっと飲みほす。

「言葉がやっと通じるだけの相手に詰問しても意味ないでしょう。ルディに監視しろと言明したのに、減給ですね。不審者に船の中をうろつかれるのは迷惑だというのに」

「おい、そこまで言わなくてもいいだろ。メイは普通の遭難者だ。何も問題はない。俺が保証してもいい。ようやく怪我が治ってきたから何か仕事をしたいと言ってた矢先にレナードの要望はいいタイミングだっただろうが」

セランが眉を寄せながら、カースに反論する。

「レナードは基本、料理バカですからね。船の事情なんてお構いなしなのですよ」

料理バカって、レナードさん。まあ、料理に対する情熱は熱い程ですから。さすが名コック。ところで、四人が料理を食べながら話す話題は私のこと。食事はもっと楽しく食べたほうがいいと思う。せっかくのレナードさんの絶品料理が泣いちゃうよ。

黙って料理を食べていた船長が、私の方をちらりと見て言った。

「だが、レナードの要望は正しい。メイを有効に使う場所は厨房だ。これで納得した」

ほっ、褒められた！　やった！　あ、でも、なんで？

「厨房からここまで、この量で一人なら二往復はするだろう。普通なら、ここに運ばれる料理は、大方冷たくなっているはず。だが、この料理は温かい。熱いくらいだ。メイの心配りは厨房で働くにふさわしい。これなら役に立つ仕事をしてくれるだろう」

レヴィ船長は、私のしたことを認めてくれた。些細なことだけど、私を認めてくれた。

本当に嬉しい。溢れてくる感動で胸が一杯になり目が潤んできた。

レヴィ船長は、ちゃんと私を見ていてくれた。なんて嬉しい、本当に嬉しい。

ここに来て三週間。知らない人の中で暮らし、無我夢中で言葉を覚え、言われるまま与えられた仕事をした。セランやルディも頑張ってるって褒めてくれたけど上手くできなくて、いろいろ情けないなぁと凹んでいたそんな一日の終わりに、このレヴィ船長の言葉は最高に嬉しかった。


ここがどこだかわからない。

でも、レヴィ船長のいるこの船ならば私は頑張れる。そう思った。


食事後の食器を片づけていた私に、レヴィ船長から部屋移動の指示があった。

そうだよね。現在、医務室を私が占拠している状態だもの。でも、どこに？

「明日から、雑用で使用していた小部屋にハンモックを吊るせ。ルディと相部屋だ」

明日から、洗濯物を片づける作業部屋で、ルディと同室ですね。了解しました。

「コックはコック同士で相部屋にするべきだが、ここにいる人間とルディ以外は、メイが女であることを知らない。無用な騒ぎを起こさないための二人部屋だ」

「はい。明日、部屋、移動します」

私は、お皿を片づける手を止めて頷くと、レヴィ船長は、私の鼻の頭をちょんと人差し指で突いて、頭をぽんぽん。そして、ふっと微笑む。ああ、素敵。

「ああ、しっかり働けよ。この船に役立たずはいらん」

言うことはなかなか厳しいですが、手ずから渡されたのは、見覚えのある軟膏。

「軽度の火傷だな。鼻の頭って、どうやったらそんな所を火傷できるんだか」

セランは、小さく苦笑する。うん、今日は竈《かまど》の中を何度も覗いてたからだろう。

レヴィ船長の手は大きくてごつごつしていて、硬くて温かい、優しい手でした。心がじんわり温かくなる。明日からも褒められるように頑張ろう。

そう決意して部屋の外に出てから、レヴィ船長が触れた髪をそっとなぞりました。

今日はよく働きました。レヴィ船長に褒められたし、気持ちよく眠れそうです。

＊

周りに何もない。まっ白です。あるのは前に見える一本の道だけ。これって私の前に道はある、とかのくだりだろうか。夢の中で悩めと？　うーん、無理かも。

私は現実でも悩むことがあまりないから。初めから考えない傾向にある。悩んでも賢くなれないのは知ってるからね。そんな私がいけないのか。いやそもそも起きた時に、夢を覚えていた例しがない。そんな中で悩んでも無駄ではないか。それとも、悩んでないように見えて、実は悩んでいるのだろうか、私。そう考えると、ちょっとカッコいい気がする。とりあえず、前の道をてくてくとひたすら歩く。歩いて歩いて。いつまで歩くの？　そう思った時に上から声がした。

「やっと見つけたよ。芽衣子さん」

見上げると、見た瞬間に開いた口が更に大きく開いた。

お店が、空に浮いている。はい、本屋が浮いていました。はっ、そうか、夢だから。

どどーんといった感じのお店の看板は「龍宮堂古書店」。あれ？

「芽衣子さん、お話をしたいので上ってきませんか？」

声がした途端に、私の前の道が本屋に向かって延びていった。

うぉ、空中道路。落ちないでしょうね。一応、道の端を足で踏みしめてみる。

硬いので、多分大丈夫。本屋に続く空中に延びた道路を、「落ちませんように、壊れませんように」とつぶやきながら、せかせかと下を見ないで歩く。本屋に着いてポチッと押すと、電動式のドアが左右に開いた。中に入ると、二十畳くらいの部屋が一間、中央にはソファのみ。だが、部屋の壁はぎっしりと本が埋まった棚で囲まれた吹き抜けで、その先は遥か彼方まで続いている。狭い空間を上手に活用するのが良い間取りだと聞いたが、この場合どうなのだろう。天井が見えない部屋で、一体誰が、どうやって、あんな上のほうまで本を積んでいるのか。呆然と上を見ていると、

「ようこそ芽衣子さん、とりあえずこっちに来ない？」

先程の声と、本屋の看板で予測できた。神社で呪いの箱を渡してきた、あの男だ。

彼は、革張りのソファに座り、優雅にコーヒーを飲んでいた。うん、足長いですね。

「芽衣子さんも、コーヒーでいいよね」

もちろん。嬉しいな。あ、夢の中でもコーヒーの味って、わかるもの？

「ああ、うん。とりあえず説明面倒だから先に言うけど、これ君の意識下に関与して話しているから。感覚とかは君の感覚ベース。美味しいと思うと美味しく感じる」

へぇ、便利。うん、美味しい。とりあえずコーヒーが久しぶりで、すごく美味しい。

「時間があまりないので話を始めるけどいいよね。芽衣子さん、君、考えなしすぎるよ。僕が箱を渡した時に、相当怪しがっていたくせに、なんでいきなりあけちゃうかなぁ」

いきなり説教ですか。これ私の夢なのに。

「説教というより苦言だよ。確かに持っていたら幸せになれると言ったけど、あけなければって僕は言ったよね！　それに怪しいと思ったら先に本屋に来るでしょう、普通」

言った、言われたって、どこかの某政治家のようですね。

「現実逃避するんじゃない！　本屋に来てくれたら正しい使い方を教えてあげたのに」

使い方？　箱はあける以外に何があるというのでしょうか。

「ちゃんと説明を聞けば、むしろ絶対あけない人が大多数なんだよ。何しろ、あの箱は幸せを引き寄せるようにできているんだから。幸せ運命の巡りお守り強力版だから」

嘘です。

「嘘じゃないよ。箱の裏にも書いてあったんだよ。ほら」

男の手には、あの例の箱の色違いが。その裏にはっきりくっきり大きな黒い字で、(幸せになりたい方は、決してあけないでください)。

裏に書くな！

「今まで様々な人に渡したけど、注意書きも見ないで箱をあけたのは君だけだから」

ええ？　私だけ？　つまり、私がうっかり最上級ってこと？

「それはそうと芽衣子さん。君、自分が今いる世界が異世界だって気がついている？」

は？　異世界？　異文化ではなく？

「そう、君がいた日本でもなければ、世界も全く違う場所」

で、でも、宇宙人はいなかったけど。

「未知との遭遇ではないから。君が飛ばされたこの世界は、君から見たら異世界だよ」

伊勢海、伊瀬買い、異世界？　うん？　異世界！　じ、冗談だよね。

「あ、ちなみに今の芽衣子さんでは、元の世界には帰れないから」

この夢、最悪。早く目が覚めないかな。次の港で日本大使館探して駆け込もう。予定通り、パスポートを作ってもらって、日本に連絡してもらって飛行機で帰ろう。

「無理だね。言ったでしょう。ここは異世界。日本大使館はおろか日本すらないよ。

異世界って早く自覚したほうがいいと思うよ。話が進まないからね。それに、話は最後まで聞くものだよ。今の芽衣子さんでは、帰れないって言ったでしょ」

そうだね、とりあえず、夢とはいえ、否定するだけでは話が進まない。わかった。ここは異世界。私は今、帰れない。では、何か月かしたら帰れるってこと？

「何か月では無理だと思うけど、あることを達成したら帰れるように手続きしてあげる。ちゃんと説明しなかった、僕の不手際もあるしね」

あること？

「君があけた赤い箱の中身を取り戻すこと。君がこの世界に来た時に、この世界に飛び散ってしまったから、それらを集めたら帰れるよ」

中身？　白い煙でしたけど？

「煙の他にあったんだよ、宝玉が五つ。君があけた時、五つの宝玉が反応を起こして、時空を歪める力を発する副産物として、偶然煙が出たんだ。もともと宝玉はこちらの世界の神々のものだからね。こちらに帰ろうとして時空を歪めたんだよ」

神様の宝玉？　なんでそれが箱に入っているの？

「あの箱は、君の世界の神様とこちらの神様が創った、力を送るための装置なんだよ」

何それ？

「こちらの神様は年若《としわか》で、この世界を支えるたくさんのエネルギーを作る力が圧倒的に足りないんだ。でもエネルギーが足りないと、この世界の機能が停止してしまう。だから、力を十分に持っていた君の世界の神様に力を分けてもらうことにした。それでできたのがあの箱。君の世界で箱を持つ誰かが幸福を感じると、箱の中の宝玉を通じて、いい波動のエネルギーをこちらの世界がもらうことができるんだ。君の世界のいい波動のエネルギーは、この世界では一種の潤滑油の役目をしているんだよ」

あら、神様って、祭られるだけじゃなくて、きちんと活動していたのね。

「人を介して貰うことになったのは、その力が一番簡単で、こちらとあちらの世界に介入しても混乱を起こさない波動のエネルギーだからだよ」

ふぅん。そうなのですか。

「あの宝玉はこちらの世界の純粋な想いが結晶化した力の塊。これを作るのに五百年かかった。代わりの物は簡単にできない。少なくとも君の寿命のうちではね」

ちっ、ちょっと、待って。

「だから、君が帰りたければ、散らばった五つの宝玉を見つけるしかない」

無茶です。宝玉って見たこともないし、大体どうやって見つければいいのよ。

「うん、だからこれを渡しとくね」

芽衣子の手の上に真っ白な玉。二センチぐらいの大きさの白い玉です。

「宝玉は、元は人の最も幸せな瞬間を集めて凝縮させた力の塊でね。同じ性質の物を求め集めようとする性質があるんだ。人の心に最も近く、溶け込みやすいのが特徴。だから、この世界の誰かの心の中に同じ物が入っているはずだよ。で、その人を見つけて願いを叶えれば、宝玉はエネルギーを満たして、この玉に吸収される。この玉は、この世界での赤い箱と同じ役目をするんだよ」

願いを叶える？　私が？　神様の仕事でしょ。なんで私が？

「こちらの神様の力は、人々の生活圏まで及ばない。その上、この白い玉は赤い箱と同じで君の世界の神様からの借り物。だから、繋りのある君しか使えない」

借り物？　日本の神様の物なのかしら。

「集める宝玉は五つ。五つの幸福は五つの色で表され、この玉に吸収される時、その色を残す。全部集まったら、縦五色の美しい色がつくはずだよ」

ふむふむ、アシカショーで見たボールのようなものでしょうか。

「では、頑張ってね」

待って！　肝心なこと忘れてない？　どうやって宝玉持っている人を探すの？　どうやって願いを叶えるの？　教えて！

「そうだった。君には、こちらの神様の精一杯の加護と宝玉に出会う運を付けるよ」

加護と運？

「加護は龍宮から海の加護、天空から風と雨の加護、地愛神から地生物の加護、光闇神から癒しの加護。すごいでしょう。この世界の四神の巳柱からの加護だよ」

ほう、カッコいいけど、どういったもの？

「寿命はともかく、海で死なない、空で死なない、地で死なない、怪我の治りが早い」

んんん？　死なないだけ？　なんか、しょぼい？

「失礼だね。でも、こちらの神は世界に干渉できないから仕様がない。まあ、ここまで加護がつくと、いろいろ便利なこともあるかもしれないし、ないかもしれない」

どっち？

「試してみれば？　僕も知らないし。この玉は肌身離さず首から掛けたらいいよ」

あと、誰が宝玉を持ってるって判別できるの？

「宝玉持っている人間の側に行くと、その白い玉が反応して熱くなるはずだ。多分」

多分って、なんで？

「僕は使ったことないからわからない。あ、今は、芽衣子さん、年をとらないから」

は？　どういうことですか？

「宝玉を集めるのに、いつまでかかるかわからないからね。芽衣子さんに、優しい神様からのプレゼントだよ。それに、諦めて選んじゃうまではお客様だしね」

いつまでかかるかわからないかぁ。ぐさって、心を抉《えぐ》っている気がします。

なんか更に嫌な言葉を最後に聞いた気がするけど、帰る方法があるだけましだと思って、頑張るしかない。そういうことだよね。

「じゃあ、頑張ってね。時々見ているから。困ってそうなら、多分こうやって夢に干渉するから。でも、基本は自力で解決してね。僕はほら、忙しいし非力だから」

えっ、見るだけ？　というか、丸投げ？

「僕は龍宮の宮の管理者で春海《はるみ》といいます。春ちゃんでいいよ。芽衣子さん」

そう言って、春海のご機嫌に手を振る姿がだんだん、薄れていった。

ああ、目が覚めるのね。本当になんて夢だろう。全く。

＊

目の前にいた芽衣子さんの姿が薄れていく。彼女の目が覚めるようだ。とりあえず、伝えるべきことは伝えた。後は、思い出した時に、また夢に干渉すればいい。

黒い革張りのソファにゆったりと座り、気分を落ち着かせる。程良いクッションに気が緩む。机の上のコーヒーに手を伸ばし、一口、二口飲んで、先程の芽衣子を思い出す。そうすると、自然に小さな笑いが口から洩れていた。

いきなり知らない世界に飛ばされて、怒るとか泣くでもない芽衣子の反応が新鮮だった。普通なら、元の世界に帰してくれと自分の顔を見るなり言う。それから、なじったり怒ったり罵倒したりで、最終的には泣き落とし。それが定番。芽衣子の反応は、鈍いと言うか単純と言うか面白いと言うか。まぁ誘導しやすい反応だった。

くっくっと思い出し笑いをしていたら、ぐらりと空間が歪んだ。来客だ。

「春海、何一つ肝心なことを伝えていないけど、彼女に教えなくてもいいの？」

「いいさ、教えてどうなる訳でもあるまい。悪戯に彼女を混乱させるだけだ。彼女には、四神全ての加護がついた。普通にこの世界で暮らすのならば心配することもないだろう。彼女が諦めるまで、お前も干渉するなよ、夏凪《なぎさ》」

「しないわ。私の担当ではないもの。彼女って、どこにでもいる普通の子ね。いい子そうだけど、考えが単純というか、行動がまっすぐというか。でもそこが面白そう」

「あれは、何も考えてないだけだろう」

「本能で生きているって、感じかしら」

夏凪が、くすりと笑った。

「ではね。いずれ彼女が本当のことを知る時がきたら、一緒に謝ってあげてもいいわよ」

夏凪は来た時と同様にふっと消えた。春海はコーヒーをまた一口飲み込む。

ごくりと喉が鳴る音が、妙に耳に響く。

芽衣子にはああ言ったが、実は、箱をあけてこの世界に飛ばされたあちらの世界の人間は、それなりにはいた。「あけてはいけません」と書かれてあるとあけたくなるのが人間の心理なのか、はたまた現実からの逃避や人に騙されたりした結果等々あったが、芽衣子以外は、ちゃんと裏の注意書きを読んだ上であけた。それでも帰りたいと願うならばと、それぞれに芽衣子と同じような白い玉を渡した。だけども、誰一人として宝珠を創ることができず、過去に帰還できた者はいない。

あの注意書きを見た時に、箱の持ち主の情報が自動的に古書店に入り、彼らを古書店に呼び寄せる手筈になっている。更には、この古書店内での会話は、こちらの世界の四神も、あちらの世界の神も、見て聴いている。その結果で、あちらの世界の神との繋がりは切れ、こちらの世界の神がどの加護を与えるか決めるのが通常だ。もちろん、加護が一つももらえなかった者もいた。その結果、すぐに命を落とす者もいた。絶望して自殺する者もいた。諦めてこの世界に生きていく者も当然いた。でも、その結果は全て無だ。

所詮、この世界では彼らは異分子なのだ。しばらくすると繋がりの切れた世界の記憶をなくし、過去の記憶も忘れてしまう。この世界の加護を頼りに、後の人生を送ることになる。酷い時には、戦争に巻き込まれ体を損傷し魂を傷つけられ、この世界の輪廻転生の輪にも入れず、ただ消えていくことだってあった。

突然連れてこられたのに理不尽だと言うかもしれない。

だが、神とは、世界のルールとは、総じて理不尽なものなのだ。

そもそも、十分な幸福を得ているのに、もっとと願い、箱をあけた者が愚かなのだ。

箱をあけることは、あちらの世界の神々の加護を失うことなのだから。

玉手箱のもう一つの役目は、本来の世界との離別の箱なのだ。

もちろん芽衣子に言ったこと、幸福のいいエネルギーの話は本当だし、こちらの世界でそれはとても重要で必要なものだ。だが、あちらの世界の人間がこちらに来たことで、あちらのエネルギーの大きな物がこちらに譲渡され、結果的には同じこととなる。戻れなくても、こちらの世界のエネルギーとして、存在が吸収されるのだから。

だから、春海は箱を渡す時、強いエネルギーを持っている人を選ぶ。芽衣子や箱を渡した他の者も同じく、あちらの世界で強い正のエネルギーを持つ人間だ。彼らの大多数は、与えられた幸福に感謝し、そのまま生涯を終える。そして、死ぬまで感謝して、箱に良い正のエネルギーを送ってくれる。

けれど、一度も話を聞かず、注意書きすら見ないで箱をあけたうっかりな早とちりは芽衣子だけだった。春海にも、どちらの世界の神にとっても、全てが予想外だった。

だから、芽衣子がこちらの世界に飛ばされた時と場所をなかなか突きとめることができず、芽衣子を見つけるのに、かなり時間が経ってしまった。

「生きていてよかった」

ほうっと大きくため息をつく。

箱の持ち主に、春海から幸福の説明をし、万が一あけた場合の注意事項や世界を渡ることを話した後に、あちらの神の加護を断ち切ることになっている。芽衣子のように、あちらの神の加護を切り離せずにこちらに来てしまった場合、この世界で死ぬと明らかに契約違反となる。そしてこの世界で、あちらの神とのつながりを勝手に切ることは許されない。それは過干渉と見なされるからだ。神同士の契約違反は恐ろしい。あちらとこちらでは、神の力レベルが違いすぎるため喧嘩にもならない。一方的な契約解除、最悪の場合は、こちらの世界の崩壊となるかもしれない。それだけはなんとしても避けなければならない。ましてや、芽衣子は神域で働いていた人間だ。本人の自覚なしとはいえ、あちらの神々の加護が強く及んでいる。出会った時も、見えないはずの本屋の姿がしっかり見えていた。この本屋は時空の壁に置いてあるので、神の加護がない人間は見ることも入ることもできない。普通なら、箱を持ち春海が繋げた時点で、あちらの神との繋がりができ、その存在を見せることができるのに。

面白いと芽衣子に会った時に思った。強い正のエネルギー、神の強い加護。それに、強い光を持った瞳。もしかして芽衣子ならば、なし得るかもしれない。本当に五つの宝玉をそろえて、こちらの世界のエネルギーで宝珠を創ることが。それは、こちらの神々が心の底から願ってきた、世界に干渉し得る強い力の起源となる。

芽衣子には、ぜひ頑張ってもらいたい。神々も、その過程を楽しむだろう。

「謝る時は一緒にだったな。覚えておこう」

春海は、残ったコーヒーを飲み干した。次に芽衣子に会う時は、おいしいコーヒーに合うお菓子を用意しようかと、ふと思った時、芽衣子の寝ぼけたような顔を思い出し、気が付いた。人は夢の記憶を鮮明に覚えていられることが稀であることを。

「何度か夢の記憶を裏打ちしないと芽衣子さんは忘れちゃうよね。よし、ポチっとね」

＊

もうじき朝ですね。昨夜は早く寝たのに、なんだか寝た感じがしない。微妙に頭の中がもやもやして、すっきりしない。なんだかなぁ。

とりあえず起きようとした時、左手に何か握っているのに気づいた。眠っている間に何か摑んだのかと、手のひらを開くと、直径二センチ大の白い玉があった。

なんだ？　これ。

玉を見た途端に、頭の中でポチっと音がして、昨夜の夢の出来事がスライドショーのコマ割になって展開された。寝起きで混乱しているせいか、コマの順番が前後している気がするが、白い玉と春海のにやにや顔が頭の奥で点滅してぐるぐる。あれ？　そういえば夢を覚えていたことって、初めてかもしれない。初夢！　いやいや、待って、それよりも今は、目の前の白い玉だ。寝るときは確かに持ってなかった。で、夢でもらった？　あれは夢であって、夢じゃないってこと？

とりあえず落ち着こう。深呼吸、深呼吸。……過呼吸。ちょっとむせた。

甲板や船の中を、人が移動する音が聞こえた。朝が来る。厨房に行かなくては。

セランの髪紐を一本失敬して、白い玉の穴に通し首から下げた。

これだけは絶対になくしちゃいけない。なぜか、それだけははっきり覚えてた。

今は何も考えずに、急いで厨房に走りましょう。

太陽が昇る頃に厨房に着いた。一番乗りはラルクさん。

「おはよう。ラルクさん。今日、僕、何する？」

ラルクさんは私の挨拶に軽く頷き、厨房奥に位置する石釜に手をあてた。

「まずはこの石釜に火を入れる。ここに、昨日の晩に残していた火種がある。これで、オーブンの中の薪に火をつける」

石釜側には三十センチ四方の石の火鉢があって、中にはまだ温かい炭があった。

「つけ方はわかるか？」

わからないと首を振ると、ラルクさんは丁寧に教えてくれました。

まず、壁際に積まれた薪を五本取り、釜の手前部分に組む。薪の皮の乾いた部分をペロッと剝ぎ、種火で火をつけ、組んだ薪の中心に置き、周りに飛び火するよう息を吹きかける。燃え始めた薪を長い棒で奥に移動させ、あとは熱くなるまで蓋をする。

余熱で焼く登り窯《がま》みたいなものかな。薪オーブンなんて日本では出会う機会なかったものね。ラルクさんの流れるような作業を見つつ、順番を頭に焼きつける。

「明日から、朝一番にメイが釜に火を入れる。いいか？」

「はい。わかった」よし、私の仕事だね。

次にラルクさんは、机の下から山盛りのジャガイモの籠を取り出して机の上に置く。

「今から、このジャガイモの皮剝きをしてくれ。今日の朝食に使う」

昨日と同じように籠を部屋の端に引きずっていき、椅子の上に座ってくるくるとジャガイモの皮を剝いていく。こういう単純作業は、考え事にぴったりなんだよね。

ちょうど良いてからジャガイモの皮を剝きながら、昨日の夢を整理しましょう。

スライドの画像を一つずつ、ジャガイモと一緒に落とし込むように、思い出す。
1、ここは私の世界じゃない。
2、箱の中には五つの宝玉があった。それを集めないと帰れない。
3、集めるために必要なものは、白い玉。

4、宝玉は人の心の中にある。
5、宝玉を持つ人に、出会える運があるらしいし、その人に近づくと玉が熱くなる？
6、願いを叶えて宝玉を回収。五個で玉はアシカボールみたいになる。
7、こちらの世界の偉い神様から寿命以外で死なない加護をもらった。
8、春海が、たまには助けてくれる、かもしれない。
最後の一つは見るだけと言っていたが、まあ、たまにでも助けてもらえるなら、いいことにしよう。頭の中で繋いだコマを並べていたら、籠の中のジャガイモは全部剝き終わっていた。ジャガイモがなくなったと顔を上げたら、いつの間にか、レナードさんとマートルが厨房で料理を始めていた。あ、朝の挨拶。

「おはよう、レナードさん。おはよう、マートル」

「おう、おはよう。皮剝き終わったようだな。こっちにくれ」

レナードさんのほうにジャガイモを持っていく。

「おはよう、えらく真剣に皮剝きしてたね。俺も見習わないと。集中力すごいね」

えーと、皮剝きに集中していたわけじゃないんだけど……まぁ、いいか。

次に、ラルクさんが野菜くずを入れた籠をぽいっと私に渡しました。

「家畜の餌だ。ついでに卵を拾ってこい。帰ってきたら皿洗いと厨房の片づけだ」

よし、今日も頑張って働こう。今日もルディと牛さんたちは元気かな。

さて、ここで船の説明をしよう。この船は船底から甲板までの五層構造になっている。一番下の五層目は船底のバラスト石。船のバランスを取るための重し、みたいなものが敷き詰めてある。四層目は家畜部屋に倉庫。貿易船だから交易の荷物とか食料とか。ちなみに厨房の石釜や、レンガ造りの竈は五層目から石やレンガを下積みに敷き詰めて、三層目まで突き抜けた感じだ。三層目は、厨房と食堂に倉庫。二層目は船員たちの部屋に、火薬庫、武器庫、素材室などなどの作業部屋。大砲が左舷《さげん》と右舷《うげん》の両方から、先を突き出すようにして並べられている。一層目は副船長と甲板長の部屋と作業部屋、医務室もここ。そして甲板。甲板の船尾寄りの高台には、船長の部屋と会議室兼貴賓室。驚くことに、この船の中央から船尾にかけてだけでこの構造。大きいのですよ、この船。内部構造は、どこを見ても同じような狭い通路に特徴などなく、ちょっとした迷路みたいだ。

家畜部屋に行くと、ルディはもう家畜の世話を終えて、牛の乳搾りをしていた。

「おはよう、ルディ」

「おはよう、メイ。今日から厨房だよね。どうしたの？」

「ラルクさん、これ、家畜の餌、卵、いる、持っていく」

野菜くずの入った籠をルディの前に、ずいっと差し出した。

「その籠の中身は奥にある家畜の餌箱へ移して。卵の回収は、メイ、よろしくね」

指で餌箱の場所を示し、ルディは乳搾りに戻った。野菜くずを奥の木箱の中に移し、空いた籠を持って鶏の卵を拾っていく。今日は、二十五個。優秀ですね。卵を抱え、ほくほくとした顔で振り向くと、ルディも乳搾りを終え、ミルク缶二つが満杯になっていた。ルディは二つのミルク缶を上手に、竿の前と後ろにかけて持ち上げる。あれ絶対に重い。私は一つでも無理かも。やっぱりルディは男の子だ。

「じゃあ、メイ、厨房に行こうか」

厨房に行く間に、今日の予定についてルディと話をした。

「メイ、部屋を移ることとは聞いているよね。繕い物や洗濯物を広げていたあの小部屋。小さいから二人が精一杯だと思うけど、まあ片づければハンモックで寝られると思う」

「うん。いつ、片づけ？」

「お昼の厨房の仕事が終わってから、部屋の片づけをしようか」

今日から、私もマイ部屋ができるのです。まあルディと二人部屋だけど、楽しみですね。そうそう、お部屋を片づけたら、早速始めなくては。そう思ってから、何を？と頭を疑問が過った。そして何故だかポチっと音がして、答えが脳裏に浮かび上がる。

『ここは、異世界。私は、探さないと帰れない』

え？　は？　異世界。異世界？　ああ、そうか。そうだったのか。世界自体が違うのか。

頭の中でポンッと手を打つ。そう考えれば電気がないこの船の状態も納得ができるし、今の私の状態も理解できる。なぜいきなり異世界なのかと頭を抱えたい気分もあるにはあるが、人間こういう時は諦めが肝心です。夢の中で春海に説教されたことは、とりあえず置いといて、さっさと受け入れましょう。何か月、いや春海の口ぶりだと何年もかかる可能性がある以上、立ち止まっていては私の世界には帰れない。現実を受け入れるのが最善の一手というものだ。

帰るために必要なのは五つの宝玉探し。よし、まずは目星をつけなければね。

首からぶら下がる白い玉を突いて、私の玉よ、頑張って！　と精一杯の念を送った。

厨房に戻ると、いい匂いが充満していた。今日もレナードさんたちが作る食事は大変美味しそう。今日の朝食は、ハムと玉ねぎを挟んだサンドイッチとハッシュドポテト。私は、サンドイッチに使うパンを石釜で次々と温めていく。ふぅ、朝から熱いわ。サウナ効果あるかも。頑張れば、このぷよぷよなお腹がナイスバディになるかな。

パン焼きの次は、皿洗い。火照った手に水が気持ちいい。

それに、やはり単純作業は頭の中が空っぽになって楽というか、うん、調子いい。

回収された皿を洗い終わった頃に、ようやく厨房のレナードさんから声が。

「おう、お疲れさま。朝食を食べてこいよ。俺たちはさっき食べ終わったからな」

レナードさんが渡してくれた朝食は光り輝いて見えました。そのつるつる頭も後光が差して見えます。ぐぅーぐるるるぅーと、お腹が食事を催促しています。

ルディを呼んで食堂の空いた席に座って、やっと朝食です。お腹ペコペコだよ。

まず、メインのサンドイッチをぱくり。う、うあああ、美味しい。

酸味のきいたドレッシングに漬け込んだ玉ねぎと軽くあぶった厚切りハムとのバランスが最高です。あと、パンの味。日本で食べた柔らかいパンと違って、噛むのに歯応えありのすごい弾力。歯と歯茎が丈夫になりますね。このパンを噛んでいくとだんだん味が出てくる。甘いような酸っぱいような、ちょっと苦いのに後味爽やかです。パンには薄くバターが塗ってあり、具材の水分と油分を逃がさない。バターの塩分と具材のコンビネーションは黄金比率です。サンドイッチは断然マヨネーズ派だったけど、バター派に鞍替えしてもいいかもしれない。

次にハッシュドポテト。私が剝いたジャガイモですね。細かく砕いたジャガイモに塩胡椒で味つけをし、小麦粉をつなぎにして小判型に整えて、オーブンでカリカリになるまで焼き色をつける。手順は簡単だが、ジャガイモの美味しさをこれでもかと引き立てる料理です。カリカリの食感にほこほこな口当たり。これは、もはやただのジャガイモではない。ジャガイモが主役になれるこの味は、癖になりそうな味!!

レナードさん、ラルクさん、マートル、美味しい食事をありがとう。

感動しながら食べていると、ルディはもう食べ終わりそうだ。相変わらず早い。ですが今日の私は慌てず騒がず大丈夫！　今こそ、作戦を実行に移す時。

さっと、ズボンのポケットから布巾を取り出して、残り半分のサンドイッチを手早く包む。ふふ、弁当作戦ですよ。ポテトの半分をパンの間に挟み、残りを口に入れたら、リスのように頬が膨れたが、これでルディと一緒に食事を終えることができる。

「そのサンドイッチはどうするの？」

冷めた紅茶で口の中の食事を流し込んでいくと、喉をごくりとポテトが通る。

「あとで、ゆっくり、美味しい、食べる」

「いい考えだね。小腹がすいた時にも良さそう。僕も明日から、同じようにしようかな」

うん、やっぱり美味しい物は、じっくり味わって食べないとね。

皿を片づけ終わったら、次の仕事は厨房の片づけ。指導はマートル先輩です。

「まずは鍋磨き。顔が見えるくらい磨くこと。焦げが残っているなんて論外だからな」

硬い松の葉が重なったようなブラシ。それに、焦げつきを落とす木ベラ、ごわごわな麻紐たわし、毛羽立った皮布、これらを使ってマートルと二人でごしごしと鍋を磨いていく。さすがに毎日使っているだけあって、鍋の内側の汚れは綺麗に落ちる。レナードさんは焦がさないので、すぐにぴかぴかつるつる楽勝だ。でも、鍋の底は直接竈の火に当たるので黒いすすで汚れている。まずは、木のヘラで大きなすすを削り、松の葉ブラシと麻紐たわしで小さなすすを削り、麻の布でごしごしと擦る。最後は皮布の毛羽立った部分で磨くように拭くと鍋底がようやく綺麗になる。おお、顔が映る。銅鍋洗いって大変だわ。ステンレスや行平鍋は簡単に汚れが落ちていたからね。

「いいか、厨房の片づけは元あった場所に必ず戻すことが一番重要なんだ。だから、常に調味料の位置、鍋や包丁の位置までしっかり把握しておくこと」

うんうん、それは重要。他人の台所は使い勝手が悪いって言うものね。

大鍋の位置からレードルの位置までしっかり教えてもらいながら片づける。

「次に使った調味料の補充。胡椒や塩、油や酢等の、よく使う調味料は必ず補充する」

「補充？　何？」おう、難しい言葉が出ました。

「なくなった分だけ入れておくことだよ」

「どこから？」

「この棚と机の下に調味料の補充袋が置いてある。まずはこれを使って補充して」

こういう細かい作業ならなんとか。漏斗《ろうと》を使い、胡椒、塩、酢、油を補充した。

「この袋の中身がなくなったら、倉庫に取りに行く。一番倉庫に食料と調味料が置いてあるんだ。後で僕が夕飯の材料を取りに行く時に一緒に行こう」

一番倉庫ですね。はい、わかりました。ありがとう、先輩。

厨房の片づけが終わった頃、ラルクさんとレナードさんが帰ってきました。彼らは、私たちが片づけている間に昼食の献立を決めて、材料を倉庫から運んできたようです。その筋肉、有効活用してますね。レナードさん、樽って人が担げるんですね。樽の中身は何でしょうか？　ラルクさんの担いでいた袋からは、乾いた豆の流れる音が。お昼の献立が楽しみです。その後は、ルディと一緒に繕い物タイムです。

ルディが収集してきた洗濯物は、大きな籠二つ。その中に臭い洗濯物が山積みです。昨日とは別の部屋の洗濯物だが、刺激臭が酷い。一か月着たきりの人がほとんどなので臭いのは当然らしいが、ここまでとは。鼻つまみ用の洗濯バサミが欲しい。

「昨日みたいに確認して、ほつれや破れを適当に繕っておいてね」

ルディはそう言って出て行った。今からロープの修復作業の手伝いをするそうです。本当にルディはよく働きますね。よし、私も負けないように働かなくては。働かざる者食うべからずなのですから。とりあえず、宝玉や夢のことを考えるの止めよう。今は、自分の仕事をしなくては。レヴィ船長にも頑張れって言われたし。うふふ。昨日のレヴィ船長の言葉や表情を思い出すと、胸の奥がほわほわと温かくなる。私は、褒められると調子に乗って伸びるタイプなのかも。緩む顔が止められない。いや、これもストップで。頬をみにょーんと引っ張って、パンと叩く。仕事仕事。

籠から服を取り出して、綻びチェック。服の裾の刺繍目印チェック。一枚一枚取り出して調べていく。二つ目の籠に手を突っ込むと、キラッと何かが光った。明かり取りの窓から漏れる太陽の光に何かが反射した感じです。なんだろう？

籠の中の服を掻き分けて、繊細な金細工が施された青い石のペンダントを見つけた。手に持ってみると鎖部分が切れている。それが洗濯物の服の袖に絡みついていた。

誰のだろう？　綺麗だし高級そう。多分、何かの間違いでこの籠に入ったんだよね。レヴィ船長のかな。女性用の装飾品かも。あとでルディが来たら聞いてみよう。

失くさないように、部屋で一番高い棚の上に置いた。さぁ、繕い物を始めましょう。

裁縫箱を部屋の中央に置いて、昨日使った木綿針と糸を取り出して針に糸を通す。

そして、ジャーン。本日、二つ目の私の必勝アイテム登場。その名も指貫。これがあれば百人力です。裁縫セットの中に、本当にあってよかった。右手の親指と左手の中指に装着して。メイ、行きます！　やはり指貫があるとないとでは大違い。太い木綿針で押し込む作業の指が痛くない。思わず鼻歌が出るくらいに調子に乗って、どんどん繕っていきます。ふふふん、ふふん。

「メイ、そろそろ繕い物は終わった？」

ルディが帰ってきて、ご機嫌な私の手元をひょいっと覗き込んだ。

「はい、もうすぐ、終わる」

糸の先を玉結びにして、小型のナイフでぶつりと糸を切る。

「お疲れさま。昨日より早いね。ところで、その指に付いてる物は何？」

指貫を知らないのだろうか。手のひらを見せるように広げて指貫を見せた。

「これ、繕い物、指、痛いない」

「そういえば昔、似たような物を見たかも。それって、裁縫の時に使うんだね」

どこの世界でも考えることは一緒だよね。指貫は非力な女性の必要アイテムだ。

「じゃあ、上で洗濯を始めようか」

ルディが服の入った籠を持ち上げた時、青い石のペンダントのことを思い出した。

「待って、ルディ。籠、中、入ってた」

急いで棚の上のペンダントを取ってきて、ルディに見せた。

「ペンダント？　籠の中に入ってたの？　なんで？」

ルディが首をかしげながら私の顔を見るが、私もわかる訳がない。

「ルディ、誰の、知る？」

「知らない。だから後で、船長のところに持っていこう」

やや困った顔のルディがネックレスを裁縫箱の引き出しに入れた時、バンっと大きく戸口のドアが開いた。その時、私の白い玉が、かぁっと熱くなった。感覚としては、熱いお鍋の端を触ってアチッて火傷する感じ。えっ、これって、もしかして例のアレ？

慌ててドアのほうを向いたら、カースが猛然たる勢いで部屋に入ってきた。

「お前たち、俺の部屋に入ったのか！　どうなんだ！」

カースの黒い髪が乱れて額に張りついている。なんだか口調がいつもより慌てている感じだ。カースのいつにない態度に困惑するが、ルディが軽く頷いて答えた。

「あの、洗濯物を取りに、僕が部屋に入りました」

「こいつを俺の部屋に入れてないだろうな。あの部屋には貴重な物が置いてあるんだ」

改めて思うが、カースはいつもに輪をかけて失礼だ。何かあったのだろうか。

「メイは厨房にいたので僕だけです。どうしたんですか？」

ルディも同じように思ったようだが、カースは質問に目を泳がせ口調を濁した。

「いや、すまないルディ。どうやら私は混乱しているようです。探し物が見つからないので。知らないならそれでいい」

カースの探し物？　その時、ぱっと頭にあのペンダントが浮かんだ。もしかして。

私はつい、裁縫箱をあけて、あのペンダントを取り出していた。

「探し物、これ？」

カースはペンダントを見るなり、ひったくるように私の手から奪い取った。

「これだ！　お前が盗んだのか。やっぱりか、この泥棒め！」

カースは私をすごく恐ろしい目で睨み、私の襟元を乱暴に引き寄せ、襟首を絞めた。

その目や言葉にショックを覚えるが、冤罪を否定するために、なんとか首を振った。

「洗濯籠、服の中、入る。誰、知らない。私、取る、ない」

苦しい、離して。

「お前じゃないなら、なんで裁縫箱にこれが入っているんだ」

どんどん首が絞まってくる。喉が痛い。息が苦しい。痛みと苦しさに手足が痺れる。

涙目になった私の眼前に、カースのどこまでも暗い憎しみを携えた瞳が。

「カースさん、そのペンダントは僕が裁縫箱に入れたんです。洗濯籠の服に絡まって入っていたとメイからさっき相談されたので、あとで船長に聞こうと思っていたんです。だから、早く、その手を離してください。メイが死んでしまいます！」

ルディが私の首を絞めているカースを押さえて説明しつつ、その手を叩き落とした。

カースの力が緩んだ途端に気管が解放され、急いで息を吸い込んだ。咳と一緒にぽろりと涙が零れる。空気が刺すように喉が痛い。目の奥が熱くて冷たい。

「ルディ！　庇うのか！　この泥棒を！」

ルディは、私とカースの間に立ちふさがって怒鳴った。

「本当のことだ！　メイは泥棒じゃない！　全て、貴方の誤解です！」

ルディとカースが睨み合っていた。私は痛む喉と胸を押さえて、目を閉じて床にうずくまっていた。ばくばくと音を立てる心臓と急激に襲ってくる眩暈に、目を瞑って耐える。そんな時に、私の肩に誰かの手が触れた。

「冷静になれ、カース。ルディは嘘を言ってない。考えればわかるだろう」

テノールの凛とした声。この声はレヴィ船長？

瞼をなんとかこじ開けたら、酷い眩暈に激しい頭痛が襲い、レヴィ船長の姿が歪む。

ぶれる映像に恐怖する。その姿が消えないうちに、私は必死で言葉を紡《つむ》いだ。

「レヴィ船長、私、違う。信じて」

かすれた声が老人の声みたいだ。そう思ったのを最後に、私は意識を失った。

＊

ポンポンポンって軽く弦を弾く音。柔らかなフルートのような綺麗な旋律。

小さくリズムを取るように時おり入る鈴の音は随分と耳に心地よい。

その旋律はどこかで聞いたことがあるようでないような、不思議な懐かしさだ。

気分が幾分落ち着いて、強張った体からふんわりと力が抜ける気がした。

ああ、気持ち良い。これは誰が演奏しているのでしょうか。

目を開けようとしたけど、力の入らない私の瞼は閉じたまま。

ふいに私の胸と首に誰かの手が、そうっと触れた感じがした。

ほわっとした温かい何かに包まれ、痛みが溶けるように消えていった。

＊

「それで、どうしてメイは首を絞められたんだ？」

セランの厳しい声が耳に響き、すこしずつ私の意識が浮上していく。

「カースさんの私物が洗濯物に紛れていたのを、メイが見つけたんだ。それを泥棒したって勘違いされたんだ」

ルディの声に悔しさが滲んでいた。目の上に重しが載っているようで瞼が開かない。

「なんだよ。泥棒ってメイがか？　ありえないだろうが！」

「そうだよ！　部屋に入ったのは僕だけだし、メイは洗濯籠の中からペンダントを見つけたから、誰のか知らないかって僕に尋ねただけなのに」

「なら、メイは悪くないだろうが！」

セランの声が、はき捨てるように言い放つ。

「そうだな。カースは冷静さを欠いていた。首を絞めるのは、やりすぎだ」

レヴィ船長の声がする。

「俺が許可した以上、メイはこの船の船員で俺の部下だ。カースには厳しく注意する。

頭を冷やさせるし、反省させる意味でも、しばらくは謹慎させる」

セランの大きなため息が聞こえる。

「謹慎か。まあ確かに、頭を冷やせば考えも落ち着くだろう」

「セラン先生、メイは、大丈夫なの？」

ルディの声が震えていた。ああ、心配かけたのね。

「ああ。首を絞められた痛みと窒息の後作用で気を失っただけだ。骨に異常はないし喉の圧迫痕に軟膏も塗った。もう少ししたら目を覚ますだろう
軟膏？　さっきの手はセラン？　あの温かさは軟膏効果だろう」か。効き目抜群だね。

「メイが起きたら、カースには改めて謝罪させる」

皆の会話から記憶を繋ぎ合わせ、私の今の状況がようやく理解できた。

そうだ。私は泥棒に間違われて、カースに首を絞められたんだった。

いきなり首を絞められて、喉が潰れる感じで、痛苦しくなって意識を手放した。

それにしても、あの時のカースの目は怖かった。

昔、幼馴染がいじめにあい、万引きを強要させられていたことがあった。万引きに気づいて、呆然と見ていた私を、彼が歯を食いしばりながら睨んだ。いつも穏やかで優しい幼馴染の、怒りに我を忘れるような暴力的なあの瞳は忘れられない。

カースのあの時の目は、彼の目にとても似ていた。何かが憎くて苛立たしいと訴え

る激しい感情が抑えられない慟哭にも似た視線。当時のことを思い出すと泣きたくなる。いやいや、今と昔は別物だ。混同しては駄目。あれはあれ、これはそれ。それにしても、私は死なないって春海は言ってたけど、軽く死ぬとこだった気がする。痛かったし苦しかった。どうせ死なないなら、痛みを感じないとかのオプションがあってもいいのに。あ、でも、人間は痛みを感じないと壊れるらしいからいらないか。でももしあったら、私の場合は不死だから、ゾンビ化？？？　某スリラーのゾンビみたいな？　それは嫌。ゾンビの仲間入りはしたくない。人間のままがいい。

無駄なことをつらつら考えていると、瞼がピクピクしてきた。あら、目が開きそう。

セランの顔が近くて一瞬慌てたが、心配そうなセランの顔に、思わず微笑んでいた。

「おっ目が覚めたか。どうだ、声は出るか？」

「はい。セラン。声出ます」

うん、痛みも思ったよりないし、声も問題なく出る。ちょっとほっとしました。

「メイ、ごめんね。カースさんを止められなくて。僕が側にいたのに」

ルディが悲しそうに顔を歪めて謝罪するので、私は慌てて首を振って否定した。

「ルディ、私、大丈夫」

ルディのせいではない。私が考えもなく、あの時あそこでペンダントを出したからなのに。後で、ルディが船長に聞いてくれるって言ってたのに。それをすっかり忘れていたのは私。ルディとセランに心配をかけてしまったことが、本当に心苦しい。

「ルディ、セラン、心配、ごめんなさい。あと、ありがとう」

ダメダメな私を見捨てないでくれて、本当にありがとう。

感謝の気持ちを込めて、今の彼らに全開の笑顔でお礼を言うと、セランは苦笑い、ルディはもっと泣きそうになってる。なんで？

「メイ、後日、きちんとカースに謝罪させる。そして、当分カースは謹慎させる」

レヴィ船長の真剣な表情と厳しいながらも心配そうに私を窺う緑の瞳に、なんだか申し訳ない気分になった。私がお馬鹿だからこんな羽目になったのに。自分が情けない。気絶する前のことは覚えている。レヴィ船長の姿が薄れていった時は、死を連想してパニックになりかけた。視界が歪んで、レヴィ船長が怒っているのか悲しんでいるのかわからなくて。それでつい、信じてくださいって、私は言ったと思う。

でも、レヴィ船長は信じてくれた。さっきの言葉はそういうことでしょう。

そう結論づけるとなおさら嬉しい気がしてきました。嬉しくて、嬉しくて、胸が一杯になって、今ならなんでも寛大になってしまう。今の私の心は海よりも広いのです。カースの小さい睨み嫉み嫌味なんて、なんのそのですよ。

「レヴィ船長、カース、謝罪、いらない。私、大丈夫。すぐ治る。謹慎、何？」

知らない言葉に首をかしげる。

「船の自室で反省することだ。もっともあまり長くは無理だが」

なるほど、反省させるんですね。

「はい。ご飯、カース、運ぶ、必要？」

「おいメイ。カースに飯を運んだら謹慎にならないだろう。当然カースは飯抜きだ」

セランは苦笑しながら、私の頭をぽんぽん。

なんと、飯抜きですか。ガーン。それは大変な罰です。私だったら泣いてます。

ショックを受けている私の顔を見て、ルディも笑ってくれた。よかった。

やっぱり、哀しい顔よりいつもの爽やかな笑顔がルディには似合う。

「ルディ、洗濯、終わり？　まだなら、私、手伝う」

するりとベッドから降りたら、ルディの目が大きく開いた。

「そうだった。今から急いで洗濯するよ。メイは寝ていて」

私をベッドに戻そうとするが、私は首を振ってガッツポーズで元気よく答えた。

「二人で洗濯、早い、だから私、働く」

私は本当に大丈夫だよって伝えると、レヴィ船長がセランに、チラッと目で合図。

「まぁ大丈夫かな。痛みもさほどないようだし、気分悪くなったら帰ってくればいい」

私の元気な様子を疑いながらも、ルディは私に仕事をさせることを了承してくれた。

セランから許可が出て、甲板にルディと上がると、風がひゅるひゅる音を立てる。

今日は、やけに青空が高くて雲が綿飴のようですね。

「洗濯の道具を出して待っていて。今から籠を持ってくるから」

ルディの背を見送り、船のマスト付近に設置された小樽から洗濯道具を取り出した。洗濯板と桶とバケツにロープと。海水をくみ上げるには力が足りないので、ルディが帰ってくるまで大人しく待つことに。空には、カモメよりちょっと大きな鳥が数羽マストに留まっていました。海を渡る渡り鳥かな。見上げると、鳥の鳴き声がキーキー、ギャーギャーから、なぜか意味のある言葉に変換されて聞こえてきた。

「ねぇねぇ、あんた。神様の加護者でしょ」

「ねぇねぇ、あんた。神様の守護者でしょ」

は？　え？　上から声？　二重音声っぽいってことは、今のあの鳥たち？

「ねぇねぇ、あんた。知ってる？」

「ねぇねぇ、私たち、知ってるの。だから教えてあげる」

何を？

「もうじき、ここに嵐がくるの」

「とってもとっても、酷い風、大きな雨」

はい？

「ねぇねぇ、私、教えてあげた。もう行くね」

「ねぇねぇ、教えたよ、さぁ行くね」

ちょっと待て、鳥よ。そんな不吉なことをサラッと簡単にすませるな。

「またね、神様の加護者」

「またね、もう行くよ、神様の守護者」

バサリと大きな羽を広げ、鳥が一斉に羽ばたいて西に向かっていく。

言うだけ言って放置とは、これいかに。救助方法とかもっと詳しい情報を教えてくれてもいいのにとも思うが、相手は鳥。そして私は内心パニックの嵐。

そんな私の頭上に、彼らの落とした羽が、ふわりと着地した。はっと気が付いて、周囲を急いで見渡すと、船員たちはいつものようにのんびりと作業をしている。

はぅ、私の耳はどうにかなったのかな。聴力検査は今まで一度も問題なかったはず。

でも、そういえば、さっきの鳥、神様の加護者とか守護者って言ってたよね。

鳥が喋ったとか云々は取りあえず置いといて、あの鳥は、間違いなく私の想像上の産物ではない。この羽が証拠。つまり、現実に鳥が話しかけてきたと。

えっと、落ち着け、私、いや落ち着いている場合ではない⁉

さっき、鳥はなんて言った？　そうだ、すごい嵐がくるって言ったよね。

鳥の言葉と新聞やテレビで得た嵐についての情報が、頭の中でぐるぐる回って攪拌《かくはん》し、危険！　大規模自然災害発生！　と頭の中で大きな警報が鳴り始めた。

これって、危ないよね。確実に！

ひどい嵐ってことは揺れる以前の問題で、下手したらこの船も沈んじゃうよ。

慌てて振り返ると、ルディが洗濯物の籠を持ってきた。

「ルディ、洗濯、駄目、雨、風、ひどい、くる」

気が急くままにルディの手を取り、嵐の来訪を告げた。

「何？　雨？　いい天気だよ。メイ、どうしたの？」

ルディの空を仰ぐ顔が、困ったように少し歪む。

「お願いルディ。大変、船長、知らせて。船、西、必要、行く。風、もうじきくる」

最初は私の突然の言葉に困惑していたルディだったが、私の表情を見て頷いた。

「わかった。メイはその道具を片づけて。洗濯籠は船内に。引きずってもいいから」

ルディはすぐさま船長室に向かって走っていった。

早く、早く。心が焦る。急がなきゃ、どうにかしなきゃ、何ができる？

道具を急いで樽に入れてしっかりと蓋をする。洗濯物の籠を引きずっていたら、私の側で網の修理をしていた、見覚えのある小太りなおじさんが手伝ってくれた。

「おい、ペッソ。雨がくるのか？　なんでわかる？」

「風、変、鳥、みんな、西逃げた。ひどい雨くる、わかる」

わかる言葉を繋いで一生懸命に伝えた。おじさんは眉を顰めて聞いてくる。

「風でわかるのか？　ひどく荒れるのか？」

「ひどい雨、風、早く、船、逃げる、必要」

「嵐がくるのか。本当にそうなら、急がなきゃならねえ」

おじさんは、部下たちに一斉に合図を出す。

「おい、今日の作業は中止だ。そこいらに散らばっている物を船内に急いでしまえ。あと、係留ロープを持って来い。一番丈夫な奴だ。船の甲板に出ている設備を補強する。全ての樽が動かないようにしっかり柱に固定しろ。急げ！」

おじさんの大きな号令に、甲板でのんびり作業していた人たちが、一斉に体を起こして甲板の上や船内を走り始めた。バタバタと船員が動き始める。早く、早く。空を何度も見上げる。風が少しずつ向きを変え始め、空にはもう鳥の姿もない。

さっきまで浮かんでいた大きな雲は、ちぎれたように小さく細くなり南に棚引いていた。

「おい、何があった？」

甲板長であるバルトさんが走ってきた。

「これから、でかい嵐がくるそうです。だから、急いで船の補強準備をしています」

おじさんがバルトさんに説明をする。

「なんだと？　俺は聞いてないぞ？　カースや船長はどこ行った？」

「このペッソが言ったんですよ。風がオカシイ、雨がくるのがわかる。大きな嵐がくるから鳥が一斉に逃げたって」

おじさんが私の言いたいことをしっかりとバルトさんに伝えてくれた。

バルトさんは大きな体を屈めて、私と目の高さを合わせ、ぎろりと睨んだ。

「おい、メイ。本当なのか？　嘘だったら、ただじゃすまない」

「本当、くる、信じて」

目を逸らさずに訴える。早く早く。

「わかった。どっちにしろ嵐に備えるのは、万が一を考えても悪いことじゃねえしな」

バルトさんの大きな毛むくじゃらの手が私の頭をぐしゃぐしゃにした。

早く早く。船内から、ルディが船長を連れてきてくれた。

「メイ、海が荒れるのか？」

レヴィ船長の真剣な目に、私もまっすぐ視線を返した。

「風、おかしい、雨、くる。大きい、ひどい、嵐。鳥、西に逃げた」

レヴィ船長は眉間にしわを寄せたまま質問してきた。

「メイ、今日は雲も多いし風も速いが、嵐になるほどじゃない。しかし、西か……」

レヴィ船長が顎に手をやって考え込む。

「メイ、西がどっちかわかるか？」

何を今、そんなこと。私はぐるっと手を左の方向に動かした。

「こっち、西。鳥行った」

早く早く。

「カース、どうだ?」

後ろにカースがいた。息がはずんでいる。急いで走ってきたんだろう。

「方角は合ってます。波の位置と風の向きが、やや強いのも事実です。しかしそれだけでは嵐がくる前兆とは言えません。可能性はある程度です。ですが、大きな雨雲はまだ見えてきませんし、波の先も泡立っていない。嵐と決めつけるのは早計です」

レヴィ船長はカースの話を聞いて尚、私の必死の表情を見て決めたようだ。

「バルト、船内全員に伝えろ。嵐がくる。総員、備えを急げ」

バルトが甲板船尾に取りつけてある大きなベルを鳴らして指示を出す。

カンカンカン。

「急な嵐なら雨雲が見えてから針路を変えるのでは遅すぎる。可能性があるのなら万全の備えをしておく」

カースが悔しそうに口を引き締めて私を睨んだ。

「もし違ってたら、船から叩き出します」

おお、捨て台詞だよ。様式美だね。じゃなくて、早く早く。

「面舵一杯《おもかじいっぱい》！」

レヴィ船長が舵を動かし、大きな声で船の方向を変える指示を出す。

船員が、ヤードの位置を右舷からの風を受けるように索具の留めをずらした。滑車からロープが勢いよく放たれる。大きな四本のマストに張られていた帆の向きが変わり、船が西に向かう。畳まれていた船尾の三角帆が一斉に開いて膨らんだ。

ギィっと大きく軋《きし》み音を立てながら船の行路がようやく西に変わったその時、

「船長！　南から大きな黒い雲が、すごい速さでこっちに向かってきてます！」

メインマストの上部にある見張り台から大きな声が響いた。

一斉に緊張の糸が周囲に張りめぐらされる。レヴィ船長は冷静に船員に告げる。

「来たか！　急げ、船の行路を嵐から逸らすぞ！」

ばたばたと人が船内と甲板で動く。みんな真剣な顔。生死がかかっているのですから当然でしょう。バルト甲板長が、甲板にまだいた私の背を船室に向けて押した。

「メイ、船内に入れ。入ったら体をロープで柱かどこかに括りつけて固定しろ」

私は頷いて船内に向かって走った。ちらりと振り返ったら、船長は舵を取り、甲板長とカースが船員たちに大きな声でそれぞれ指示を出しながら忙しく走っていた。

南の空には、不気味な程黒い大きな雲。青い空を次々と飲み込み浸食する。

さっきまで青かった空がみるみる黒い雲で覆われていく。……ぞっとした。

波が高くなり船の揺れで足元もおぼつかないが、まだ皆は忙しなく動けている。

そんな中、私は何をすればいいのでしょう。ロープでぐるぐる巻きになる前に何かできることがあるかもしれない。そう思って厨房へ降りたら、食堂の椅子や机が一箇所に纏められロープで括られていた。戸棚は全てロープで取手を縛ってありましたし、鍋は重ねられ箱に纏めて入れられて紐で柱に括りつけてあった。防災ばっちりね。

だけど、厨房にいたのはマートルだけでした。レナードさんとラルクさんは、地下食料庫に行ったらしい。で、マートルはここで、火の番をしているそうです。

釜の火は消えている。竈の火も今は灰の中で一応、消えているようです。

いつもレナードさんが竈の前なので、マートルがそこにいるのはちょっと違和感。

はっ、駄目。そんなこと考えている場合じゃないんだった。

「マートル、私、手伝う、ある？」

「いや、ここはもう終わったよ。でも、あーっと、んー」何か言いたそう？

「何？　言って」

マートルは、右眉を下げて目尻をぽりぽりかきながら言った。

「あのな、悪いんだけど、ちょっと火の番を代わってくれないか？　俺、甲板に大事な物を落としたかもしれないんだ」

落とし物？

「見つけたらすぐ帰ってくるから。お願い」

「何、落とした？」

「船に乗る時に、彼女がお守りにって札刺《ふださし》の革紐をくれたんだ。最近、髪はいつも覆っているだろ。だからついポケットに入れたままで。でも、さっき確かめたらなくて」

「お守り？」

「ああ、俺の無事を祈って彼女の髪と神様の札を革に編み込んで作ってくれたんだ」

そういえば、マートルは結構カラフルな革紐で髪を括っていた気がする。

「たぶん、さっき甲板に足りなくなったロープを取りに行った時に落としたんだ。早く探さないと、嵐がきたら絶対流されてしまう」

でも、火の番って、何をどうしたらいいのかわからない。代わってあげたいけど、嵐に遭遇した際に何かが起こるかも。大変なことになったら、私では対処できない。

やはり断ろうと思い、マートルを見返したら、必死な顔をしていた。

「頼む！」

「……レナードさんとラルクさん、すぐ、帰る？」

故郷で待つ大事な人からの心が籠もった贈り物。どうしてもなくしたくない気持ちはわかる。事情を聞いたら断れないよね。結局、早く帰ってくるならばと引き受けた。

「お願い、早く、帰る」

「わかってる。見つけたらすぐ帰ってくるから」

マートルは走って甲板に出て行った。

それから何をするでもなく、ジッと竈の灰を見つめていた。火の番だもの。

足元の揺れが大きくなって、ぐらぐらするたびに戸棚や鍋が、がしゃがしゃと大きな音を立てて結構怖い。更には、しばらくしたら竈から薄く煙が出てきた。

船の揺れに合わせて灰の中に空気が入り、消えかけた火が再燃しちゃったのかも。

周囲を見渡したが、水は海水しかここにない。でも、海水はかけちゃいけないって、以前、学校に来た消防士さんに言われた。もし海水をかけたら、海水の成分から水素が発生して爆発するかもしれないからって。思い出してよかった。爆発とか怖すぎる。

火を消すには、空気が通れないように土とかで空気の通り道を遮断することが必要。土はない、海の上だし。でも空気遮断ならできるかも。

探したら石釜用の銅の型鍋（二十センチくらいの正方形のケーキ型みたいな鍋）が平台の下に。それを逆さにして燻《くすぶ》っている灰の上にかぶせた。汚れるが火事は起こらないだろう。

煙がしばらく鍋と竈の隙間から出ていたが、やがて出なくなった。

これでよし。思わず右腕で大きくガッツポーズをした。

程なく、レナードさんとラルクさんが帰ってきました。

「メイ、マートルはどうした？」

「火の番、代わった。マートル、すぐ、帰る」

竈の中の鍋にレナードさんが目を留めた。

「これは？　メイか？」こくりと頷く。

「煙、出た。消す、海水駄目、だから、蓋」

レナードさんが、感心した様子で私を見た。

「へぇ、よく知ってたな。ほとんどの奴は、火が燻ったら海水を掛けようとするが」

「マートルも、そうだった」とラルクさんの呟き。あらまぁ。

「メイ、よくやった」

レナードさんとラルクさんが私の肩を軽く叩いて褒めてくれた。

「メイ、ここは俺たちだけでいい。マートルに、すぐ厨房に戻るように言ってくれ」

マートルはまだ帰ってこない。探し物が見つからないのかな。

外はかなり風が強くて、大波が舷側を叩きつけるたびに船が大きく揺れる。

大粒の雨と黒い雲のせいで視界が暗い。よく見えなくて探せないのかも。

よし、マートルを手伝ってこよう。探し物なら一人より二人の方が効率良いはず。

ぐらぐらする船の中を、右へ左へと壁にぶつかりながら甲板へ向かっていく。

さっきまでと打って変わったように廊下には人がいない。

たぶん、皆は部屋でおとなしくロープ巻きになっているのだろう。


甲板に出ると、船長とバルトさんの大声がして、各自がロープを体に巻きつけた状態でヤードから伸びるロープの調節をしていた。雨風がひどく、船が大きく揺れて視界が悪い。海からの波しぶきが直接体と顔にかかる。しょっぱい。もはや雨でぬれているのか、海水に浸かっているのかわからない状態だ。そして真上の空はもう墨黒だ。

戸口に摑まりつつ探したら、マートルは、第二マスト近くのロープに体を括りつけられていた。ぐったりとして動かないが、あれなら大丈夫かな？

側に行きたいけど、この嵐の中であそこまでたどり着ける自信は全くない。うん、死ななければ後でなんとでもなるよね。私もその辺の柱でぐるぐる巻きになろう。

そう思って柱の周りを見渡したが、どこも定員一杯のようで、入れてとお願いしても無理そうな感じです。突然の嵐でレヴィ船長もバルトさんもカースも皆も必死だった。襲ってくる激しい波と風に翻弄され、船を制御するのに精一杯なのだろう。

私も諦めて船内に戻ろう。マートルが無事であるようにと柏手を打った。

その時、ごうっと大きな風が吹いた。四番目のマストの向きが傾いた。船尾右方向にいたカースが船員に指示を出しながら、揺れるマストに近づくと、ぐらっと大きく船が揺れ、カースのポケットからキラッと光る物が落ちた。あのペンダントだ。

ペンダントはころころ転がっていき、船の縁で止まった。カースは急いで命綱を解いて追いかけ、ペンダントを船の縁で落ちる寸前に捕まえた時、四番目のヤードから伸びていたロープが切れた。


ビギッ。


索具の滑車がロープの端に絡まって風に煽られて大きく旋回した。

滑車の旋回ルートはカースのいる位置。

「カース、危ない。避けて！」

大きな声で叫ぶと、カースは私の声に反応して咄嗟に振り向いた。

だけど無理だ。避けられない。カースの側頭部と右肩に滑車が勢いよくぶつかった。

カースの頭から血が弾けるように飛び散って、カースは船の縁に被さるようにぐらりと体を傾かせ、体が船から落ちそうになっていた。危ない。海に落ちる。

そう思った時、私はまっすぐカースのほうに駆けだしていた。

駄目よ！　まだ、落ちないで！

船の外に落ちないように全体重をかけて、まっすぐカースにぶつかっていった。

私の渾身の猪アタックでカースと私は、船の縁付近をごろごろ転がって、ロープで括りつけられた樽付近で止まった。ホッとする間もなく、視界に恐ろしいほどの大波がくるのが見えた。波を見た時、私はカースの体を庇うようにしっかりと上から被さり、樽に巻きつけてあった係留ロープをとっさに私の両腕に巻きつけた。

ゴゴン。

そんな音が耳の中でした。私とカースの上に大きな波が襲ってきた。全身が波に包まれて、海の水に引っ張られる。全身が引き絞られ、縦横無尽に波にもまれた。海に引きずり込まれないために両腕に巻きつけたロープが私の腕を締め上げる。腕に、骨に、全身に響く痛み。その痛みのおかげで海に引っ張られている間もなんとか意識はあった。だからカースを放さないように、ぐっと抱きついていられた。

波との一回目の綱引きは勝った。でも嵐は続いている。まだ終わってない。

上を見上げると第二陣の大波が迫っていた。大きい。まるで壁のようだ。

レヴィ船長が、視線で私に大丈夫かって問うている気がするが、もう声が出ない。

呼吸をするための息が白い湯気のようになって、海水と咳が一緒に喉から出る。

苦しかったが、大丈夫だと伝えたくて大きく頷いた。

その後、幾度となく波にもまれ、次第にどのくらいの時間が経ったのか感覚がなくなってきたが、それでも意識は留めていた。

バルトさんが揺れている滑車をなんとか捕まえ再び船の端にロープを括りつけ、全部のマストが同方向を向くと、船尾部の三角帆が大きく風を捉え船の速度が上がる。

「よし、もうじき抜けるぞ」

レヴィ船長の声がしたが、もう首を、いえ、指一本すら動かすことも億劫です。

大きな波の音はまだしていたけど、だんだんと黒い雲の陰から抜けて、視界が明るくなってきた。薄い雲の合間から光が見えた。黒い雲はまっすぐ以前の船のルートを進んでいた。嵐のルートから無事逸れたんだ。青空を見た途端、ほっとした。

ずっと抱きしめていたカースの胸の鼓動が聞こえるのを確かめたら、力が抜けた。

そして、そのままカースの上に倒れ込むようにして私は意識を失った。

＊

……寒い。つま先から指先まできんきんと痛みが響く。スキーに行った時の雪山の寒さよりも辛い。寒さに体が震えて、歯が音を立てる。手足の感覚がない。自分の体なのにひどく重い。手足が凍りついたように冷たく、氷柱を背負っているようだ。なんとか体を丸めて寒さをやわらげようとしたけど体が動かない。

私、どうしちゃったのかな。このまま体が動かなくて寒いのが続くと、どうなるの。

冷凍ゾンビ決定？　しかし、冷凍ってことは解凍すると、冷凍みかん？

う〜ん、死ぬ時は走馬灯と言うが、何も思い浮かばない。私って、実は薄情者かも。

いやいや暗いこと考えるから、後ろ向きになるんだよ。明るいこと考えよう。

イルミネーションに、ＬＥＤ、太陽光だよって、なんか違う？　まあ、いいか。

そんなことをつらつら考えていると、体が次第に暖かくなってきた。

最初は胸の辺りから。そのうち、背中と腰からじわじわと暖かさが広がっていく。

まず、背中の氷柱が溶けた。次に、体の震えが止まって、歯も無事だ。

そうすると、口から、大きなため息がゆっくりと出た。暖かい、なんて気持ちいい。

暖かさが体中に広がって、血液が流れているのがわかる。自分の心臓がとくとくと音を立てている。大きな暖かな毛布で体をすっぽり覆われている感じ。

私、生きてる。そう思ったら、体の緊張が解けた。

本当に気持ちよくて、暖かな毛布に顔を擦りつける。ちょっと硬いけど暖かい。

私は、こたつ派だったけど、電気毛布もいいかもしれない。帰ったら電気毛布買ってこようかな。ん？　帰ったらってどこから？　私、今、どこにいるんだっけ？

「メイ、気が付いたのか？」

耳元で声がしました。聞き覚えのある素敵ボイスですよ。

更に、暖かいけど硬いざらりとしたものが私のうなじを撫でた。

うひょ！　何？

私の瞼がぱちっと開いた。私の目の前数センチの間近に、レヴィ船長の綺麗なエメラルドのような瞳と視線がばっちりと合う。透き通るような美しいエメラルド色の瞳に、今は私の顔が映ってる。あ、私、寝起きのとぼけた顔してる？　夢？

夢なら笑顔が見放題と、優しい顔のレヴィ船長を見ていたら、

「メイ、もう目は覚めたか？」

はっ、妄想ではなく、本物？　目を瞬いて慌てて答える。

「はい、大丈夫。起きた。レヴィ船長、一緒？　私、どうした？」

レヴィ船長は、目下混乱中の私の肩をぐっと抱き寄せて、耳元でつぶやいた。

「体が冷えきっていたから、暖めただけだ」

ああ、私の毛布は船長だったのね。どうりで硬いと。頭の端っこでどこか納得したような気がした私は、船長の首元で反射的に返事する。

「えー、あ、ありがとう。レヴィ船長」

なるほど、冬山で、遭難しかけたら人肌って言うものね。ん？　人肌？

その時、はっと気がついた。私、裸です。ブラどころかパンツもはいてないです。

のおおおおおー。意識した途端に、体中が熱くなってきた。今、顔面まっ赤選手権とかあったら、私、優勝間違いなしだ。

更には、あらまぁ、レヴィ船長も私が見える範囲では上は着ていません。下は……。考えると頭が破裂しそうです。すいません。鼻血が出そうです。うう。

レヴィ船長は脳内暴走気味な私を抱き寄せたまま、私の背中をするすると撫でる。これは緊急事態の救命措置の一環なのです。レヴィ船長の善意に他意はないはず。ここは、修行僧になったつもりで、恥ずかしさを克服するのよ、メイ。

脳内で騒ぐ感情を抑え込み、脳内歌合戦を実施していたら、レヴィ船長が呟いた。

「メイは、本当に小さいな。柔らかいし」

……胸も小さいし体はぷよぷよです。ああ、一瞬でいいから美ボディになりたい。

「体はもう大丈夫か？　痛むとこはないか？」

体？　そういえば、腕が痛いです。というより、全身筋肉痛です。

「腕、痛い。あとは、ちょっと、背中と、肩？」

背中に回っていた左手が、強張っていた私の腕に伸びて、優しくさすってくれた。レヴィ船長の超絶丁寧なマッサージは、痛いのにいろいろくすぐったい。うにゃ～。

「まあ、しばらくは痛いだろう。だが大きな怪我はしてないから問題ないな」

そうだよ、この間から怪我三昧だったのだから、怪我がないのはいいことだよ。

あれ？　怪我って、何かが頭の中で今ちろっと走りました。その瞬間に思い出した。カースは？　どうなったの？　生きてる？　頭から血がどばって出てたよね。

頭のぽわぽわした感じが、冷水をかけられたように一瞬でさめた。

「レヴィ船長、カースは？　怪我、大変？　生きてる？」

レヴィ船長は、私の顔を見ながら柔らかく微笑んだ。

「ああ、メイのおかげでカースは無事だ。生きている。怪我は出血が多かった割には酷くないそうだ。まだ意識が戻らないが、じきに目を覚ますだろう」

良いニュースに、ほっとした。カースも無事で、船も嵐を越えた。本当によかった。

嬉しくなったら思わずにんまり笑顔に。うふふ、困難を乗り越えたら良い事ばかり。

やはり、そういうのが一番いいです。皆が笑顔、私も笑顔。これが一番いい。

にこにこしてたら、レヴィ船長に再度ぎゅっと抱きしめられ、頭の上にちゅっと柔らかい何かが触れた。更には、ちゅっちゅっちゅっと、額に、鼻に、頬に。

一瞬で固まった私をよそに、レヴィ船長の指が頬をするっと撫でていき、顎をくっと持ち上げて、指が唇で止まった。目を見張ったままの私に見惚れるような笑みを見せ、そのまま、ぎゅっと抱きしめられた。首筋に温かなレヴィ船長の息が掛かる。

何故、何、何が、どうなって、そうなって、あれ？　これって、夢？　幻？

しばらくしたら、レヴィ船長は絶賛混乱中の私の側から離れ、ベッドから降りた。

……レヴィ船長ってトランクス派だったんですね。お尻の形が微妙に見えない。じゃなくて、よかった。もし、レヴィ船長も何もつけてなかったら目の行き場がないところでした。一応、私だって嫁入り前の娘ですし。ねぇ。

頬を染めて、シーツの中でもじもじしていたら、早々と服を着たレヴィ船長が、ベッドの上にバサッと服を投げてきた。

「替えの服だ。お前の服が乾くまで、これを着ていろ」

置かれた服の裾には黒の一文字。知ってる。これ、レヴィ船長の服です。

「セランやレナードが心配していた。後で顔を見せておけ。だが、無理はするな」

レヴィ船長は私の頬を数回ゆっくりと撫でたあと、部屋を出て行った。

船長を見送った後、改めて部屋を見渡すと、ぎっしりと本が詰まった本棚、書き物机、壁には国旗と地図、部屋の奥隅には猫足のお風呂、衝立《ついたて》に吊り鏡。大きいチェストと飾り棚。ここは、レヴィ船長の私室のようです。初めて入りました。船長室の奥の部屋ってこんな風になっていたのね。

ぼーっとしてたら、くしゃみが出た。とりあえず服を着よう。

服をもそもそと着込むと、ふわっと薫るレヴィ船長の香り。いい匂いだ。人の体臭に優劣はつけないが、なんだか安心する香りです。それにやっぱり大きい。長い袖と裾を弄《まさぐ》ると黒い一文字の刺繍が見えた。えへへと、つい顔が緩む。

あ、そういえばと、先程のレヴィ船長の言葉を思い出した。

そうだ、着替えて医務室に行かなくては。カースの状態はどうなのだろう。それに、厨房のお手伝いの仕事があるし雑用も。ばさりと毛布を剝ごうとして、体が固まった。

……か、体が、首が、腰が、腕が、痛い。私、こんなで仕事ができるのでしょうか。

湿布、湿布が欲しい。セランの軟膏塗ったら、皿洗いならなんとかできるかな。

そういえば、マートルの探し物は見つかったのかな。できることやいろいろな疑問が、次々と浮かんでは頭の端に溜まる。ゆっくり体を起こしてベッドから立ち上がると体中がビキリと引きつった。この酷い筋肉痛はいつ治るだろうか。それが問題だ。


壁を伝いながら、セランのいる医務室へなんとか降りて行くが、体幹が安定しない。まっすぐ進んでいるはずなのに、あっちへふらふら、こっちへふらふら。

軟膏を塗ればましになるかもしれないが、全身筋肉痛って、本当にきつい。

前から来る人ですら自力で避けられません。お願いですから避けてください。

「おう、ペッソ。もう起きていいのか？　今回はお手柄だったな」

話しかけてきた人は、どこかで見た顔。私が内心で首をかしげていると、

「なんだ、そのへっぴり腰は。もうちょっと気合入れてみろよ」

背中を軽く叩かれ、べしゃって潰れました。本人は軽くだったのでしょう、多分。

昨日までの私ならば、こんな衝撃でも軽く受け止めたかもしれないが、今の私はワカメのようにふらふらなのです。うう、体が軋んで、痛くて涙が出そうです。

神様、筋肉痛は加護でなんとかならないのでしょうか。

起き上がれない私を、彼は申し訳なさそうに優しく引っ張り上げてくれた。

「おい、怪我をしている子供だぞ。乱暴にするな」

あっ、甲板で網とロープの修理の仕事をしていた小太りのおじさんです。見知った顔を見つけて、ようやく目の前の彼らがわかりました。名前は知りませんが、このおじさんの部下たちです。そういえばこんな顔でした。まずは、お礼を。

「ありがとう」

おじさんは丸い顔で、にかっと笑う。いい笑顔です。

「いいってことよ。俺はアントンだ。お前の名前はなんだ？　ペッソ」

おおっ、初めての自己紹介です。アントンさんは頭部を覆うように赤のバンダナを巻いていて、アンパン〇ンのようなふっくらした顔をしていた。

「私、名前、メイ。よろしく」

私も負けないとばかりに、にぱっと笑いました。

「メイか、よろしくな」

次いで、目の前にいた三人のガタイのいい男たちも自己紹介してくれました。

「メイ、俺はコリン、こっちはゾルダック、あっちはハロルドだよ」

三人とも体格は似たり寄ったりの大柄な筋肉マン。私と背丈があまり変わらないアントンさんとの身長差は優に三十センチ以上あると思う。

「おい、そろそろ仕事に戻れ。今日中に傷んだロープを新しいのに取り替えるぞ」

「「「はい。アントン」」」

大柄な彼らに囲まれているアントンさんの背中は、誰よりも大きく見えた。アントンさんは、とても信頼され尊敬に値する上司なのでしょう。三人の素直な返事に、軽い足取りがそれを物語っていた。甲板に向かう彼らの背を見送っていたら、トントンと小さく背中を突かれた。筋肉痛を気遣ってくれているのでしょう。いい人です。

「これからどこに行くんだ？」

「医務室、セラン、会う」

医務室の方向を指さすと、アントンさんの口から衝撃的な事実が。

「そうか、まぁ無理するなよ。なんたって、丸一日、寝込んでたんだからな」

「は？　丸一日？」

「おう。嵐に遭遇したのは昨日の昼だぜ」

なんと！

「医務室より先に朝食を取ったらどうだ？　腹が減ると力も出ないだろ」

朝食。その言葉を聞いた途端、思い出したように、お腹が急激に空いてきた。

なるほど。食事を取ってないから力が入らないのね。全身が痛いので、感覚が麻痺していたようです。それとも、海水を飲んだから、お腹が錯覚していたのかも。

私としたことが、なんたる失態。腹時計の正確さには自信があったのに。

「はは、セランには、先に食事に行ったたって伝えとくよ。行ってこい」

ぐうううう〜。……のう、お腹が口より早く返事をした。

「ぷはっ、腹のほうが早い返事だ」

アントンさんはニコニコ笑いながら手を振ってくれました。ありがとう。

よし、まずはお腹の要求を満たさねば。先にご飯に行ってきます。


よたよたとなんとか食堂にたどり着くと、ルディが私の元に走ってきた。

「メイ。よかった。目が覚めたんだ」

私の顔を見るなり、ぎゅって抱きついてきた。

あう、痛い。力はそんなに強くないけど、今は地味に全身が痛いので響く。

「セラン先生は、船長がついてるから心配ないって言ってたけど、夕飯の時間になっても起きてこなかったから、本当に大丈夫だろうかって、不安だったんだ」

体は痛いけど、こんなに心配してくれるその気持ちは嬉しい。

「ありがとう。ルディ」

ちょっと感動しながら、軋む両手でルディの背を軽くポンポンと叩いた。

「おう、メイ、目が覚めたのか。朝食をルディに持っていかせようと思っていたところだ。もう、大分いいならここで食べていけ」

レナードさんが、食事の皿が載ったトレーを机に置いてくれた。あっ、私、手伝いしてない。私は厨房の下っ端なのに。食事の前にルディを手伝おうとしたら、

「あ、メイ、今日から三日は厨房で働かなくていいって」

なんと！　ルディが問題発言を！　私、クビ？　まだ、下っ端三日目なのに。

ショックを受けていると、ルディは私の思考を察して、わかりやすく苦笑した。

「食事後、メイは医務室でセラン先生の手伝いだって。結構、怪我人が出たんだって。人手がいるし、それに今のメイに力仕事はできないでしょ」

うん。よく、わかるね。

「生まれたての子馬のようにプルプル震えて歩いていれば、誰だってわかるよ」

いい表現です。でも、お腹一杯食べれば、治るかもしれないよ。明日には厨房で働けるようになるかも。と、尚もルディに言い募ろうとしたらビシッと言われた。

「船長命令！　だよ」

ルディは私のよたよたな体を心配して手を取り、ゆっくりと席に座らせてくれた。

本当に、ルディにはお世話になりっぱなしです。体が治ったら、ちゃんと働いて、私もルディを颯爽と助けられるようになるからね。

さて、食事です。今日の朝食はカリカリベーコンと焼きトマトのチーズ載せ、ジャガバター、それに、コーンスープと玉ねぎを練り込んだ硬パンです。

「はい、ゆっくり食べてね。飲み物はここに置くね」

はぁ、至れり尽くせりですね。本当においしそう。匂いもそうですが、見た目も天晴れ。程よく焼けたベーコンの脂身とチーズの蕩《と》け具合が絶妙でトマトの赤が魅惑する。唾液が絶えず出てくる。口に入れると、うむぅ～ベーコンの厚みがたまりません。一センチ以上あるよね。かぶりと食べた先に、広がる香ばしいベーコンとじわりと染みるトマトの酸味。その上で絡まるチーズが最高の調和をもたらす。

うみゃ～ん、とろける～。私、生きててよかった。心の底から、今思う。

それに、今日はコーンが小さく刻んであって、よりコーンの甘味が増してクリーミー。玉ねぎのパンは焼き立てほかほかで外側パリッとなのに、中はしっとりで玉ねぎがいいアクセントになっている。このパンは冷めると硬くなるが、今は柔らかい。

ゆっくり食べていると、ご飯を食べ終わった皆が、去り際に体を気遣う言葉をかけてくれる。皆、大変優しいです。これって、船員に仲間と認められた感じで、嬉しい。

「皆、昨日の一件を知ってるんだよ。アントンさんが、皆に話したからね」

昨日？　私、寝こけてたんだよね。何かあったの？　首をかしげていると、

「昨日の嵐で被害が少なかったのは、メイのおかげだって。それに、怪我をしたカースさんを、体を張って助けたんだろう。嵐をものともせず。って昨日の晩に、ここでアントンさんたちが、とくとくと酒のつまみに話してたよ」

はい？

「皆、メイを勇気があるって褒めてたよ。俺たちは、メイのおかげで助かったって」

えーと、間違ってはいないけど、何か、とても大げさになっているような。

「ルディ、違う。レヴィ船長、皆、頑張った。だから、嵐、私、おかげ、違う」

だって、嵐がくるって鳥が言うから伝えただけ。私が助けたなんて、とんでもない。レヴィ船長やアントンさん、ルディやバルトさんが信じて嵐を避けるために動いてくれたからなんとかなったのだし。

「それに、あんなことがあった後なのに、カースさんを命懸けで助けちゃうなんて」

あんなこと？　なんだっけ？

「ペンダントの一件だよ」

そうだ、ころっと忘れてた。

「うん、忘れた」

そう言うと、ルディは一瞬驚いて苦笑した後、「メイはいいね」って、多分褒めて

くれたよう？　忘れていただけなのに褒められた。体は痛いけど得をした気分です。
「食後は医務室に行っておいでよ。じゃあね、メイ」
お腹が落ち着いたら、幾分、体の動きが滑らかになったようで、足に力を入れても
へちょってなりません。ご飯パワーが満タンだからですね。よし、行きましょう。
楽しい雰囲気に美味しいご飯。今日の朝食は格別でした。
ごちそうさまでした。大変、おいしゅうございました。
食器を片づけようとしたら、さっとルディがやってきて、私の手から食器を奪って
いったので、厨房の三人に挨拶をして、私はゆっくりと医務室に向かいました。

医務室に入ると、人が少ない。怪我人が多いと聞いたが、部屋には怪我人二人だけ。

それも治療はほとんど終わっている様子。どういうことだろう？

「右腕を十日は動かすな。下手すると一生曲がったままになるぞ。痛み止めはいるか？」

セランは、手際よく折れた右腕に添え木と包帯を巻き、三角の布で首から腕を吊る。

腕を骨折しているようです。そっちの人は足かな？　痛そうだな。

セランが持つ小さな注射器がキラリと光った。それが痛み止めかしら。

「いやいや、先生、酒は飲んでもいいんだろ？　なら、すぐ治るさ。なぁ、そうだろ」

「そうそう、美味い料理に酒があったら、痛みなんて忘れちまう。薬なんていらねぇ」

「そうか、今度酒飲んで暴れたら、もう診てやらん。加減して飲めよ」

「了解でさぁ。有難うございます、先生様」

彼らはお互いに助け合いながら、急いで部屋を出て行く。元気そうでよかった。

彼らの背中を見送っていたら、セランが薬を片づけ終えて、こちらを向いた。

「よう、メイ。体の調子はどうだ？　転がったほうが速いくらいによたよた歩いてたってアントンから聞いたが、どっか怪我してたか？」

髭を片手で触りながら私をじっと診察。よたよたしてたのは本当だけど首を振る。

「怪我、ない、でも、体、痛い」

「ああ、ロープ一本でカースを庇って、何度も大波に耐えたんだろう。体も痛くなる」

本当に、ロープ一本でよくあの連続大波に耐えられたものだと、今でも感心する。

アントンさんたちが毎日きちんと手入れしているロープのお蔭ですね。あれだけの激しい波に撚《よ》れることも緩むこともなく、ましてや千切れることもなかった。そう考えれば、カースを助けられたのも、私が波に耐えられたのも、アントンさんたちのお蔭なのだろう。後で、きちんとお礼を言おう。うん。

ぼうっとしていたら、セランは私に目線を合わせて、ごほんっと咳を一つ。

「メイ。改めて言うが、お前は無茶しすぎだ。船から落ちかけたカースを助けに、嵐の甲板に飛び出して行くなんて、命知らずのバカがすることだ。ましてや、お前の体格でそんな無茶をするなんて、誰がなんと言おうと無謀の一言につきる」

なんか最近、似たような言葉を誰かに言われたような気が。これってデジャブ？ わかったか？」

「今回は運がよかっただけだ。二度と命を危険にさらすような真似はするな。わかったか？」


セランの言い様は厳しいけど本当のことだ。私を心から心配するから、こうして反省を促してくれる。本当に優しい人です。うん、素直に深く反省しよう。

「はい。ごめんなさい。反省、する、心配、ありがとう」

「担ぎ込まれた時は、二人とも全身ずぶ濡れの血まみれで、本当に驚いたんだからな」

あ、カースはどうなのでしょう。大丈夫なのかな。医務室にはいないようですが。

「カースは？ 大丈夫？ どこ？」

「ああ、出血も止まったし化膿もしてないから、今のところは問題ない。奴は部屋のベッドだ」

そう言えば、結構な出血量だった気がする。だったら貧血で寝ているのかしら。

でも、セランが大丈夫と言うなら大丈夫なのだろう。よかった。

ほっとしたところで部屋を見渡した。えーと、私はどうすればいいのでしょう。セランに手伝いが必要とルディが言ってたけど、この状態では必要ないよね。

「手伝い、ある？」

「ああ、今からカースの部屋に行って、長椅子で寝てろ」と毛布を一枚渡された。

「俺は今、非常に忙しい。が、カースは、傷が元で発熱するかもしれん」

発熱？　カースが？

「ただじっと側で待っているのは忙しい俺には無理だ。なので、お前はカースの部屋の長椅子で転がって待機。そして、カースが発熱してきたら、これを飲ませてくれ。解熱剤だ、痛みがあるようなら、痛み止めも一緒にだな」

ただ、長椅子でじっとしているだけでいいのですか？

「これ、手伝い？」

「ああ、船長にも説明して、メイを三日ほど借りた。俺は今、忙しいからな」

セランは私の頭を、壊れ物を扱うようにそっと撫でて、ふっと微笑んだ。

「三日、体を休ませたら、その全身の痛みも消えるだろう」

私の体を気遣って、三日の休息ということだろう。その気遣いがとても嬉しい。

本当に、この船の皆は、優しい人たちばかりだ。セラン、レヴィ船長、それに、この船に乗る船員たちに心からの感謝をこめて、お礼を言いたい。

「ありがとう」

毛布を持ってカースの部屋へ入ったら、当然ながらベッドにカースが寝ていた。

でも、死人のように生気のない顔。思わずカースの顔の前に手をかざし、呼吸を確かめたら、浅い呼吸音と温かい息。よかった。ちゃんと生きてる。ちょっとほっとした。で、一応、そのままベッド脇の椅子に腰かけて、カースの額に手をあてる。

うん、今はまだ熱が上がってない。

カースの頭の右側面には、大きなガーゼと、白い包帯。あの大きな金具がカースに勢いよくぶつかった時を思い出すと背筋が凍る。あれ、絶対に痛かっただろうな。

額から手を離して、なんとなく包帯に巻き込まれていた髪の毛を指で掬い上げると、カースの眉間にしわが寄ったので、そのまま手を引き上げた。手持無沙汰になったので、椅子に座ったまま、カースの部屋をぐるりと見回す。部屋はシンプルな家具。床に固定された木のベッド。ぎっしりと詰まった本棚と、机の上には海図と文鎮。羽根ペンが三つも小さな瓶に入ってる。それから、レヴィ船長のところにあったものと同じ飾り棚。その飾り棚の一番下の段に、あのペンダントが置いてあるのを見つけた。

金の装飾に綺麗な青い石のペンダント。繊細で細やかな装飾。多分、女性用だよね。

カースがあんなに取り乱すほど大切な物で、多分、お守りのように大事なもの。革紐が切れていたからポケットに入れていて、それがたまたま落ちて今回の事故にあった。これだけ聞くと、なんだか、不幸のお守りになっちゃってる気がする。

うーん、ネックレス部分を直せないかな？

ちらっとカースを見たら、よく寝ていたので、裁縫道具の置いてある小部屋にちょっと戻って、いろんな色の糸とちょうどいい長さの麻紐を一本取ってきました。

木の長椅子の上に座って、麻紐をより分け細くして端を両膝で押さえて、十二色の刺繍糸でミサンガを作るように麻糸を軸に編み込んでいく。久しぶりだけど手が覚えている。昔、サッカーが流行った時にいろいろなミサンガを作った。単純な組み方から、組紐の組み方まで。綺麗にできたので友人に見せたら、私もとねだられ、職人かと思えるほどに上達した。あの時はこんなことできたって、なんの役にも立たないと思っていたが、不思議に今はこうやって役に立ってる。こんなことってあるのね。就職に役に立つ資格をろくに取ってなくて後悔した。本当に私は今まで何をしてきたんだろうって、仕事を得られない自分が情けなかった。でも、本当にそうだった？　自分が見えていなかっただけ。探していなかっただけで、あの世界でもあったのかもしれない。私が考え方を変えるだけで違った生き方をできていたかもしれない。

そんなことをつらつらと考えながら、手は十二色の綺麗な組紐を編んでいく。

編み終わった組紐の端をペンダントのヘッドに通して輪にしたら、端の紐同士を一本ずつ結んでいってネックレスが完成です。麻紐がベースになっているし、木綿を染めた刺繍糸はとても頑丈だ。日本の組紐は絹糸が基本だが、それでも編んだ糸は柔らかいのに頑強で、衝撃にも強く切れにくい。日本が誇る伝統文化だよね。まぁ、私のはミサンガだが。綺麗な色の組み合わせが、あら素敵！　金の装飾に負けてない。

我ながらの出来栄えに感心していたら、ベッドからカースの唸り声がした。

ペンダントを飾り棚に戻してカースの側に寄ると、うっすらと汗をかき、頬と首筋が赤く染まっている。大変だ、熱が出てきたのかも。熱が出てきたら何をする？

まずは冷やす。冷たい水に浸した布を額と脇の下に入れるんだったよね。

シーツの端をめくったら、カースの右肩にしっかり包帯が巻かれていたので、肩を動かさないように脇の下に濡れた布をはさみ、ガーゼにあたらないように額の上に濡れた布を置いた。

カースの熱はどんどん高くなって、冷たい布がすぐに温かくなってきちゃう。

解熱剤に痛み止め。セランが置いていったのは水薬。

でも、意識のないまま口に入れると、呼吸困難になって苦しいかも。どうしたらいいのだろうか。うーんと悩んでいたら、カースは夢でうなされているようだった。顔を顰めたままシーツを掴み、体を何度もよじる。呼吸も苦しそうで汗が滴り落ちる。

「いやだ、母様、ミーナ。やめろ、よせ」

カースは苦しげな息と一緒に、かすれた声で救いを求めるように声を絞り出す。

随分と嫌な夢を見ているようだ。この熱が恐ろしい夢を呼んでいるのかも。

薬を飲ませた方がいいよね。さっきから脳裏に浮かぶのは、映画で見たワンシーン。

あれ、しかない？　でも、弱っている相手にするって、乙女道に反するというか。セランを呼んできた方がいいのかしらと躊躇《ためら》っていたら、カースの左手がシーツから出て何かを求めるようにまっすぐに伸ばされた。

「もうやめてくれ！　誰か、助けて」

思わずその手を取ったら、ぎゅってすごい力で握り締められた。かなり痛い。手を引っ張られ、左手でカースの胸に抱き上げられ、強い力で抱きしめられた。

何事ですか⁉　く、苦しいです。カースって割合細いのに、実は万力？

頭を動かしても腕は緩まない。うわ言はさらに激しくなる。これは、二人とも危機です。カースは熱で、私は筋肉痛で。離れようと腕を突っ張るが、無理だと判明。

どうしよう。どうしたら、どうしてこうなって、結果どうなる。ぐるぐると考え、苦しいながらに閃いた。必殺！『押しても駄目なら、引いてみな』ですよ。

思いついたままに、私は力一杯カースを抱きしめ返しました。

それで、「大丈夫、ここにいるよ」とカースの耳元でつぶやいた。

何度かそうしたら、カースの腕の力が緩み、拘束が解かれたすきに腕を外した。

カースの額の汗は流れる滝のようで呼吸もひどくなって、ぜいぜい、ひゅうひゅうって喘息《ぜんそく》患者みたいな苦しそうな息。明らかに重症患者です。

ええい。女は度胸だ。水薬を口に含む。カースの顔を固定して口から流し込んだ。

口と口の隙間から水薬が半分ほど外に流れ落ちる。難しい。もう一度、今度は痛み止めのほうを口に含み、角度を変えて、しっかり唇が合うように必死で唇を合わせた。薬が私の口から流れて、カースの口に入り、カースの喉からゴクリと嚥下する音がした。ふーっ、今度は解熱剤ね。よし。何度もキスをして薬をカースの喉に落とす。もう数回こなすと、人工救助って感じがありありとする。……するはず！

熱にうなされたカースは、綺麗な顔がほんのり赤く染まってとっても色っぽい。くっ、これが色気なのね。カースって、本当に美人で、私の数十倍色気があるよね。あ、自分で言って悲しくなってきた。

とりあえず水薬を飲ませることができた。しばらくしたら呼吸が落ち着いてきたから薬が効いてきたのだろう。枕元に置いてあった濡れ布で顔と額、首筋をそおっと拭いたら、眉間のしわもなくなって気持ちよく寝始めた。これでいいかな。

安心したら一気に疲れが押し寄せてきて、私も長椅子に横になった。

＊

「カース、危ない！」

その声で、カースがとっさに振り返った時には、暴風で引き千切られたロープの索具が猛烈な勢いで襲いかかっていた。かろうじて腕を上げたが庇いきれず、肩と側頭部に索具がガツンとぶつかり、熱く鋭い痛みが頭と肩に広がり全身が痺れ、側頭部が切れて血が花火のように噴出し、視界が一瞬赤く染まる。そして、急激な眩暈に襲われた。重心がおぼつかない。頭がひどく重い。視界に入るのは荒れ狂う海と揺れる甲板。

ああ、落ちる。そう思った時、腹部に衝撃を受けた。息が詰まり体が衝撃の反動で引きずられた。そして床に転がった。そこまでは覚えている。頭から流れる血の向きが下から横へ変わったのが感覚でわかった。冷たい海水が幾度となく体に降りかかり、体温が急激に奪われていくのを感じていた。だが、誰かに抱きしめられている。そんな感触があった。懐かしい感覚だ。そんなふうに強く抱きしめられたのは初めてじゃない。熱く、冷たい。命を削って絞り出すような、心の底から俺を守ろうとする力。

思い出したくない。俺の人生でたった一つの望みを失った時のことを。

「やっと幸せになれる時が来たのよ」

そう言って母は、俺のことを力一杯抱きしめた。

母は、子供の俺から見ても華奢で可憐な、とても美しい人だったが、幸せではなかった。世間一般の人たちから見れば、俺の家は裕福だった。それなりの屋敷に数人の使用人。他の家と違うのは父親がいないこと。父は外国の裕福な商人で、年に数回だけ母の元を訪れ、金を置いていなくなる。彼の母国には正妻がいて、母は何人目かの妾だった。母の美しい青い目は、いつも悲しそうに愁《うれ》いて、美しい金の髪は川面に漂うようにいつも梳《くしけず》られ、過去を振り返っては、幸せな男爵令嬢だった頃を懐かしみ、毎日涙に暮れた生活を送っていた。父に似た黒髪の俺や母に似た顔立ちの五つ下の妹のミーナに触れることすらなかった。いつも母は、二階の自室から窓の外ばかりを見ていた。気晴らしにどこかへ行こうと俺たちが誘っても、嬉しい顔すらしなかった。

次第に、俺と妹は、母にとっていなくていい存在なのだと思うようになった。

俺が十歳の時、父の正妻が亡くなった。父の数いる妾の中で、男の子を産んでいるのは母だけだったので、俺を跡取りとするために母を正妻に迎えることにしたと父が告げた。母は今まで見たことがない笑顔で父を、俺を抱きしめたのだ。どんな形であれ、親に抱きしめられたら嬉しい。そして、父の母国に三人で向かうことになった。

父は仕事で先に母国に帰り、俺たちは三か月後に出港の商船に乗ることになった。

初めて乗った船はひどく揺れ、母は船室から出てこられない日が続いた。俺と妹のミーナは船内を歩きまわり、船員たちと交流をもった。妹のミーナは好奇心旺盛で物怖じせず話しかけるので、皆とすぐに仲よくなった。ミーナは船の旅が大好きになり、いつか私も船乗りになると言う。女の子は船乗りになれないと言っても聞かなかった。

頑固なところは誰に似たのか。父譲りの黒い目をキラキラさせて夢を語っていた。

「いつか父様みたいに船で世界中をまわれるようになったら、ミーナも母様に抱きしめてもらえるのよ。だからミーナは船乗りになるの」

ミーナは、母に抱きしめてもらった俺をひどく羨ましがっていたから、自分なりに考えたのだろう。父の母国に行き母が幸せになれば、船乗りにならずとも、いつかミーナも母に抱きしめてもらえる日がきっとくるだろう。そう思って、

「兄様、一緒に船でまわろうね」

と言うミーナに適当に相槌を打っていた。

「そうだな」

「約束だよ！　いつか、父様のように世界中をまわるの、一緒にね！」

ミーナの頭を撫でながら、早くそんな日がくればいいと思っていた。


故郷の港を離れて十日後、船は海賊の襲撃を受けた。

積荷は奪われ、仲よく語った船員は殺され、船は沈められた。母とミーナと俺は父に身代金を要求するため海賊船に残された。だが、父は俺の身代金しか用意しなかった。その上、身柄の受け渡しの時に、父は海軍に通報していた。その結果、母は海賊たちに辱《はずかし》められ、泣き喚くミーナは海賊に首を絞められ、ミーナの遺体は俺の目の

前で海に投げ捨てられた。怒りと悲しみに頭が沸騰していた。舌を噛み切ろうにも、猿轡《さるぐつわ》をされていてできなかった。母を苦しめミーナを殺した海賊に一矢報いたくても、できない自分の幼さが悔しくもどかしかった。わずかな金を惜しみ身代金を払わなかった父にも、のこのこ正面からやってきた海軍の馬鹿どもにも腹を立て、消えようのない憎しみを覚えた。だが、俺は何もできなかった。父が軍に知らせたことを知った海賊が、俺を人質としての価値なしと見限って俺の上に剣を振り下ろした時だって、ただ目を瞑って待っていただけ。殺されると思った時、俺の体は温かい何かに庇われていた。強い力で俺の体を抱きしめ決して離さないという感情が伝わってきた。海賊の剣が振り下ろされるたびに、衝撃が伝わってきた。何度もくぐもった声がした。強い血の匂いがして、俺の目と顔を覆っている誰かの体から苦しげな声が幾度も聞こえた。それでも俺を抱きしめる体の力は緩まなかった。

海軍が海賊船に乗り込んできて、剣を振るっていた海賊が討たれ、平穏が戻った時、目の前の影が俺の体の拘束を解いた。ずるっと倒れる細い体。それは俺の母だった。猿轡と縄を外してもらい、息絶え絶えの母の手を握って声をかけた。

母は、なぜ、俺を庇った。わからなかった。いろんな感情が縺《もつ》れて混乱していた。

「母様、なぜ？」

母は今にも消えそうに儚《はかな》く息をはく。なのに満足そうに微笑んでいた。

「カース、よかった」

そう言って美しい瞳から一粒の涙を溢し、そのまま息を引き取った。それは、今までに見たことがないほど美しく清々しい笑顔だった。自分の感情が自分でもわからないほど、激しく渦を巻いていた。母の最期の笑顔が、あの涙が、忘れられなかった。

あれから父の生家に引き取られ、跡取りとして育てられた。母のことを悪く言われないため一生懸命努力した。生来の気質と勉強することは嫌いではなかったため、次第に周りにも父親にも跡取りとして認められるようになったが、母とミーナを見捨てた父との確執は取り除くことはできなかった。父は別の後妻を迎え、その後妻との間に男の子が生まれた。次第に後妻は俺を疎ましく思いはじめ、父を言い含め俺を家から追い出した。生活に十分な金銭の保証はされたものの、これからどうしようと思っていた時に、幼馴染のレヴィウスに声をかけられた。

「船乗りになって、俺の船に乗らないか」

船乗り、それはミーナが何度も口にしていた憧れの職業。

レヴィウスの家は代々軍人だが、レヴィウスは妾腹のため軍には入らない。そんな息子に、父親は餞別《せんべつ》として船を造らせたそうだ。レヴィウスは、代行商船のようなものを考えているらしかった。幾人かの商人の依頼を受けて荷を運ぶ、運輸業のようなもの。代行商船はほかにもたくさんあるが、レヴィウスが考えているのは海軍にも海賊にも負けない強い商船だった。船乗りは気が荒い者が多いが、戦闘を生業にしている海軍や海賊には敵わないのが常識だった。

それをレヴィウス自らが選別した戦える人をスカウトして、船内の仕事をそれぞれ割り振って覚えさせ、海軍にすら一目置かれる戦える商船を造り上げた。

俺も剣は使える。子供の頃の出来事から、自分の身を守るために必要だと思って習得した。それに、商人に必要な読み書きから、計算、書類仕事、人との交渉術、そして、なにかあった時のために、航海士としての知識を備えていた。

〝一緒に船に乗って世界をまわろう〟そんなミーナの言葉が頭にふと蘇った。

これは運命なのかもしれない。そう思ってレヴィウスの船に乗った。

航海は大変だったが、毎日が楽しかった。だけど、船に乗ってからある種の焦燥感がずっとつきまとっていた。母とミーナの死を幾度となく思い出しては、過去を振り切るように記憶を閉ざす。船乗りになった自分の決定を後悔したことはないし、毎日の生活は充実していた。だが、この気持ちはどうしても消えることはなかった。

そして、あの日。漂流していた得体の知れない少女を拾った。

ミーナと同じ黒髪に黒い瞳。顔立ちは全く似ていない。けれども、ミーナのような屈託のない笑顔に苛ついた。視界に入れることすら鬱陶《うっとう》しかった。それなのに、レヴイウスは船員として彼女を受け入れた。本当に目障りだ。早くどこかに追い出したい。

そんな時、いつも首から下げていた母の形見のペンダントがなくなっていたことに気がついた。服を洗濯籠に入れる際に一緒に入ったのかもしれない。そう思って、雑用部屋に行ったら、あの少女が俺のペンダントを手に持っていた。その途端に、俺の持つ彼女に対する悪感情が爆発して暴言を吐き、気が付けば彼女の首を絞めていた。

なぜだ、なぜ！　ミーナは船員になれなかった！　海賊に殺された！

それなのになぜ、ミーナに似たお前が、この船に乗って、生きて俺の前にいるんだ！

苦しんでいるメイの顔が、海賊に首を絞められて死んだミーナの顔と重なった。

兄様！　助けて！　カース、助けて！　と耳の奥で二人の叫び声が何度も聞こえる。

自分の体は血塗れで、母が俺の足元で血を流して、海賊に剣を突き立てられていた。

首の折れたミーナが海に落ちる。何度も何度も見た夢。いつも自分は助けられない。

俺の手はいつも届かない。全身が暗く淀んだ血で染まった沼にずぶずぶ沈んでいく。

でも、今回の夢は違った。

初めて見る成長したミーナが、俺を抱きしめて、「大丈夫だよ」と言ったのだ。

柔らかな腕に宿る優しい力。あの時の母とも違う、温かな感情が伝わってくる抱擁。

根拠などない。でも、ミーナの言葉に血の沼が消え、柔らかな光が体を覆う。

ミーナが水をすくい飲ませてくれた。冷たい水が喉から体に染み渡り、以前からあった焦燥感や苛立ちの塊が溶けていった。全身の重荷が少し軽くなった気がして、俺は優しい微睡《まどろ》みの中に、すうっと意識を落とした。

＊

ポロンポロンと弦を弾く音がした。以前に夢で同じ曲を誰かが弾いてくれた。思い出した。この曲。シューマンのトロイメライだ。昔、子守唄に母が口ずさんでいた懐かしい曲。目を閉じ旋律に耳を傾けていたら、以前の夢と同じように誰かが私の頭とお腹に触れた。暖かでぽわっとした何かが広がって、体の痛みが薄くなっていく。今度は目を開けようとしなかった。なんとなく開けなくてもいいと思っていた。

はい、メイです。セランに肩を揺すられて、目が覚めました。この長椅子、木造りのくせに寝心地よかったです。体も朝より随分と楽になりました。ですが、起きたらもう夕焼けの空でした。ガーン。お昼ご飯を食べ損ねました。ベッドを見ると、カースはよく寝てる。そうそう、カースの容態を報告しなくては。

「カース、昼、熱、出た」

セランは脈をとったり傷の様子をみたりとカースの診察をする。それが一通りすむと、髭をさすりながら、にかっと笑って私を褒めてくれた。

「薬は飲んだみたいだな。ご苦労だったな、メイ」

「はい、カース、薬、飲んだ」

飲んだというか飲ませたというか。乙女として正直には言いづらい。

「俺がここにいるし、カースの様子も落ち着いているから、夕食に行っていいぞ」

「はい！」

私は、空腹で音を発しそうなお腹を押さえて、急ぎ足で食堂に向かった。

今日の夕食はなんだろう。そうだ、カースはご飯食べられるのかな？

もし、スープか何か食べられるようなら部屋に持って帰ろうっと。

朝よりも体の動きが楽だ。やっぱり、人間は睡眠と食事で元気になるのよね。カースもレナードさんの美味しいご飯を食べたら、あっという間に元気になるに違いない。


メイが、スキップをしつつ食堂へ向かっている間に、カースの意識が戻った。

「お、カース、目が覚めたか。気分はどうだ？」

「ああ、いや、……どうかな」

セランに答えるカースはまだ意識がぼうっとしているのか、返事は虚《うつ》ろで、曖昧だ。

「薬も飲んでいるし、熱も下がっている。傷も化膿してない。このまま経過がよければ、三日で動けるようになるだろう」

ここで初めて、カースがセランの言葉に首をかしげた。

「薬？　飲んだ記憶はないが」

「飲んだから熱が下がっているんだろうが。昼間に発熱したが、今は小康状態だ」

「そうか」

カースはまだ目がきちんと覚めないらしい。いつもの鋭いつっこみがない。

「メイに感謝しろよ。お前が熱を出して苦しんでる間、ずっと看病してたんだからな」

メイの名前を出した時には幾分反応するかと思ったが、カースの反応は鈍かった。

カースはメイに強い猜疑心《さいぎしん》を持っていた。傍目から見ても強すぎる程だったはず。

「そうか、彼女が」

何を考えているのか、わからない表情だ。

セランは髭をさすりながら、じっとカースの表情を観察していた。カースの年相応の顔は久しぶりだ。初めてセランに会った時も随分とすかした奴だった。一緒に船で航海するようになって、性根はいい奴なのはわかったが、とかく警戒心が強い。船の仲間といえど決して馴れ合わない。それがセランの知るカースだった。

だが、今のカースはいつものカースと何かが違った。雰囲気に違和感があるのだ。

まあ、熱で前後不覚になっちまったっていうことではないと思うが……。

セランがカースの態度に戸惑っていたら、ドアが軽くノックされた。

「メイ、カースの様子はどうだ？」

レヴィウスは、入ってきてすぐに視線でメイの姿を探し、メイの代わりにセランがいることに頷いた。そして、目が覚めているカースに安堵した顔で近寄る。

セランは会話の邪魔をしないように、飾り棚の側の壁に寄りかかった。

「目が覚めたのか、カース。もういいのか？」

カースは無言で頷いた。

「あれから二日は経っている。何が自分に起こったのか、覚えているか？」

カースは痛まない左手を軸に体を起こして、しばらく考えて口を開いた。

「誰かに危ないと言われて振り返ったらロープの索具があたった。海に落ちるかと思ったところで、何かに撥ね飛ばされて甲板に転がったところまでは記憶がある」

レヴィウスはカースの言葉を聞きながら、今のカースの状態は正常だと判断した。だから真実を伝えることにした。

「メイだ」

「はい？」

レヴィウスは顔を上げたカースに目を合わせて、再度伝えた。

「お前に危険を知らせ、海に落ちるところだったのを、助けたのはメイだ」

カースの目が大きく開かれる。

「何度も引きずり込もうとする大波から、体を張ってお前を守ったのもメイだ」

カースの表情が困惑と驚きで固まっていた。

「彼女がなぜ？　いえ、私に、どうしてそこまで……」

レヴィウスはふっと笑い、至極嬉しそうな表情で答えた。

「さあな？　本人に聞いてみろ」

カースの表情に明らかに戸惑いと迷いが浮かんでいた。自身のメイに対する今までの態度を顧みても、好かれる要素は見つけられない。それなのに、なぜ？

彼らの会話を聞いていたセランは、ある物に目を留め、カースの背中を押してみたくなった。

「たぶん、何も考えてないんじゃないか。メイは呆れるほど単純だからな」

そう言って飾り棚の上にあったそれを、ベッドの上に投げた。蒼い輝石を持つ母の形見のペンダントに、カースが初めて見る美しい紐がついていた。ペンダントを動く左手で持ち上げ、紐を観察していたカースの口から、小さなため息が漏れた。

「これは、メイが？」

「多分な。昼間ここにいたのはメイ一人だ。これ、すごく手間がかかる代物だぞ」

カースの手元を覗き込んだレヴィウスの顔も、なぜか誇らしげに笑っていた。

「メイは手先が器用だからな。こういう細かな作業も得意なんだろう」

どうやら、レヴィウスは以前よりももっと、メイを気に入っているようだ。カースは、ペンダントの紐をじっと見つめ、大きなため息をついてから、セランに尋ねた。

「今、メイはどこに？」

「食堂だ。夕食を食ってこいって言ったら、嬉しそうに駆けていった」

レヴィウスは僅かに目を細める。

「もう、軋みが取れたのか？　ずいぶんと治りが早いな」

「若いから回復が早いんだろ。それに、思ったより症状が軽かったのかもしれん。どっちにしろ、軋みは三日目が一番ひどい。明日になればもっとわかるさ」

「それで、いいのですか？　何か、もっと。いえ、なんでもないです」

カースは、肩を竦めただけで他人事のように語るセランに、明らかに憤りを感じているようだった。その変化に、いい傾向だとセランは内心ほくそ笑んだ。

「カース、まだ顔色が良くない。メイが戻るまで寝ていろ」

レヴィウスの言葉に、カースは素直に横になり目を閉じる。そして脳内で、聞いた話と自身の記憶との認識のすり合わせを始めた。覚えていることは本当に断片だけだったが、レヴィウスの言葉でいくつかのパズルのピースが埋まった感があった。

同時に、メイに以前から感じていた強い不信感や猜疑心、それが綺麗になくなっていることに気づき驚いた。だが、理由はわからないが、不快ではなかった。

メイと話をしたい。今のカースは心からそう願っていた。


この匂い、そそるわー。香ばしい香りとふわっと鼻腔をくすぐるスープの匂い。相変わらず、レナードさんたちの料理は最高です。食堂に入ると、すぐに私に気がついたルディが、一番奥の机に私用の食事を用意してくれた。今日の料理はキャセロールと、豆とトマトのミネストローネ、豆を練り込んだパン。一匙掬って、くんと飲み込む。くぅー五臓六腑に染み渡ります。特に塩加減が絶妙です。お肉の旨み野菜の旨みが溶けあって口の中で蕩ける。お肉と野菜のコンビネーションが豆パンと大変にマッチ。美味しすぎます。師匠！　豆パンのほのかな甘みがたまらない。なんて幸せ！

少しずつ食べ、豆の一粒までおいしくいただき、大変満足しました。

「レナードさん、ラルクさん、マートル、ご飯、美味しかった」

厨房を覗いて感想を伝えると、レナードさんは、当たり前だと豪快に笑ってくれた。ラルクさんはそっと頷いて、そのまま作業中。マートルは……。インド人マートルではなくて、角刈りマートルになっていた。ちなみに手ぬぐいは三角巾。あんなに髪を切るのを嫌がっていたのに。どういった心境の変化だろうか。

髪の毛が料理に入ったのなら、問答無用でつるつるのはずだし？

私が首をかしげていると、レナードさんが声をかけてきた。

「もう、調子はいいのか？」

「はい。ご飯、美味しい、すぐ、怪我、治る」

嬉しくなって笑顔で答えたら、レナードさんが、ニカッと笑った。

「そうか、そうか。嬉しいこと言ってくれる」

そうだ、怪我で思い出した。聞いてみなくちゃ。

「カース、ご飯、運ぶ？」

「おっ、カースが目覚めたのか。今、用意してやる。怪我人は、スープとパンだな」

パンは豆パンではなくて、いつもの浸けるとふにゃふにゃになる硬パン。スープは小さな片手鍋に入れてくれた。スプーンとパンをハンカチで包み、ポケットに入れた。そして、皿を鍋の上に蓋のように載せ、最後に皿がずれないように、手ぬぐいできゅっとしばる。よし、準備完了。転ばないようにゆっくり、でもスープが冷めないように両手で抱えて壁際に沿って上がっていった。出会う皆に頭をポンポンされつつもどうにかカースの部屋までたどり着き、部屋のドアをノックする。

「はい、どうぞ」

カースの声がした。よかった。目が覚めたのね。

ゆっくりとドアを開けて、胸に抱えていた鍋を持ち直し部屋に入ると、レヴィ船長とセラン、そしてカースの視線が私に集中した。なんだか、三人の視線が痛いです。

は！　もしや、私の顔に何かご飯的な物がついているとか？　触ってみたけど口元にはついてない。よし、セーフ。ついてないなら問題ない。うん、気にしない。

お鍋を机の上に置き、ポケットからハンカチを取り出して、皿の上に置いた。

カースに食事を持ってきたけど、セランに先に聞いた方が良いかな。

「カース、食べる？　大丈夫？」

レヴィ船長とセランの顔は、何か面白いものでも見つけたかのような顔。

反対に、何故かカースは戸惑っているような顔をしていた。お腹すいてないのかな。

「カースに食事を運んできたのか？　ご苦労だったな。美味かったか？」

セランは髭を撫でながら、ニヤニヤしてた。妙に変な顔。いやイケオジだけどね。

それに比べてレヴィ船長の素敵顔。うふふ、ここに来て何だか得した気分です。

「はい、美味しい、嬉しい、スープ、カース、食べる、できる？」

もちろん満面の笑みだ。今日のご飯も本当に美味しかったのですもの。

あの美味しさを思い出しただけで、口の中の唾液が倍増しそうになっている。

「ああ、本人に食欲があるなら食べたほうがいい。無理にとは言わないが、また今晩、熱が上がるかもしれないからな。食べたほうが、体力も薬の効きも違う」

セランから許可が出たので、どうするのかとカースをじっと見つめました。

「いただきましょう。こちらに持ってきていただけますか？」

よかった。食べられるみたい。

いそいそとお鍋を括っていた手ぬぐいを外し、鍋蓋《なべぶた》お皿を机の上に置き、スープを注いだ。湯気がほかほかしていて、スープのいい匂いが広がる。ああ、幸せの匂い。

スプーンをハンカチから出して、ベッドに持っていく。カースのお膝の上に置くのかな？　こぼれたら危ないよね。きょろきょろ見渡して、ベッドサイドの飲み薬の下にトレー発見。トレーの上にお皿を置いてパンを取り出しお皿の横にセット。トレーごとカースの膝の上に置いた。これなら大丈夫だよね。

「おい、カース、左手で食えるか？　俺が口まで運んでやろうか？」

「結構です。スプーンを持つくらい問題ありません」

「意地張るなよ。病気の時くらい甘えさせてやる」

「気持ち悪いこと言わないでください。余計に悪くなります」

セランとカースの会話に、くくっ、とレヴィ船長が笑った。楽しそうだ。

「セラン、ここはメイに任せて、俺たちも食事に行こう」

「そうだな。俺たちも腹減ったしな」

はっ、二人とも食事はまだだったのね。それは大変。すぐに向かってください。

今日のご飯も最高に美味しいですよ。

「メイ、カースの世話を頼む」

船長に頼まれました。初めてです。頼むっていい言葉だね。じーんと感動です。

嬉しくなって思いっきり頷いたら、優しく頭を撫でられた。あ、鳥の巣だった。

「はい」


レヴィ船長とセランが食堂に向かった後は、カースと二人きりです。カースは左手で器用にスープを飲んでいる。食器の音が全くせず、食べ方が上品だ。

パンは食べないのかな？　浸けるとおいしいのに。あ、片手だと割れないのかも。

「パン、私、割る、いい？」

私の言葉にカースはちょっと考えて、そのままこっくりと頷いた。パンを四つに割って、それを更に一口サイズに割るのは、結構な重労働なんだよ。何しろ硬いからね。

全部割り終えたあと、ふうっとひと息ついた。いい仕事できたぜって感じ！

「ぶっ！」

いきなりカースが噴いた。何事っと思ってびっくりしたら、そのまま笑い始めた。

「ふ、ふふ、は、本当に、思ってることがすぐ顔に出るんですね」

笑いながら体を揺すってる。ああっ、スープが危ない。

「危ない、こぼれる」

私の慌てた顔を見て、カースは左手をトレーにあてて、辛うじて笑いを収めた。

「いただきます」

カースは私が割ったパンをスープに浸けて食べた。ゆっくりだがお代わり分も含め、完食。美味しいもの。残さず食べたいよね。トレーを下げて机の上に。そのままカースを寝させようと側に寄ったら、カースが真剣な顔で私を見て言った。

「メイ、貴方に聞きたいことがあります」

ナンでしょう？　首をかしげて一応頷く。

「座ってください。立っていられると落ち着かない」

そうですね。椅子を引き寄せて座り、カースの顔を見返した。

「なぜ、私を助けたのです？　貴方にとって私は嫌な人間でしょう」

まっすぐに私を見つめるカースの目は、濁りのない水色の瞳。綺麗ですね。

「なぜ？　助ける、理由、ない」

私も、カースの視線にまっすぐ返す。言葉が不自由で語彙が足らない、もどかしい。

「理由もなく命を張って私を助けるなど、そんな道理もないでしょう」

カースの目に苛立ちと、悲しい光が差す。

「道理？　わからない。でも、目の前、危ない、自然、体、動く」

危ないって思った瞬間に体が動くのって、一種の本能だと思うのよ。ほら、猫が動くゴ、いや、蝶を捕まえる感じで。

カースは私の目から視線を逸らし、大きくため息をついた。

「馬鹿でしょう。自分が死ぬかもしれないのに」

なんかこの言葉、今日は何度も聞いた。馬鹿って、人に言われたくない言葉だよね。

むっとしていると、カースの目の光が弱く揺れていた。

「貴方に謝らなくては。私は個人的な事情から、貴方に酷い態度を取りました」

謝る？　首をまたひねっていると、カースは苦笑した。

「覚えてないのですか？　貴方の首を絞めたでしょう」

そういえばそうでした。でも、もう痛くないし。

「痛くない、だから、忘れた」

カースの目が優しい色を含んで、此奴は本当に仕様がないなって顔をした。なぜだ。

「貴方は、私の妹にどこか似ているんです。髪と瞳は同じ黒で、物怖じせず誰にでも話しかける。ミーナは明るく優しい、私を無邪気に兄と慕う、本当に可愛い妹でした」

「妹、カースの？」

「ええ、五歳下でしたから、生きていれば貴方よりずっと歳上ですがね」

今、生きていればって言った？　じゃあ、亡くなっているのだろうか。

「まあ、貴方よりもっと美しかったですけどね。母によく似た顔立ちでしたので」

しんみり雰囲気から一転してのこの暴言。一体、何が言いたいのか。

「妹と貴方を勝手に重ねて、貴方に八つ当たりしていたのです。私は、もういい大人だというのに、過去に振り回され、貴方に辛く当たりました」

「カース、いくつ？」

「二十八です」

ならば、カースの妹と私は年が変わらないってことね。

「私、子供、違う。二十二」

カースが目を丸くした。

「今、二十二と言いましたか？　嘘でしょう？」

思わず頬を膨らませて反論する。

「嘘、言わない、私、二十二」

その頬にカースの左手が伸びて、頬の風船をつついた。空気がプッと出る。

「二十二歳とは思えません。貴方の言動は十四、十五の子供と同じですよ」

ガーン。子供と同じ。大人と主張しても信じてもらえないのは、そのせいですか。いや、子供っぽいと昔から何度も言われていたから、やや自覚はしていたけどね。だって私は、……大人になってはいけないのだから。じわりと過去の暗闇が過る。

「いろいろとすいませんでした」

私は、不意に垣間見えた過去を振り切るように顔を上げ、慌てて首を振る。

「そして、私を助けていただき、本当にありがとうございました」

カースは晴れやかな笑顔を私に向けていた。その瞳には屈託が何一つ見えなかった。

なんだかわからないけど、カースの心の中の葛藤が消えたってことかな。

嬉しくなったのでにっこり笑って、めでたい気分でカースの言葉を受け止めました。

「はい」

カースって綺麗な顔立ちしてるの。こんなふうに笑顔を向けられると照れちゃう。

カースの美貌にほけほけしていたら、調子に乗りすぎたらしい。つい口が滑った。

「私、妹、カース、同じ思う、いいよ」

カースはちょっとびっくりした顔をしていたけど、いつものすかした顔に戻った。

「ほう、妹になりたいと」にやり。

え？　ちょっと、その嫌な笑顔はなんですか？

「命を助けられたことですし、いいでしょう。貴方を私の妹にしてあげましょう」

いや、心の関係っていうか、実質を求めてないのですが。

「私の妹は才色兼備でした。私に似て、とても頭がよかったのですよ。なので、私の妹になるからには、しっかりと躾けてあげましょう。まずは、その言葉遣いからですね。毎日、仕事が終わってからみっちりと仕込、いいえ、教えてあげましょう」

は？　スパルタ？　鬼教師？　私の顔色は今、紫とか緑色とかになっているはず。

それに比べて、カースの顔は明るく、嬉しそうだ。もしやいじめっこ兄貴ですか？

顔を引きつらせていると、カースが左手であのペンダントを持ち上げた。

「メイ、この紐は貴方でしょう。こちらもありがとうございました」

ああ、気づいたんですね。

「はい、どうも」にっこり笑顔で答える。

「そういう時は、どういたしまして、ですよ。ほら、言ってごらんなさい」

カースが、一瞬でスパルタ教師の顔に。

「本日中に挨拶定型文の全てを叩き込みましょう。幸い、今の私は暇ですし」

いいえ、あの、暇って病人なのですから、お手柔らかにお願いしたいです。

でも、なんだかカースがすごく元気になった気がする。よかった、よかった。

「明日は書き取りと一般常識をひとさらえ、それから……」

そんなに！　顔がぴきりと引きつった。が、まあ、明日は明日の風が吹くよね。


カースは慌てながらも言葉の練習をするメイを見つめて、ネックレスの青い石をそっと撫でた。私はもう大丈夫ですと、母と妹にようやく報告ができた気がしていた。

メイは、全然気がつかなかったのだが、この時、白い玉の縦五分の一ほどのスペースに、青が色付いていた。カースの心に眠っていた宝玉が回収された証だった。

＊

カースはあれからまた軽い発熱を何度かおこしたが、今は落ち着いてきた。だんだん回復してきているようです。仲直りできたおかげで、カースの私に対する反応は、とっても素直。薬も声をかけると飲んでくれるし。食事も完食。今日で五日目になる。そろそろカースの看病も終わりだ。この部屋で過ごすカースとの時間は、思っていたより楽しかった。カースの教育はスパルタと思いきや、かなり優しい。その上、結構世話好きの兄だと判明。自分のことは無頓着なのに、私のことは何かと構うのですよ。

今、カースの体調がいい時に、この世界の共通語の読み書きを教えてもらっている。カースの教え方はとてもわかりやすいし、お馬鹿な私でも、呆れずに何度も根気よく教えてくれる。教師役もこなすのに、元来の仕事中毒が発現したようで、レヴィ船長に頼まれた仕事とか航海日誌とか、航路の計算とか、とにかくおとなしく寝てない。おかげで、薬の時間とか食事、睡眠とか後回しで、私が目の前に来るまで、ずっと仕事している。仕事人間め。更には、私の勉強も休まずだ。無理するから熱がぶり返したりして、当初の予定の三日より二日多く看病が延長になったのは言うまでもない。

ちょっと手が掛かるが、カースは、綺麗で優しくて、良い所が一杯の兄だ。もし、カースが本当の私の兄ならば、妹はかなりブラコンになるに違いない。

何しろ短期間であるにもかかわらず、私のブラコン具合はかなりのレベルに達している。事実、カースは私を妹と思って接してますって言ってくれたから、今は仲がいい兄妹として関係を保っている状態だ。自慢の兄だと誰に対しても言いたくなる。

それに、熱でうなされていた時、カースに口移しで薬を飲ませたのよね。薬とカースで思い出した出来事に一人顔を赤くしたり、青くしたりしていたら、カースに、お前も熱が出たかと心配された。うう、乙女心って理解されないよね。まあ、あのことは口がさけても本人には言えないけどね。

それから、驚いたことが一つ。すっかり忘れてましたが、私の首にかかった白玉のことです。気がつけば、白い玉の五分の一が青く染まってました。そういえば、カースのペンダント云々事件の時に熱くなったような気がしてました。でも、いろいろあって、すっかり忘れてました。宝玉の一つは、カースが持ってたんですね。で、どうやってかはわからないがいつの間にか宝玉が入ってきていたらしい。……？

これって、カースの心の中の何かが満たされたってことだよね。何かはわからないけど、カースが幸せなら詮索しなくてもいいかな。カースと私、両方に良い事あったってことで。ともかく、私はカースと仲直りで、とてもいい兄妹関係を築けています。

「メイ、そのにやけた顔をなんとかして、綴りの間違いを直しなさい」

ええ、たぶん。

「早く、自慢の妹に相当するものになってくださいね。道は遠そうですが」

きっと。ちょっと折れそうですが……。明日から、また厨房です。楽しみです。別に、勉強から解放されて喜んでいるわけではありませんよ。

＊

「芽衣子さん。おめでとう。一つ達成だね」

気がついたら、私は本に囲まれた本屋の中。これは夢の中ですね。また干渉されているのか。でも、以前は結構歩いたのに今回はない。いつここに来たの、私？

「ああ、面倒だからそのまま呼び寄せちゃった」

おい。

立ち話もなんだからと椅子をすすめられた。彼も机をはさんだ真向かいに座る。

「こんなに早く集めちゃうなんて、びっくりだよ」

そうですよね。カースが持ってると自覚する前に白玉がどうやってか宝玉を回収したようですので、余計にびっくりしました。いやはや、この白玉は優秀ですね。

「まあ、一つ目が君の近くにあるのは、わかっていたんだけどね」

え？　聞いたっけ？

「いいや、言ってないね」

だよね。この狸め！

「春海です。それよりコーヒーをどうぞ。芽衣子さんの好きなブレンドだよ」

あら、いい匂い。これは、大好きな浪川《なみかわ》ブレンド。飲みたかったんだよね。

机の上にはふわりと香るなつかしいコーヒーに、美味しそうなバターたっぷりのチョコチップクッキー。私の怒りはすぐに消えた。

「君があの海に落ち、あの船に拾われたのは偶然。だけど、宝玉があちらの世界の強い力を持つ君にひきつけられるのは必然だよ」

うーん。美味しい。久しぶりだと、いつもの味よりももっと風味が良い感じがする。

このサクサククッキーとコーヒーの組み合わせが最高にいいのよ。

「聞いてないよね。でも、二つ目はちょっと大変かも」

……何か嫌なこと聞いた。でも大変って、ちょっと詳細を聞きたい気がする。

「駄目。教えて下手な先入観を持ったら大変でしょ。芽衣子さん、器用な性格してないから」

貶《けな》されている気がします。

「嫌だなぁ、褒めてるんだよ。だって今回なんて、力技に近いよね」

でも力技って、特に何かをした感じがないんだけど。だから、達成感とか全然ない。

「何かは心に積もるものだからね。一つ目の宝玉は親愛。無償の愛情を信じ求め、与える心」

へぇ。

「わかってないよね」

うん。でも、カースが幸せならいいなって思ってる。

「単純だね。そこが、芽衣子さんが芽衣子さんらしい所以だね」

さっきから褒められてる気が、全くしないのですが。

「ところで、芽衣子さん、幽霊は好きですか？」

え？　幽霊？　嫌だよ。ホラーって基本嫌いなのよ。怖いし汚いし痛そうだし。

「そう、頑張ってね」

何を？　嫌です。ホラーなら拒否します。逃げます。猛烈ダッシュで。

「無理でしょ。それに、加護がちょっとだけ使えるかもだし」

カモメと話せるスキルは幽霊に役に立つの？

「役に、立たないだろうね。だから、頑張ってね。あ、一応、見守ってるから、多分」

そう言って、狸の姿がまたもやうっすら消えていった。にこやかな笑顔が憎らしい。

ああ、クッキー、まだ半分しか食べてないのに。

目覚めた時、手に持っていた食べかけクッキーはやはり跡形もなかった。どうせ夢なら口に入れとけば良かった。がっくりしながら起き上がり、うーんと背を伸ばした。


おはようございます。朝です。正確には夜明け前ですが。よしと気合いを入れる。だって今日から、厨房下っ端兼雑用下っ端に戻るのですから。頑張らなくちゃ。

でも、気合いを入れすぎたせいか、なんだか中途半端に早い時間に目が覚めた。もう一度寝なおすと絶対起きられないので、もういいかと起きていることにした。

昨日夕刻に、のびのびになっていた私の引っ越し（部屋を替わるだけ）が終わって、今日は、狭い雑用部屋にルディと二人で、ハンモック睡眠でした。

ハンモック初体験だけど、意外に寝心地がいい。体に網目模様がつくかな、とか思っていたけど、毛布を敷けば大丈夫。ハンモックだと、あまり船の揺れも気にならないし、体にフィットしているので腰とか首の痛みが全くない。肩こりもさようならよ。ハンモック健康法ですね。ただ、ハンモックって登り降りにコツがいります。ルディに手伝ってもらってやっと昨日上がれたし、今も降りようとして、現在逆さ吊り状態です。うっ、右足が網に絡んで。まっ暗の中で、ハンモックと格闘です。文字どおり四苦八苦しながら、ハンモックから降りました。隣のルディを起こさないように頑張るのは大変でしたが、そっと服を着替えて、外に出てみることにしました。

　外はまだ暗い。今日は三日月で光が弱い。月の位置が低いので、じきに夜が明けるかな。でも船の縁には近づきたくない。正直、夜の海はトラウマになっている。

　この世界に来た初日の体験は、どうあっても忘れることなんてできない。

　でも、誰かが必ずいるってわかっている船の上ならば、トラウマは発動しない。安心してるのかもね。甲板の中央マストに括りつけてある一番大きな樽の上に座って、足をぶらぶらさせてみる。意外に楽しい。子供の頃に返ったみたい。

　そういえば、レヴィ船長がこの樽の側に立っていた時、腰の位置がこの樽くらいだった。足がすらっと長くてかっこよかった。もし、ケータイを常備できたら、絶対写真やムービー撮ってる！　お宝画像になること間違いなし。それを、パソコンで拡大プリントして部屋に張るのです。おう、想像すると、とても楽しい部屋。

　それにしても、私の腰の位置と比べて、うーん、外国人ってずるいよね。遺伝子って不公平すぎると思わない？　でもまあ、短いなら短いなりに小回りと回転数をあげて頑張るしかないでしょう私。とりあえず、ついていければそれでいいと思う。うん。

「早いな！　メイ、もう起きているのか？」

「ひょ!?」

いきなり背後から話しかけられて驚きました。だって、妄想相手が不意に現れるなんて、まさか思わないでしょう。ばくばくな心臓を押さえて、なんとか朝の挨拶。

「おはようございます。レヴィ船長。早いですね」

「ああ、おはよう」

ここ連日のカースの特訓、もとい授業で、かなり会話が繋がるようになってきました。いやあ、苦労しました。誰がって？　もちろん私、だよね？

日常会話がレベル1から2へといった感じ。早くて難しい単語はわからないけどね。レヴィ船長はわかりやすく、はっきり話してくれるのでかなり聞き取りOKなの。挨拶をすると、レヴィ船長は私の頭をゆっくりと撫でてくれます。

最近どうやら、船長の中のマイブームなのかも。ほぼ毎日、撫でてもらってます。レヴィ船長の手はとても気持ちいいのです。猫になった気分で喉を鳴らしたくなる感じ。目を閉じて、うっとりしちゃいます。

「メイ、カース見なかったか？」

カース？　もう起きてるの？

「いいえ。見てないです」

「そうか、明け方に会うことになってたのだがな」

こんなに朝早くに何かあったのかな？　首をかしげてみる。

「ちょっと気になることがあってな。お前は気にするな」

頭を撫でる手が止まりました。カースがやってきた。

「おはよう、レヴィウス。メイ、どうした？　早いな」

大分元気になってきたようですが、腕は三角巾で吊り下げています。

「ああ、おはよう、カース。早速だが、いいか？」

レヴィ船長、お手柔らかにお願いします。カースお兄様は怪我人ですので。

ああ、空が明けてきました。東の水平線からうっすら明るくなってきてます。私も仕事にと思い振り返ると、船室へと続く戸口にルディの姿が見えました。

「メイ、おはよう。今日から厨房だよね。これ、忘れてるよ」

エプロンと手ぬぐいを渡してくれました。あ、忘れてた。大事な物を。

これを忘れたら、私もつるつる刑になるところでした。危ない危ない。

「ありがとう、ルディ。私は厨房に行くね」

振り返ると、レヴィ船長とカースは気がついて、手を振ってくれました。嬉しくなって手を振り返します。よし、今日も頑張るぞ！

厨房に入ると、ラルクさんはもう来てました。今日の朝一番の仕事は、やっぱり石釜の火入れからです。以前に教えてもらったように、火種を使って石釜に火を入れていきます。うん、大丈夫、覚えてる。火を入れ終わったら、ラルクさんは大きな壺を私の前にドンと置いた。その中身は魚の塩漬けです。頭とワタを落とした青背の魚が、壺一杯にぎっちりつまっていた。ラルクさんは包丁の掛棚の中から、刃渡り二十五センチくらいの長い包丁を取り出しました。刃は歪みなく直刃。それで、さくさく魚を捌いていく。私は出刃包丁派だったなと見ていると、私の捌き方と若干違う。私は魚というと定番の三枚下ろし。でも、ラルクさんは縦五枚下ろしかな。魚の中心から刃を入れて両脇から中心へ持っていく。結果、身が四枚、中骨が一枚。

「ん、メイ、やってみて」と簡単に包丁を渡された。

あまりにも簡単に包丁を渡されたので、受け取ってしまいました。こんなに長い包丁は初めて使います。長くて少し怖いが、出刃包丁がこの厨房にはなかったことは確認済み。よし、初挑戦します。でも、ラルクさんの五枚下ろしは力がとってもいりそうですので、従来どおりに三枚下ろしにさせてもらおう。

魚の背に包丁をまっすぐ横に入れて、骨に沿って中心まで持っていきます。そのあとはお腹から背に沿って。尻尾の部分を持って、包丁を骨伝いにまっすぐ動かす。包丁は長いし切れ味抜群なので、力を入れすぎると手が切れるかもしれない。ゆっくり慎重に。うん、私流三枚下ろし完成です。で、それを半分に。よし、完成。

塩漬けにしているため、魚の身はしっかりしまっていて全然水っぽくない。普段なら下ろす時に、魚の脂が気になるが、包丁幅が狭いから、脂きれがいい。うん、慣れてきたよ。五匹目の魚を捌いていると、マートルとレナードさんがやってきました。

「おう、メイ、今日からまたよろしくな」

「はい、レナードさん。よろしくお願いします」

「メイ、おはよう。今日もお互い頑張ろうな」

「はい、頑張りましょう」

にっこり笑顔で挨拶。うん、特訓の成果が生きている。挨拶に限っては完璧です。

「メイ、話し方が上手になったね。カースさんの特訓を頑張ってたもんね」

ありがとう。マートルが褒めてくれたけど、実は挨拶に限ってですので。ここ重要。ところで、レナードさんが、私の捌いた魚をじっと見てます。ナンでしょう。

「メイ、お前、魚も捌けるんだな。うん、ぎこちないがまあまあだ。もうちょっとうまく捌けるようになったら、生の魚を捌く時の戦力になる。頑張ってくれ」

マートルが、私が残していた中心中骨の部分を平たい中華包丁みたいな物で細かく砕いていきます。日本でなら捨てる部分だけど、何になるのだろう。楽しみですね。わくわくしながら次々と魚を捌いていき、壺の魚が空になりました。

次に、ラルクさんからコーンを練り込んだパン生地を渡されたので、私の手より、ちょっと小さなサイズにちぎって丸くして粉をまぶして、石釜で焼き始めます。

竈にはマートルが砕いた中骨部分を使ったお団子が浮いたスープ。ラルクさんが味つけをして、くるくるレードルを回す。レナードさんは私が捌いた切り身に、香辛料と粉を振って大きなフライパンで焼く。マートルが酢と油と野菜でソースを作る。はう、お腹がすいてきた。なんて美味しそうなの。この匂い、たまりません。

今日はコーンパンに魚のソテーと野菜を挟んだサンドイッチ。魚のすり身団子が入ったスープ。サンドイッチにはマートルが作ったソースがいい感じでお魚をしっとりさせて、食べた時にじゅわってお魚の味と混ざってパンに染み渡ります。絶対に美味しいに違いない。現に、船員は朝食を平らげ一欠片《ひとかけら》も残さない。笑顔で腹を叩いて去っていく。ああ、早く食べたい。でも、待ち時間が長いと倍美味しいらしいので、我慢、我慢。今はお皿洗いは手馴れたモンです。えっへん。そうしてやっと私とルディの朝食タイムです。ああ、待ってました。いただきます！！！

第二章　誰も眠ってはいけない無人島

朝食はいつもながら、大変に美味しかった。じわじわしみ込んでくる魚の旨みと野菜の甘酢ソースが、コーンパンの甘味とマッチして絶妙でした。私、絶対、前の世界の食事より良いもの食べてる。自炊なので、基本凝ったものは毎日作らない。どちらかというと、作り置きと薬味を休日に作って、それにちょっと手を加える。いわゆる簡単クッキングでした。でも、やっぱり、料理は手間暇かけてしっかり作るのが、最高に美味しいと思う今日この頃。

それに、電子機器のない生活って、なければないで意外にいい感じなの。昔の知恵が生きてるって感じで。贅沢を言わなければ、不自由はないと思う。

今日のスープは魚の出汁《だし》がよく利いて、あくがなく、さらっとしたいい喉越し。もちもちっとした魚のすり身団子がいい歯ごたえです。半分のサンドイッチを味わって食べてから、ハンカチをポケットから出して、残り半分を包みました。ルディも同じくハンカチに包んでいる。私命名、あとで食べよう作戦ですね。

残りの皿を片づけてから、ルディは洗濯物を取りに行きました。私は厨房の後片づけ。マートルが一緒なのだけど、今日は朝から何か言いたそうな顔。ですが、あーとかうーとかばかりで本題に入らない。ナンでしょうね。あれほど軽いマートルの口が今日にかぎって重いです。で、通りすがりにラルクさんがぼそっとつぶやきました。

「下っ端に逆戻り」

マートルがその言葉で、ぐっと唾を飲み込みました。えーと、どういうこと？　と首をかしげたら、マートルが思いっきり頭を下げました。腰を折っての九十度お辞儀。

「ごめん、メイ。あの嵐の日のことで、ちゃんとメイに謝りたいんだ」

嵐の日？　ああ、失せ物探しに甲板に行ったこと？

「マートル、探し物見つかった？」

そういえば、ばたばたして聞き忘れていた。

「あ、ああ、甲板じゃなくて、部屋に落ちてた」

ほっとしたよ。甲板で落としてたら、今は確実に海の底だよね。

「よかったね。見つかって」

マートルはくしゃっと泣きそうに顔を歪めて、私の両手を握り締めた。

「レナードさんとラルクさんから聞いたんだ。メイが、帰ってこない僕を探しに行ったって。僕が甲板で探し物してるの、言わなかったんだろ。僕が怒られるから。それなのに、心配して探しに来てくれたメイを僕は助けてやれなかった。目の前で、メイがカースさんと何度も波に引きずり込まれそうになっているのに、何もできなかった」

そういえば、そういうことで甲板に出たけど、マートルは縄でぐるぐる巻きだったから、大丈夫って安心して放置したのよね。重傷カースの方に必死で、正直、マートルのことは気にしてなかった。なので、マートルが私に謝るのは、違う気がする。

「メイの意識が戻らなかったらどうしようって、あの後、本当に後悔した。僕はメイの先輩なのに。下を守ってやるのが上の責任って、レヴィウス船長がいつも言ってるのに。だから、僕も後輩ができたら守ってやるって誓っていたのに。僕はメイを守るどころか、危険にさらした。僕は最低な先輩だ」

そんなに真剣に謝られると、後ろめたさが心一杯に広がる。特に何も考えてなかっただけなのに。そんなに真剣に考えて、すごく心配してくれて、本当に申し訳ない。

「マートルと探し物が無事でよかった。心配してくれてありがとう」

ぎゅっと手を握り返して感謝すると、マートルはますます泣きそうに。なんで？

「本当は、反省の意味で頭剃ろうかってちょっと考えたけど、つるつるになると、もう生えてこなかったらどうしようって思ったら、これが限界だったんだ」

なるほど、角刈りマートルは反省マートルだったのですね。

でもまだ若いのに生えてこないって考えるものなの？

「僕の父系は、みんなハゲてるんだ」

それは恐ろしい強迫観念ですね。でも、角刈りもいい感じですよ。

精悍な気がちょっとだけするかも。たぶんね。

「マートル、その髪はよく似合っているよ。かっこいいと思う」

「えっそう?」ちょっと嬉しそう。

「レナードさんとラルクさんに、このことを告白したんだ。そうしたら、罰として下っ端からやり直せって言ってくれたんだ。二人にはすごく感謝してる」

なるほど、なるほど。

「マートル、今の私と一緒の下っ端なの?」

「いや、僕が一番下っ端だよ。だから、メイは三番に入るんだ」

はい? とっさに首をぶんぶんと振った。

「駄目だよ。私はまだまだ厨房のこと、わからないことばかりなんだから。それに、今回の件は私も悪かった。マートルに甲板に行かないように言うべきだったのに、いいって言った。マートルを危険にさらしたのは私でもあるんだから」

うーん、卵が先か、ひよこが先かって議論だね。マートルが困った顔をしてる。

そうだ、思いつきました。

「今回はどっちも悪かったで終わりにしよう。だから、二人とも下っ端で!」

「はっはっはっ！　いいんじゃねえ。下っ端二人。お互い切磋琢磨し合う相手っていうのも、時には必要だしな」

いつの間にか私たちの後ろにレナードさんとラルクさんが立っていました。レナードさんは満面の笑み。ラルクさんは薄く口角を上げた優しい微笑み。よし、認められました。今日から下っ端同士頑張ろうね。

「ようし、下っ端。この鍋を磨いとけよ」

レナードさん、感動に水差さないでください。

「補充は倉庫。この袋一杯に豆」

ラルクさん、頭に袋を載せないでください。マートルと二人で笑いました。

「鍋磨きしてくれる？　僕は倉庫で補充調味料と豆を取ってくるよ」

「はい。ありがとうマートル」

重たい物を運ぶには、私だと何回も往復しないと駄目なので、ここはお願いします。鍋は浸け置きしてあったので、汚れがすぐに落ちる。顔が映るくらいに磨きあげるのも慣れたもので、すぐ終わりました。マートルはまだ帰ってきませんが、ルディが呼びに来たのでラルクさんにあとを頼んで、洗濯前の繕い物に向かいました。

今日の繕い物は大量です。いつもは籠二つなのに、今日は倍の四つありました。嵐の後のせいか、あちこち破れている。破れている部分にあて布を小さく裏からあてて、ちくちく縫っていく。ほつれているところは裏までほつれ糸を持っていき、表から似たような色の糸で補強。裾や襟の破れは、似たような素材の布を足りない部分だけ切り抜き、形に沿って継ぎはぎします。継ぎはぎ部分はもちろん見えないように中折に。

裁縫は得意なのよね。古くなっていても愛着がある物ってやっぱり直して着ちゃう。それに、必勝アイテムの指貫があれば怖いものなしだ。どんとお任せでいける。さくさくと縫っていくと、終わった頃にルディが帰ってきた。

「終わった?」

ルディは、私が繕い終わった木綿のシャツを一枚取り出して、ぱっと広げた。

「やっぱりメイの繕い物は綺麗だね。前にメイがした繕い物を、皆が褒めてたんだよ。綺麗だし丈夫でほつれにくいって。今日からメイが雑用に戻るの知ってるから溜めていた洗濯物が出てきてこんなに大量なんだと思うよ」

私の貧乏スキルがこんなにも褒められるとは。大変だけど、ちょっと嬉しい。

私、少しだけですが、この船の役に立てている気がします。

＊

今から、洗濯物を持って甲板に上がるのだが、洗濯物一杯の重い籠が四つ。うん、私には無理。どこかに台車のような物があったかなと首をひねっていたら、一つでも私には動かせないのに、ルディは二つの籠を一度にひょいって軽々持ち上げた。おお、さすが男の子。力持ちだね。残りの籠もあとでルディが取りに来るって言ってくれた。ちなみに私が引きずっていこうとすると怒られた。籠が壊れると大変だからって。この籠は特殊な木の皮でできていて、そのお直しはちょっと面倒らしい。

さて、本日はいい天気です。白い雲がのんきに浮いている、いつもの青い空。

私は、樽の中から洗濯板と桶を取り出して洗濯を始める。私が洗濯している間に、ルディは残りの籠を取りに行く。浸け置きした服から順番に、襟首、手首、背中、前身ごろと服の繊維の折り方向に沿って洗濯板でもみ洗いします。汚れの酷いところを重点的に擦ったら、足で踏んで脱水。次は、海水を捨てて濯ぎの水樽にくぐらせ、足踏み脱水。ルディが帰ってきたので、もっと強く絞ってもらう。やっぱり力仕事は男の子だよね。全部の洗濯を終えると、手と足がまっ赤になった。洗濯板って、擦る時に服と一緒に手まで擦れそうなの。でも、力入れないと汚れ落ちないから、仕方ない。

干すのはルディにお任せで。洗濯ロープがピンと張られ、空にはたはたと洗濯物がはためく。今日は量が多いので壮観だね。私は一息ついて、甲板に積んであった木箱の上に座って空を見上げた。青い空が眩しい。それに、頬に触れる海風が気持ちいい。

鳥も飛んでない。近くに島がないのかな。平和だね～、先日の嵐が嘘のようだ。

のんびりしていると甲板の右端に船員たちが集まってました。

「何かあったんですか？」

とりあえず、聞いてみます。

「ああ、見ろよ。珍しい魚だ。それもでかい」

おお、水族館でしか見たことのない可愛さ抜群のイルカですか。でも、このイルカ、私の世界のとは違う気がする。だって、背びれが横に二つある。その上、パンダのような模様がある。飛び跳ねる時にくっきり模様が見えた。って、シャチじゃないの？たしか、シャチって肉食だったよね。前に映画でシャチはイルカより凶暴で、警戒心が強くめったに船に近づかないって言ってた気がする。でも、この船の航路にだんだんと近づいてきて、船に併走するように泳ぎ始めた。飛び上がるたびに水しぶきが上がり、太陽の光が反射してきらきら背中が輝いて見えた。おおっ、ワイルドライフ。綺麗ですね。ですが、最初は一匹。しばらくして、二匹、三匹と併走シャチが増えていき、あっという間に、船はシャチの群れに囲まれた。何事でしょうか？バサッと波と同時に数匹がジャンプした時、シャチの黒い目がこちらを見て、声が聞こえた。

はへ？シャチが喋った。

「ようよう、神様の守護者」

「おうよう、神様の守護者」

「おうおう、神様の守護者」

おお、鳥さんと同じ現象。なるほど、神様関連で挨拶に来たとか？　律儀ですね。

「助けてよ。神様の守護者」

「苦しんでるの。助けてよ」

ちょ、ちょっと待って。いきなり何？　誰が苦しいの。助けるのは医者じゃないと。

「あそこにいるの」

「あそこから出られないの」

あそこってどこ？　具体的にあと東に何キロとか言ってほしい。

「海のたまり」

「流れのない海」

たまり？　何それ。醤油？　ではないよね。うん、わかってた。

「この船の先」

「まっ白い砂」

えーと、この船の今から向かう先に誰かがいて、助けを待っているってことかな。

助けてってシャチの仲間とか。哺乳類なら、セランの薬が効くかしら？

「神様の守護者、見つけてよ」

「探してあげて、神様の守護者」

案内するでなく更に探せと。うん。無理。だって、貴方たちみたいに泳げないから。私は人間で、この大海原で船を降りるつもりはないし。

「喜んだら出てこられるよ」

「治ったら見つかるよ」

う〜ん、言ってることは単純なのに、さっぱり理解不能。私は名探偵に向かないね。

「もうすぐそこだよ」

「よろしくね、神様の守護者」

「頼んだよ、神様の守護者」

待って！　何を頼むのよ。まだ承知してないよ。頼むならきちんと詳細をプリーズ。

シャチたちは一斉に海に潜って右に方向転換した。なんてことだ！　勝手に頼んで、勝手にいなくなった！　神様の守護者特典って、一種の災害特典かもと思った瞬間でした。と、とりあえず、カースにこの船の航路について聞こう。何か不吉なこと言ってたし。苦しんでいる誰かについては、取りあえず保留ということで。

甲板から舳《へさき》へ移動して、船の行く先を見る。特に変わった感じはない。相変わらず水平線があるだけだ。どこか違う点がないだろうか？　でも私は海に詳しいわけじゃないし、違いといって気がついたのは、舳にあたる波がいつもより白く泡立っていることくらい。空を見上げたけど、雲だっていつもと変わりない。雲？　うん？　あれ？今、風は吹いてないよね。だって、雲の位置がさっきから変わらない。でも、船は前へ、ぐんぐん進んでる。この船は基本帆掛船《ほかけぶね》。蒸気機関とかないはず。でも、頬に触れる風は向かい風。やっぱりおかしい。やはり、どこかに運ばれているような……。

うーん。詳しい人に聞くのが一番だよね。カースはどこにいるのかしら。

カースを探しに行ったが、部屋にも食堂にも遊技室にも医務室にもいない。もしかしたらと、甲板に出て船長の部屋へ向かった。船長の部屋のドアをノックしようとしたら、ドアがいきなりバンッと大きく開いた。鼻先で感じる風圧に心臓が一瞬止まった。すれすれでした。危ない危ない。心臓に手をあてて、深呼吸。

「うん？　メイ、お前何してんだ？」

相変わらずの蓑虫妖精のようですね、バルトさん。バルトさんが私の知る何かに似ているような気がしてちょっと和む。……ではなくて、そうではなく、さっきのシャチたちの言ってた〝この先〟を聞かなくちゃいけないんだった。

「カースはいますか？　聞きたいことがあるのですが」

「カース？　今、船長と奥で話してる。緊急なのか？」

バルトさんは、眉を中央に寄せて私をじっと見ている。負けずに私もバルトさんを見る。あ、額中央に縦じわが。茶色の大きな目が、チャウチャウに似ているかも？

「緊急かもしれない。でも気のせいかも」

なんて言えばいいのか。シャチが言ったたって説明しても多分、信じてもらえない。

でも、考えれば考える程、確信する。これからこの先に何かあるのは間違いないと。

前回のカモメは嵐予報だった。今回のシャチは何予報なのだろう。

「まあいい、入れ」

怪訝な顔をしていたが、バルトさんは、奥の部屋に連れて行ってくれた。

「船長、カースに話があるって、メイが来てる」

中に入ると、部屋の机にはたくさんの海図と書類。カースの手元にはペンと定規と計測表。それを覗き込みながら、レヴィ船長が手紙を書いていた。仕事中にお邪魔します。レヴィ船長は突然乱入した私の様子を見て、黙ってペンを置きカースに頷いた。

「どうしました？　メイ」

私に向けられるカースの表情は、頼りがいがあるお兄ちゃんの顔だ。ほっとする。

「あ、あのね、航路、このままで大丈夫？　えーと、波が白すぎる気がするの。風もないのに、この船は動いてる。なんだか潮の流れでどこかに運ばれてる気がするの」

ああ、なんて言ったらいいのかな。語彙が多くなってうまく喋れても、説明能力って上達するわけじゃないんだね。カースの顔をじっと見る。なんとか伝わらないかな。

こういう時こそ以心伝心、なんて都合のいいことを考えてる。

「風がない？　船の速度は変わらないですが」

「で、でも、雲の位置が変わらない。上空に風がないんです。それに変な向かい風だし、波に船が運ばれているような感じで」

カースは目を大きく開いて、急に部屋の外に飛び出した。私の話を聞いていたバルトさんも、カースのあとを追って甲板に走っていった。

ばたばたという音が静かになり、船室に残っているのは私とレヴィ船長だけ。

レヴィ船長は椅子に座ったまま、机の上の海図を見てる。無造作に組まれた足は、長さを強調している気がする。レヴィ船長の考える時の癖なのかな。口を半分覆うように、手のひらで顎の辺りを支えてる。うふふ、そんな仕草もかっこいい。

ふいに、レヴィ船長が私を手招きしたので、首をかしげながら近づく。

「メイ、お前は海図を読めるか？」

海図？　海の地図？　いいえと首を振る。そういうのは特殊技能だものね。

レヴィ船長は一枚の海図を私の前に持って来て、指で現在地っぽい場所を指し示す。

「嵐のせいで、この船は通常の航路からかなり逸れた所を進んでいる。だが、この先の大きな海流に乗ることができれば、二、三日のずれで次の港に着く計算だった」

海流？　計算？　あ、先程は航路修正の話し合いをしていたのですね。

「メイの話の通りだと、修正が再度いる」

大変、お手数をおかけいたします。誰のせいだと言われたら、シャチのせい？

いや、やはり私のせいだろう。だって、神様の守護者って名指しされたもの。

漂流者は幸運を運ぶと言われているそうだが、私は面倒事を運んでいるのかしら。

なんだか遣る瀬ないと項垂《うなだ》れていたら、レヴィ船長は私の頭を慰めるように優しく撫でてくれた。本当にレヴィ船長は優しい。落ち込んでいた気分がぐんぐん上昇する。

目を瞑って、レヴィ船長の手から癒しパワーを受けていたら、手が頭から頬に移動した。頬に触れる大きな手指は、ごつごつしているが温かい。

「レヴィ船長、カースたちをほっといていいのですか？」

目をゆっくり開いて問いかけると、レヴィ船長は微かに笑った。

「俺まで甲板に出ると、船員たちが動揺する」

ああ、なるほど。さすが、レヴィ船長です。

「航路の組み直しは手間が掛かる。今晩も長い夜になりそうだ」

はぁっと溜息をつきながら、レヴィ船長の手は私の顔の輪郭をたどるように触れていく。レヴィ船長はお疲れのようです。その目の下にはうっすら隈ができていた。

シャチと私のせいで、本当に申し訳ありませんと、手をついて謝りたい気分になる。

船長の手は、私の唇の上で止まり、ふにふにと人差し指で何度も往復する。

「メイは、柔らかいな」

　レヴィ船長の声がいつもよりかすれている。大層お疲れモードなレヴィ船長だ。このいつもと違うレヴィ船長の手の動きは、思うに癒しを求めているのだと思う。ふわふわなペットの柔らかさに癒されたいが、この船に該当するのは鶏くらいしかいない。抱きしめたら蹴りと嘴《くちばし》アタックが飛んでくる凶暴さが売りの鶏達。で、仕方ないので私が代用と。なるほど、理解しました。ぷにぷに差では負けてないお腹とか。

　……どんと来いです。私の心意気が伝わったのか、ゆっくりと腕を引かれ、気が付けばレヴィ船長の腕の中。ふわりと真綿を抱きしめるように、優しく包まれる。そして、耳元で満足そうな小さな溜息。

「もう少し、このままで」

　はい、と答えたいが、私の心臓はどんどん、ばくばく、大運動会。

　駄目よメイ、落ち着いて。これはペットに対するものよ。そう、私は猫で、犬で、ハムスター。この抱擁には何の意味もない。ないったらないのです。無心です。

　心の中で坊さんロックを歌おうと目を瞑ったら、私の唇に柔らかく温かい何かが触れた。それは、唇の形を確かめるように何度も重ねられ、温かな息と共に離れていく。

　……今のは、なんでしょう。錆びついた扉を開くように瞼を持ち上げると、すぐ目の前にレヴィ船長の顔が。あの緑の目が、じっと私を見ていた。綺麗な緑の瞳に、驚いた私の顔が映っている。その瞳の中の光に、どこかもどかしさと愛おしさを感じるのは何故だろう。絡み合う視線に、まるで時が止まったような空気を感じていた。

足音が聞こえて、レヴィ船長は何事もなかったように離れた。カース達が帰ってきたようです。

「メイの指摘通り、どうやら我々は奇妙な海流に乗ってしまったらしいです」

難しい顔をして、カースが新しい海図に印をつけ始めた。

「ですが、前方に島影が見えました。その島に上陸して風が出るのを待って、島の反対側からなら見知った航路に戻ることが可能だと思いますが、どうしますか」

レヴィ船長は表情を変えずに頷いた。

「島？　わかった」

「この海流の行きつく先が、海溝海流や渦海流だと厄介ですから」

カースは机の上の海図から目を離さないで、怖そうな台詞を言う。渦って、鳴門の渦潮みたいなやつ？　バルトさんが私の側に来て、がしがしと頭を撫でてくれた。

「それにしても、メイ、よく気がついたな」

バルトさんは力が強いので首が痛いです。あうっ、脳みそシェイク！

「バルト、そんなに強くメイの頭を振らないでください。やっとつめこんだ知識がショックで消えて、更なる馬鹿になったら困ります。私の苦労を無にする気ですか？」

カース、庇っているのですよね。微妙に心配するところが違う気がするのですが。

「がははっ、悪い、悪い！」

豪快に笑うバルトさんにつられて気分が軽くなる。多分、何とかなるって感じで。

物見櫓《ものみやぐら》に繫がっている船長室の連絡管から声が聞こえた。

「船長、前方に島です」

今度こそ全員そろって甲板に出ると、前方に確かに木々が生い茂る島があった。

カーンと一つ鐘を鳴らすと、バルトさんの大きな声が甲板中に響き渡る。

「上陸の用意をしろ。あの島に立ち寄る」

周囲に少しの躊躇いはあったが、慣れた様子で上陸の準備を始めた。

レヴィ船長は舵の前に立ち、島や波の様子を見ながら、ゆっくりと舵を切っていく。

はぁ〜素敵ですね〜。レヴィ船長はこうやって舵取りをしている姿がとても似合う。

青い空と白い雲、船の帆を背景に、すらりと立つ姿は、一枚の写真に収めたいくらい素敵です。普段も良いが、あの精悍な眼差しに殊更に惚れ直すって言えばいいのか。

レヴィ船長の顔を見ていて、ふと船長の唇で視点が止まった。瞼の裏で先程の記憶を反芻する。……さっきのあれって、もしかして、もしかしなくても。……ええっ！

連想される答えにたどりつき、顔が一瞬で蛸のように茹で上がった。その顔を隠すように両手で頰を覆った。……私には、無心はハードルが高すぎたようです。

＊

私たちの船は、滑るようにその島に向かっていく。島に近づくにつれ、カースとバルトさんの顔がやや険しくなるが、レヴィ船長はいつもと同じように見える。

船員たちは予定外の島に立ち寄ることに戸惑いはあったみたいだけど、気にしてない様子。たぶん、船長たちを信頼しているからだろう。

そんな中、私はちょっと複雑な心境だ。だって、この状態って明らかに私を連れて行くための巻き添えだと思う。でも、みんなを巻き込んで平然としていられるのかと言うと、ねぇ。あの島で置いてけぼりなんてなったら嫌だし。でも、正直に話して、あの島で置いてけぼりなんてな
私の良心が、ちくちくと胸を刺している。でも、あのシャチたちが言ってた謎々、全然わからないし。私は、頭脳派というより感覚派なのです。それを踏まえて、もっとわかりやすく説明をしてくれと言いたい。だから、私よりも数段頭の回転の速いカースやレヴィ船長やセランにちょっと助けてもらえないかなあ、なんて甘え心がある。

うん。人間、一人じゃ何もできないから助けてもらうんだって、誰か有名な人が言ってた気がする。よし、私の良心の痛みがちょっとだけ小さくなった。

天使と悪魔のささやきで私の頭が一杯だったため、カースに声をかけられるまで、

島のすぐ側まで来ているのにも気がつかなかった。

「メイ、どうかしましたか？　気分でも悪いのですか？」

カースの澄んだ水色の目が心配そうに私の顔を覗き込んだ。本当に優しい兄です。

「大丈夫だよ、カース。考え事していただけだから」

カースの顔から、眉間のしわが消えた。

「普段から考え事をしない貴方が、一人で考えても解決しません。労力の無駄です」

そうですね。カースだもの。口のひねくれ度数が一二〇度だからね。先程の言葉を解せば、考え事の前に相談ってことだ、多分。顔を引きつらせつつも、なんとか笑顔。

「えーと、わからないことがあったら、カースに相談していい？」

カースの顔が満足げに頷き、そして、ニコヤカな笑みを浮かべた。

「事前に相談するくらいの脳みそはあるようなので、今回は良いでしょう」

カースは嬉しそうです。その反対に私の心は北風が吹いているような気がします。

あれ？　打たれ強く生きようってキャッチフレーズが、どこかで聞こえるかも。

それはともかく、まずは気を取り直してカースに聞いてみる。

「この船、あの島のどこにつけるの？　正面？」

「いいえ、砂地、もしくは入り江に近いところで接岸できればと考えているはずです」

船はカースの言葉を聞いていたかのように島を半周回り、島の裏側に斜めに窪んだ入り江を発見。その入り江は、ぱっと見ただけでは崖の窪みにしか見えない。

すごい。レヴィ船長はよくわかったね。入り江に侵入すると、波は途端に穏やかになった。船は岩と岩の間を通り、ちょうど船の高さに位置する石の台場の右側にぴたりと接岸した。ちなみにこの技は、簡単そうに見えて超難度テクニック。本当にすごいのよ。

奇妙にも、着岸した場所は港のような造りに見える。切り立った岩の上部から漏れる太陽の光が岩に反射して、周りを十分に見渡せるほどに明るい。船の中から、周りを窺ってみるが、人の気配が全くない。誰かが何かを言うと、周りの岩が声を反響させるらしく、ごくりと息を飲む音すら響きそうで、皆の顔に緊張と静けさが広がっていた。そんな中、皆の視線はやっぱり自然に船長に向く。ただ一人の例外を除いては。

そう、例外は私。エコーがかかるって、ヤッホーってできるってことだよね。

誰もしないなら、してみてもいいかな？　あの石のお台場ってヤッホー発声にいい感じの場所では？　ちょっと小声でヤッホーって言ってもいいかな。そわそわ、わくわくしていたら、セランに襟首を摑まれ、私は猫の子のようにぶらぶらりんこ。

「ぐえっ」

ぐえっぐえっぐえってエコーが響き渡った。なんてこと、私の初ヤッホーが台なしに。涙目になりながら、セランを恨みがましい目で見上げたら、明らかに呆れた表情。

「メイ、おとなしくしてろ」

セランの言葉にもエコーがもちろん入る。何度も、何度も、怒られているようです。私の初エコーを奪ったくせに、なんですかこの仕打ちは。

「ひどいセラン、一番エコーは私がしたかったのに」

一瞬の空白の後、いきなり皆がどっと笑い始めた。アントンさんたちなんて大笑い。

「緊張感ねえな。メイ」

「しょうがないよ、メイだから」

「子供だしな。メイは」

次々に言いたい放題。そのうえ、馬鹿だのアホだのとエコーが続くのでまさに踏んだりけったり。頬をぷーって膨らませて、私の襟首を掴んだままのセランの手を軽く引っかいた。そろそろ苦しい。セランも笑いながらですが、ようやく手を離した。

「ああ、そりゃ悪かったな」

レヴィ船長もカースも笑っている。皆とエコーに馬鹿にされたけど、皆の笑顔を見たら腹立ちも消えてしまったので、ひとまず、へへって、軽く笑っておいた。

「上陸する。バルト、十人選べ。先遣隊《せんけんたい》だ」

レヴィ船長の声が響く。それまで笑っていた皆の雰囲気が、一瞬で引き締まった。

「おう、上陸だ、碇を下ろせ。一応、左の前と右後ろだ。橋桁の用意。帆は全部畳んでおけ。それから、アントン、お前のとこから三人、バース、お前のとこからも三人、ジャド、お前のとこから三人出せ。これで俺入れて十人だ」

十人の先遣隊の中に、私はやっぱり入れてもらえない。ちらっと横目で選ばれた人たちを見たけど、筋肉もりもり皆マッチョ。無理だー。どうやら先遣隊と一緒にレヴィ船長も行くらしい。船長たち一行にどうか何も起こりませんように。


船から係留ロープが三本張られ、橋桁が甲板から降ろされる。レヴィ船長と先遣隊が先に降りて、岩棚から奥に延びている通路を歩いていく。通路の上部は左右の岩壁が光を反射しているらしく周囲はうっすら明るい。この反射する岩は、意外にもごつごつした手触りで、白色に黒の砂が交ざったような、素朴な墓石っぽい色合いをしていて、軽くノックしたら、コイーンと甲高い音がした。へぇ、面白い。うん。

先遣隊は二時間ほど経った頃に帰ってきた。

「何か生き物はいるかもしれないが、特に危険はなさそうだ。人の気配がないから無人島だろう。家屋も見当たらない。以前のような海賊の隠れ家でもなさそうだ」

海賊の隠れ家？　そっか、だから皆、緊張してたのね。でも、無人島？　誰もいないの？　シャチたちは言ったよね。「助けて」って。「見つけて」とも言ってた気がする。ということはどこかに誰かが隠れている？　じゃあやっぱり探さないと。後で、暗くなってから周りを一人で回ってみよう。

船番を数人残して、各自荷物を持って通路を抜ける。船から降りたら、揺れていない平面が久しぶり過ぎるのか、不思議にまっすぐ歩けなかった。皆もゆらゆら千鳥足。硬い岩と土の感触を足で踏みしめながらゆっくりと歩いた。

岩に挟まれた通路を抜けると、緑の大地が広がっていた。緑の葉を茂らせる森の木々は少し茂った裏山って感じだ。足元にはシダやたんぽぽ。ブナ、クヌギに似ている落葉樹。皆の後ろをついていくと、少し開けた広場のような場所があった。皆は慣れた様子で地面を調べ、荷物を降ろし、簡単なテントを幾つか張る。

私は厨房の皆と一緒に、食事の道具を運ぶ。小さな二輪のリヤカーもどき（二輪に戸板を載せただけの台車）には、銅鍋やフライパン、調理器具に食材。水の樽は重いのであと回し。私とマートルでリヤカーを、レナードさん達は大きな袋を担ぐ。

広場の右端で、レナードさんとラルクさんが、縦横一メートル、深さ二十センチくらいの穴を掘り、私とマートルが大き目な石を集めた。ラルクさんが穴に沿ってコの字に石を組み、マートルが石の隙間に海水で練った土を埋めて、ラルクさんが鉄板を載せて完成。ほほう、見事な竈のできあがりだ。

ハロルドさんやコリンが、以前の嵐で溜めた雨水の樽を二つ降ろしてくれた。この雨水。本当に重宝しているのよね。あの嵐の前のどたばたでも、レナードさんやラルクさんはしっかり空樽をセットしていたらしい。この世界、原始的だが海水をろ過して常用水にする技術はある。それでも飲用には向かないくらいに塩分が残るので、それらは主に洗濯用か雑用に使う。飲用できる真水は貴重なのです。この島で真水が見つかればいいのだがと、二人が話しあっていた。多分、あると思う。だって、ブナとかナラに似た、水をすごく必要とする木がある。後でこっそり探検する時に水場も探してみようかな。今夜は多分、満月に近い。月明かりをお供に夜道を散歩しても、足元は明るいはず、多分。雲がかからないといいなあ。

*

レナードさんは大きな鉄串に、大きなお肉を刺している。正確には一頭丸ごと。うん、多分、家畜部屋の豚さんだ。……食用の家畜だものね。うん、わかってた。レナードさんは、皮を剝いで血を抜いた赤いお肉に、スパイスを練り込んでいる。私は、船から持ってきた薪を竃とお肉の下に置く。お肉に満遍なく火が通るように、円状に薪を組んでいく。それから向きを計算して風上から火をつける。焚き火の両脇にマートルが鉄柱を二本地面に突き立てた。鉄柱の先端部分は丸く穴が開いていて、そこにさっきレナードさんが味つけしていたお肉の鉄串の両端を通す。ほほう、お肉の丸焼き用のセットですね。ぱちぱちと火花がお肉の脂と匂いを出し始めました。たまらない匂いです。レナードさんは焼き具合を確認しながら、串を回して満遍なく火を通し、時折ソースをかけている。直火で焦げないように、くるくるくるくる。

ああ、いい匂い。じわじわ溶ける脂が焚き火に落ちて、何とも言えない匂いが漂う。

そういえば私、昼食を食べてない。部屋で繕い物しながらサンドイッチの残りを食べたが、すでに消化済みだ。そして今は午後三時を軽く越えた時間。お肉が焼けるには小一時間は優にかかる。ということは、レナードさんたちが用意しているのは夕食。

船の行く先が気になって、カースを探し回っているうちにお昼を食べ損ねたらしい。ルディが私を探しに来てくれた時は、私はカースたちに挟まれて真剣に、島が云々と話し合い中だったから、結果として昼食抜きに。だからでしょう。お腹がぐーぐーとうるさいです。私のお腹の自己主張を無視できなかったのか、レナードさんは、ポケットの中から丸パンを取り出して、私の手のひらに載せてくれました。

「食っとけ。それで、夕食まで我慢しろ」

白パンの間にチーズが。素晴らしい。本当にレナードさんは、いい人です。

「ありがとう。レナードさん」

大きく口を開けてばくっと噛み、べりっとパンの繊維を食いちぎる。そのまま口の中の唾液で軟らかくして咀嚼《そしゃく》。硬パンは食べ慣れてきましたね。もう上級者ですよ。

「喉に詰まらせるなよ」

ラルクさんが、そっとコップに水を入れて渡してくれた。お腹に染み渡ります。ごくごくと水を飲みほし、最後の欠片をごくりと飲み込むとお腹が落ち着いた。

「ありがとう、ラルクさん」

ラルクさんは焼けた鉄板の上に、今朝方に練っていたパン生地を細く薄く伸ばして載せた。薄いパンがプーって大きく膨れたところで、裏返し。うん、綺麗な狐色。

「メイ、交代」

ラルクさんに残りのパン生地と、フライ返しもどきの木ベラを渡された。よく見るとパンはもっちりとしたインドのナンに似ている。ラルクさんは野菜をざくざく大きく切って小串に刺す。マートルは小さく刻んだ野菜を鍋に入れて、二つ目の竈の上でぐつぐつ野菜スープ。日本のバーベキューは網の上に載せて炭で焼くだったけど、人数多い場合は、丸焼きが一番かもと言いたくなる程のよい匂い。スープもいい感じ。

夕食は立食？　だそうで、土の上、草の上、木の根っこの上などに直接座り、小さな焚き火の周りで食事を食べる。この世界に来て、船の外での食事はこれが初めて。

木々や草や土の香りが気持ちいい。アウトドアに嵌《はま》る人がいるのもわかる。

天井がない開放感はちょっと癖になりそうです。皆の顔もいつになく嬉しそう。

野外はテントを張ったり穴を掘ったりと面倒な作業も多いのに、皆は歌でも歌いだしそうなくらいご機嫌だ。そんな彼らを横目に、私はせっせとパンを焼きました。

後は、力仕事しかないと言われ、手持ちぶさたになった私。じゅうじゅうと焼けて、漂ってくるお肉のいい匂いに、お腹だけでなく涎が。くっ、乙女として涎を流してお腹を鳴らす姿はどうかと思うので、ここは忙しそうなルディの手伝いをします。

大きな背負い籠と鎌のような小型ナイフを、ルディに渡された。はて？

「今からその籠一杯の草を刈るんだよ。必要なんだ」

何に必要なのか、野外活動初心者の私にはさっぱりわからないが、ここは素直に草刈りに励みたい。よいしょと大きな籠を背負って、膝上くらいまで伸びた雑草をざくざくと刈り進めていくと、あっという間に籠が一杯になった。ちらりとルディを見ると籠の中の雑草の上に乗って踏みしめ更に追加している。なるほど、了解しました。

刈っては踏みしめを繰り返し、籠が一杯になった。ふう、いい仕事しました。休憩に、籠を置いて疲れ気味の背中と腰を伸ばす。中腰姿勢は結構辛い。うーんっと腰を伸ばしていたら、右上の木の上で何かがキラッと光りました。

何だろうと近づいてみたら、大きなブナの木でした。光っていたのは何かに反射したせいだろう。でも何に反射したのだろう。好奇心から木の周りを一周したら、裏側に大きな洞がありました。人が一人すっぽり入れるくらい大きな洞。洞の内側には落ち葉がこんもりと溜まってて、ト○ロの寝床みたい。居心地よさそう。なんだか自然の洞って感じでちょっといいよねえ。そう思っていたら、私の首から下げている白い玉がちりっと熱くなった。慌てて周りを見渡したが人の気配は全くない。

なんで？　人も動物もいないけど、誤作動？

襟首を広げて白い玉に触ると、やはり少し熱いと思う。でも微妙な温度。うーん、カースの時には火傷しそうな程熱くなった。なのに今回は微熱程度。やはり故障、玉の気のせいとか？　いやいや、そんな訳ないよね。では、この洞の中に、次に繋がる手掛かりがあるということだろうか。

頭を捻っていたら、ルディが呼びに来たのでとりあえず広場に帰ります。今は、先にお仕事ですよね。うん、皆も働いているのだから、一人サボるのはよくない。

よし、仕事が終わって手があいたら、もう一度ここに来てみよう。


太陽が沈んで夜になり、やっと夕食です。今回の夕食はナンに焼いた肉を挟んだものと野菜串とスープ。やはりここはアウトドア。皆は豪快に齧《かじ》りつき、ビール樽が出てきて、上機嫌にぐいぐいと食べて飲み、美味いと笑う。実に楽しそうで、半刻もしないうちに樽が空になった。そうなると食事は終わり。使用済み皿はルディと私が受け取り、なんとあの雑草籠の中にイン。

汚れた皿は籠の中で草ごと揉まれる。すると、汚れが綺麗に落ちた。あらまあ不思議。油汚れもばっちり。こんなに綺麗になっちゃって。テレビショッピングの台詞が出そうなくらいに綺麗になった。文字通り、雑草パワーってすごい。雑草は馬鹿にできない実力があったのです。綺麗になった皿は布できゅっきゅ。へたった草は掘った穴に落とす。雑草食器洗いなら、手も水でしわしわにならない。究極エコだ。

でも難を言えば、雑草は結構硬いし自然の繊維百パーセント。つまり、その中に手を入れて擦るということは、当然手が切れるのです。一つ一つは深い傷ではないが、私の手は多数の小さな切り傷だらけです。血は出てないが地味に痛い。コピー用紙で手を切るのと同じような痛みです。じんじんとした熱さが伴う状態ですね。

ルディはどうなのかと見たら、平然としていてなんともない様子。ルディの手はそういえばごつごつしていた。これは経験の差ということだろうか。我慢しながら皿を片づけていたら、セランが私の膝の上に見覚えのある小瓶をぽんと置いた。

「メイ、あとでこれを手に塗っとけ。たぶん、今夜痛むぞ」

いつものセラン特製軟膏です。嬉しい、じわりとだが痛かったので助かります。

「ありがとう、セラン」

やっぱりセランは名医です。痛みセンサーをかぎつけるスーパードクターです。

感謝の気持ちを込めて、にぱっと笑うと、頭をポンポン。このポンポンは、頑張れって励ましてくれるみたいで嬉しいのですよ。手は痛いけど頑張る。

作業途中にルディにちょっとした昔話を聞いた。ルディも昔はセランの軟膏にすごくお世話になったらしい。これは雑用係が誰しも通る道なのね。

あらかた皿を片づけ終わったら、私たちも夕食です。

ナンのような平焼きパンの中に、ぎっしりと削いだお肉を入れて、上からレナードさんの特製のタレをたらり。ホカホカに焼けた野菜の串を手に持ち一番上の玉ねぎをぱくり。焼き玉ねぎが実に甘い。そのうえでお肉をぱくり。肉の汁がタレに混ざって、噛むたびじわっと甘い玉ねぎと肉の旨みが口の中で広がります。飴色の南瓜風味野菜と大根野菜は、ほくほくで、お肉との相性が抜群です。肉自体のお味は、豚の柔らかさに加え、肉繊維のしっかりとした歯ごたえが実に美味。肉に練り込んだ薬味がぴりっと辛みを効かせ肉の脂を引き立てている。このコラボは絶妙です。ニンニクとトマトがベースのタレがこれまたよく合う。さらに、野菜スープでほんのり優しい味。食べ終わると口の中がさっぱり。やはりレナードさんのご飯は天国のお味です。うんうんと頷きながら一口一口を噛みしめ、今日もご馳走様でした。こんなに美味しいご飯を食べられる私は幸せ者です。食事の後は片づけをして鍋磨き。鍋を全て磨き終わる頃には、お月様が顔を出していた。今日はやっぱり満月のようです。

船員の半分は船に帰り、残留組はテントや木にハンモックを吊って寝るようです。

テントは三角テントではなく、見た目は四角テント。中央と四隅に支柱があって、紐で補強し、上から丈夫な布をかぶせた簡易版テント。テントは全部で五つ。一つに十五人程度がごろ寝できる大きさです。私はレナードさんやラルクさん、セランやルディ、カースにレヴィ船長と一緒のテントです。もちろん他にも数人いますが。私やルディは雑用で早く起きるので、出入り口の一番近くで就寝です。すし詰め状態ですが、人の体温で暖かくなったテントは意外に寝やすい。皆、あっという間に寝始めました。私も寝息につられて、引きこまれるように寝てしまいました。

＊

どこかで歌が聞こえる。細い旋律。何を歌っているのか、どこの言葉なのかさっぱりだが、すごく澄んだ綺麗な声です。木々が風に揺れる音と重なって、ちょっと贅沢な野外コンサートっぽい気分になる。いったい誰が歌っているのだろう。多分、今は真夜中。月はちょうど中天。あっ、思い出した。

ぱちっと目を開けた。もちろんお花摘みの習慣もありますが。先程草刈りの時に見つけた洞に行ってみようと思っていたのを、すっかり忘れていたよ。やれやれ。ちょうど目が覚めたところですし、行ってみよう。次の宝玉の持ち主の手掛かりが見つかるかもしれない。シャチは助けてと言っていたから、怪我とか病気とかも気になる。もしそうなら早く見つけないと手遅れになる可能性だってある。

そおっと起きてテントを抜け出し、誰もいないのを確認して、まずはお花摘み（これだけはアウトドア反対派です。お外って、開放感ありすぎて落ち着かないよね）。

その後、満月の光を頼りに、今日私が刈り取った雑草の道を歩いていく。

ブナの木の洞を覗き込むと、積もっていた落ち葉の中央が窪み、真下に穴が開いている。穴からは細いけれど仄かな灯り。中を覗くと下は結構大きな空洞で、手を伸ばして探ったけど、手は空を泳ぐばかり。これは、ロープを取りに引き返したほうがいいかな。そう思いながら探っていたら、穴のふちについていたコケで滑りました。

ええ見事に。頭からまっさかさまです。ずりんと滑って、べちゃっと落ちました。

あまりにびっくりしすぎて悲鳴も出てきません。だって、顔で着地しましたから、悲鳴なんて上げられませんよね。ここで、反射神経のいい人ならば猫のようにくるりで、すたっと着地のはず。私の反射神経は一体どこにと言わないでください。猫でなく人間なので。しかし、額と頬と鼻の頭が擦り剝けてヒリヒリする。この三点がほぼ同じ高さにあるのは民族的特徴ですね。だから気にしてませんよ、全く。ええ。

さて、気を取り直して落ちてきた穴を振り仰ぐと、縁までの距離は三メートルくらいある。私が落ちた故に広がった穴から入る月の光が、穴周辺を皓々と照らしてスポットライトのように明るいが、奥は暗くて何があるのかわからない。暗闇に慣れた目でじっと探ると、奥にかなり広い場所があるようだ。改めて上までの距離を測るが、ジャンプして届く距離ではない。足場になる物があればいけるかも。足場を探しに、やっぱり奥のほうに行ってみるしかないようです。私がここにいることは誰も知らない。ということは、朝になっても助けは来ないかもしれない。自力でなんとか脱出方法を見つけなければ、カースに怒られ更には食事抜き。それは嫌です。絶対ダメ。朝までには絶対に帰らなくては。

暗い奥に進むには、ちょっと勇気がいるが、行かないと欲しいものは手に入らない。唾をごくりと飲み込み、足を一歩踏み出したその時、

「メイ、そこを動くな」この声はレヴィ船長。

「何を夜中にふらふらして、勝手に穴に落ちているのですか、馬鹿メイ」カース。

「ずいぶん派手に落ちていたが、怪我してないか？」セラン。

穴から人影が見えた。三人の声が聞こえた時、願望が見せる幻想かと思いましたが、それならばカースはもっと優しい言葉を言ってくれるはずなので、現実です。

ああ、よかった。朝食抜きは避けられそう。

「今、ルディがロープを持って来る。そこを動くな」

レヴィ船長は足からざっと滑るように下りてきて、すたっと着地しました。

かっこいいです。助けに来たヒーローって感じの登場ですね。惚れ直しちゃいます。

でも、レヴィ船長の頭の上に落ち葉の雪崩が降ってきました。すぐに気がついていたけど、避けきれなかったみたい。頭や肩や背中が落ち葉だらけになりました。

レヴィ船長はパタパタと叩いて落ち葉を払ったが、髪の毛にも絡んでます。

「レヴィ船長、屈んでください。髪の落ち葉を取ります」

レヴィ船長が私の目の高さまで屈んでくれたので、赤褐色の髪から丁寧に落ち葉を取り除いていきます。手櫛で髪をすきつつ、仕上げに船長の髪に軽く息を吹きかけて小さな枯葉を飛ばしました。うん、いい感じ。

「……っん」

耳に息がかかった時に、くすぐったかったのか、レヴィ船長の耳が少し赤くなった。

ここで、手を引けば良かったのですが、さらさらな髪の撫で心地についそのままにしていると、レヴィ船長が私の手を掴んで口元に持っていき、ぺろって舐めたのです。

「うひゃっ」

慌てて手を引くが、それは許されず、レヴィ船長はぺろぺろと手指を舐めていく。

うう、くすぐったい中にジンジンとした感覚が。何しろ私の手には無数の傷。軟膏のおかげで、さほど痛くなかったのですが、そうやって舐められると、痛みと痒みが混ざって変な感じがする。野生動物のように舐め治療だろうか。

「大丈夫です。手はもう痛くないです。痛いのは、ええっと、今は顔だから」

混乱しつつも大丈夫の意味合いを込めてレヴィ船長を見上げると、

「顔？」

レヴィ船長の緑の目が、何か言いたげに私を見つめます。なんだろうと首をかしげると、レヴィ船長は私の手を握ったまま、擦りむいた鼻の頭を、ぺろり。

「痛い！　船長、それ痛いです」

発見！　新しい傷口を舐めると、とんでもなく痛い。理解しました。私に野生のハードルは高かった。もう舐め治療は遠慮します。涙目で痛みに顔をしかめていたら、くくくっと笑われました。もう、なんで笑うのでしょうか。

「メイ、やはり怪我をしていたのですか？」

あら、カースも下りてきてくれたのね。で、カースの手にはセランの軟膏が。

「セランから預かってきました。鼻の先が赤くなっていますね。痛みますか？」

うん、赤くなったのは、多分レヴィ船長が先程ペロッと舐めたせいだと思います。

カースの冷たい指がすーっと私の傷の上をなぞっていく。やはりセランの軟膏は効き目が良い。痛みと熱が、すうっと引いていく感じ。ほっとして見上げると、カースの方が痛そうな顔をしている。心配させたようです。ごめんなさい。

「ありがとう、カース。もう痛くないよ」

「それにしても顔から落ちるなんて、仮にも貴方は女性でしょう。傷が残ると大変ですよ。気をつけなさい」

はい、お兄様。

カースの軟膏治療も終わり、レヴィ船長とカースは穴上のセランと何やら込み入った話をしている。私は一人でぼうっとしてたら、奥から水音が聞こえました。ちょろちょろと小川が流れるような音が、かすかにします。

ちょっと気になるので、音源を確かめるために奥に足を向けた途端、声が追ってきた。

「そこを動くなと言ったはずだ。メイ」

「縄で縛られたいんですか？　おとなしくしてなさい、メイ」

一歩すら踏み出さない状態で止められた。背中に目がついているのでしょうか。

「あの、水の音がするんです。あっちから」

奥を指差したら、レヴィ船長とカースは目を合わせて、無言で頷き合う。

「セラン、松明《たいまつ》とロープを投げろ。俺たちで奥に行ってくる」

セランが、穴の上から松明と予備のロープを投げ入れた。

「朝になってからにしたらどうだ？　見知らぬ場所を夜に進むと、ろくなことないぞ」

「なりゆきだ。それにここは、探していた水源かもしれない」

レヴィ船長は松明に火打石で火をつけて、カースに渡す。

「朝になるまでに戻らなければ、船に残っているバルトに伝えて迎えを頼む」

まずは、カースが持った松明で周囲を拝見。奥の空間を松明の光が照らします。

壁だと思っていたのは樹の根でした。私たちがいる空間は三十畳ほどの大広間だが、蘚のように大樹の根っこが円形に囲っている。周りがもっと見えるように、カースが松明を右に左にと移動させたら大樹の根の間に隙間がありました。その隙間を覗くと、どこかに道が続いている。その隙間に耳を澄ませると、確かに水音が聞こえた。レヴィ船長が根の一部を切って通れるようにした後、カース、私、レヴィ船長の順に奥に進んでいくことにしました。現れた道は、歴史を感じさせる古い古い石畳。たぶん、古い遺跡か何かだろう。通路の高さは二メートル弱くらい。横幅は人が一人通るのがやっとです。時折、松明をカースが掲げて奥を窺うが、道の先は見えない。

この先には何があるのだろう。水源は？　宝玉の手がかりはあるのだろうか。

知らない暗闇を進むのは怖いけど、二人と一緒なら安心です。さあ、行きましょう。

前にカース、後ろにレヴィ船長。大変心強いけど、まっ暗はやはり怖い。カースの松明は周り一メートルが照射範囲だし、それに石畳は音が大層響く。カツコツと響いているのは、カースとレヴィ船長の足音で、私のは、ぺたぺた。うん、どこかの妖怪の足音みたい。妖怪で水場といえば、河童だよね。水場の近くに行くと引きずり込むんだっけ。対処方法は頭のお皿を叩くこと。叩いたらびっくりして逃げるとか。あの皿ってハゲではないのよね。皿と言うからには叩いたら割れるのだろうか。

「メイ、こんな所でぼーっとしていると転びますよ」

はっ、私はなぜこんなことを考えているのでしょうか。大体、さっきからずっと歩いているけど、上がって下りての一本道。何もない。本当に何もないので、緊張感が薄れているようです。普通、隠された道っていったら、妨害ありの敵ありが王道なのに、とっても拍子抜け。いや、問題があってほしいわけでは決してないのですが。

そろそろ歩きだして一時間になる。レヴィ船長は引き返すかどうか考えているかも。後ろのレヴィ船長の顔をそっと窺うと、船長の手が私の髪の端をちょんと引っ張って微笑んだ。何を言うわけでないが、ちょっとした親密さを感じて嬉しくなる。足元軽やか疲れも消える。気分は上昇、目も上向き。しかし、人間は上ばかり見ていてはいけません。足元を見なければ。

「え、あ、わ」

はい。私は、足元の石が割れて小さく穴になっている所で躓《つまず》きました。その上、慌てて踏ん張ったところで、ズルッと滑りました。うおっ、危ない！　絶対、転ぶ！

その時慌てて、前方を歩くカースの服の裾を摑んだため、二次災害が起こりました。

結果、カースが私と一緒に転倒し、松明の火が消えた。松明はどこかへ転がった模様で、まっ暗です。とっさのことですので、心臓の動悸が激しい。小さく浅く呼吸しながら、動揺を何とか逃がしていたら、カースの腕がぎゅっと私を抱きしめた。カースを下敷きにしたので、どこもいたくない。ありがとう、巻き添えごめんね、カース。

「カース、大丈夫か？　メイ、いいか、目が慣れるまでその場を動くな」

レヴィ船長の位置を把握しつつ、カースが私を抱えたままそっと起き上がった。

「メイ、怪我はしてないですか？　立てますか？」

巻き添えにしたのに、心配してくれるなんて。

「庇ってくれて、ありがとうカース。私は大丈夫。カースは怪我してないですか？」

私の前に足があるのはなんとなくわかったので、とりあえず、足から上に向かって少しずつ手で確認していく。私はカースを下敷きに転んだ。つまり、私の体重がのしかかったのです。骨が折れていたらどうしよう。カースは痛くても多少のことなら痛いと言わないやせ我慢なのに。なんで私、あそこでカースの服を摑んじゃったのかな。

「メ、メイ、もういいですから。あまりあちこちを触らないでください」

カースの声が心なしか上擦って聞こえる。やっぱり、どこか怪我したのだろうか。これは怪我の確認なので、痛くても逃げないでほしい。ですが、見えないのは不便ですね。あとでセランに言って、カースの診察をしてもらおう。

いつの間にか、二人は目が暗闇に慣れたようで、松明の行方を探し始めました。私はまだそこまで目が暗闇に慣れてないので、邪魔にならないように壁際に座る。

そうしたら、私が座り込んでいる場所にちょっと違和感がありました。ナンだろう。もぞもぞしてお尻の下を触ると絨毯《じゅうたん》が。いやいや絨毯がこんなところにあるわけがないと嗅いでみると、コケの香りがしました。このふかふか具合はミズゴケです。今まで歩いてきた石畳にミズゴケなんかどこにも生えてなかったのに。なんで？

そう思ってそのままお尻を上げて、コケが生えているところを手でぺたぺた探っていくと壁と床の石畳の一部にコケがびっしり生えていた。ずっと指で探った様子だと、一メートル四方にわたってコケが隙間を埋めるように生えている。隙間に顔を近づけると、そこからかすかに冷たい風が流れてくる。

「メイ、松明に火をつけるぞ。目を瞑れ」

私がごそごそしているうちに、カースとレヴィ船長は松明を見つけたみたいです。火打石を打つ音がして、火が熾《とも》る。目を慣らすためぱちぱちと瞼を動かしたら、ちょっと目が乾燥気味で、じわっと涙が出てきました。

「メイ、やはりどこか怪我を？　痛みますか？」

慌てた様子のカースが私の顔を覗き込む。いきなり至近距離です。あら、綺麗。

「いいえ、痛くないです。レヴィ船長、カース、ここに別の入り口があるみたいです」

レヴィ船長は、私の触っていた壁をこつこつ叩き、にやりと笑って頷いた。

「お手柄だ。メイ」

レヴィ船長はコケの部分にナイフで切り込みを入れて、壁を押したりしていたが、何かわかったらしく、私を自分のすぐ後ろに下がらせ、カースは私を支える位置に。

「開くぞ」

レヴィ船長が、力を入れて壁をどんと叩くと、壁が奥にずっと動きました。壁が中心を基点に大きな音を立てながらぐるんと回りました。忍者屋敷の回転扉のようです。隠し通路がこんなところにと驚きましたが、その先の通路は低くて狭い。子供が一人通れるかどうかくらいの階段の道が下に延びていました。下を覗いてみるが、道が曲がっていて先は見えない。でも、確かに下から水音が聞こえます。潮の匂いがしないので、海につながっているわけではないようです。横壁のコケの一部が光っている。ヒカリゴケは特定の条件下で洞窟内に生息するコケだったと思う。洞窟というからには、もしかしたらこの先は外につながっているのかもしれない。ここは孤島だけど、生息している植物は明らかに水を多く必要とする樹木が多い。大量に真水を蓄えた泉か、大きな地下水脈があるのかもしれない。ならば、ここがその水源かもしれないのです。真水の大切さは理解しています。水源を見つけられたら、皆が喜ぶはず。でも、問題はこの階段の狭さ。高さ一メートル、横が三十センチ程。でも、私なら多分通れる。

「レヴィ船長、私が階段を下ります。私なら大丈夫だと思う」

二人は眉を顰めていたけど、貴重な水源を見つけたい私の熱意に、結局は頷いてくれた。でも、運動神経についてはは信用がないようで、お腹に命綱のロープを巻かれた。中腰での松明は危険なので持っていかない。横壁にびっしり寄生している苔が、仄かに明るいので、目が慣れれば何とかなる気がします。階段は途中で右にぐっと曲がるが、段差は緩やかなので結構楽ですね。五十段くらい下りた頃、下に着きました。

＊

「うわぁ。綺麗～」

一瞬で目を奪われるほど美しい光景に思わず声が出ました。階段の下には、ぼんやりと光る岩と太く逞しい木の根で囲まれた水場がありました。ここは多分、地底湖です。鏡のように澄んだ水がきらきらと光を反射して、満月が幻想のように水に浮かんでいた。更にはその満月の光が周囲の岩盤に反射して、ヒカリゴケの放つ優しい光と混ざり合って色合いが細波のようにゆらゆらと変化する。なんて美しいのでしょう。

うっとりと地底湖に見とれていたら、光が少しずつ弱くなっていくのに気が付いた。

慌てて周囲を見渡すと、岩盤と木の根が生い茂っている向こう岸の一部が崩れて、そこから石畳と細い水路らしき物が見えた。もしかして、ここから外に出られるのかな。私が聞いた流れる水音は、地底湖から水路へと流れている音でした。綺麗～。

「君は誰？　どうしてここにいるの？」ひょ!?

飛び上がるぐらい、びっくりしました。後ろを振り返ると男の子がいました。ルディよりもっと小さい。白の髪に青い目の男の子です。彼と目が合った途端、胸の白い玉がじわじわと熱を持ち始めました。え？　この子がシャチたちの言ってた要救助者？うん、海の仲間じゃなかったのね。魚とか貝とかではなかったことに少し安心する。だって、言葉が通じるもの。でも、男の子の深い青い目はどこか悲壮な色を湛えている。なんとなく泣きそうなのに、でも何かの覚悟を決めた顔にも見える。

「私はメイよ。貴方を助けたいの」

とっさに出た言葉。でも、なぜかそれが一番必要な言葉だと確信していた。目を逸らさず、じっと彼の青の瞳の中に意思を探す。彼は悲しげに微笑み、しっかりと私の目を見返して言った。

「夢はいざない。次の満月までにセイレーンを探さないと、誰も島から出られない」

う～ん、さらっと言われても、意味がわからない。ここは素直に応援を求めよう。

「あのね、上に船長達がいるの。一緒に行こう。理由《わけ》を話せば、多分助けてくれるかも」

彼はゆっくりと首を振る。

「僕は行けない。でも、君なら、セイレーンの心を輪から外せるかもしれない」

セイレーン？　輪？

「神様の加護者が来てくれるのを、ずっと待っていたんだ」

この子は、私の神様の守護を知っている。でも、もう一人？　セイレーンって誰？

「次の満月までだよ。メイ、忘れないで」

そう言って彼は、すぅっと消えた。ええ、消えたんです。幽霊のように。走っていったとかではなくて……。

「ふぎゃ～～～～～」

「メイ！　どうした！　何かあったのか？」

レヴィ船長の声に答えなければと頭の端では考えていましたが、今は無理です。だって、涙目ですし、幽霊とかホラーは嫌いなのです。でも、幽霊の説明をとか言われたら、神様の加護者の説明をしなくちゃいけないし、正直に話すとたぶん頭のおかしい子認定だと思う。とりあえず、頭を整理してから、幽霊とか守護者とか言わない方向で、上手にかいつまんで話を、……できるかなあ。

でも、何をどう説明したらいいものやら。あの男の子は言うだけ言って消えるし。

大体、助けてもらいたいなら、もっと説明があってしかるべきではないの？　私の頭では複雑な謎解きはできないのよ。私は自慢ではないが、ミステリー映画でも、最後まで解答がわからない人ですから。あ、だんだん情けなくなってきた。それは、自分の馬鹿さ加減に？　そうだよ、だから、カースやレヴィ船長にちょっとだけ助けてもらおうって思ったのですよ。とりあえず、今、あの子が言った言葉を船長に伝えておくことにしよう。そういえば、なんだか不吉なことを言ってた気がする。多分。

うん、まずは階段を上がって、二人に水場を見つけた報告をしようと思います。

私のお腹に括りつけられていた命綱ロープはぐいぐいと引っ張られ、ずりずりと階段のほうに引きずられていた。それに階段上部から必死な様子の二人の声が。

「メイ、返事しろ！　何があった！」

「メイ、聞こえていますか？　返事しないなら、引っ張り上げますよ」

「は、はい。聞こえてます。大丈夫です。びっくりしただけです」

慌てて返事する。ここをこのまま引っ張り上げられたら、打ち身オンパレードだ。

「レヴィ船長、カース、水場がありました。綺麗です。ここから外に行けるようです」

大きな声で上に向かって答え、改めて湖に視線を移した。岸の向こうが外に向かっているのはわかるが、ここは、皆がいる広場から、どのくらい離れているんだろう。一時間近く歩いたから、結構離れているのかな。地下って歩いていると方向感覚狂ってくるんだよね。地下鉄の構内で迷子になる人が多いってわかる気がする。

「今からここを下りるから、じっとしてろ」

え、この階段すっごく狭いですよ。私ですら中腰で来たのに、船長やカースだと、中腰でも無理ではないでしょうか。でも、中腰の単語を知らない。ああ、電子辞書や翻訳キットが欲しい。じっと待っていたら、カースが、足を先に匍匐《ほふく》前進のような感じで下りてきた。なるほど、二人の体格だとそれしかないよね。

「メイ、無事ですか？」

まずはカースが駆け寄って来て無事を確かめ、そのままぎゅっと抱きしめられた。

「大丈夫ですよ。ありがとう。カース」

背中に手を回して、カースの背中をポンポンと軽く叩く。本当にいいお兄ちゃんだ。カースの兄妹スキンシップは結構慣れてきた。顔を近くで見なければ、どきどきすることもないしね。続けてレヴィ船長が下りてきた。

「メイ、何があった？　大丈夫なのか」

カースの腕から力が抜けたので、今度はレヴィ船長の側に行く。

「はい、男の子、いました。変なこと、言ってました」

私の言葉で緊張が走る。レヴィ船長が、持っていた短剣を鞘から抜き、カースが私を背で庇うように動く。でも、すうって消えたのよ。幽霊だよ。短剣は効かないよね。

「どこだ。メイ、何もされなかったのか？」

「はい。あの辺、いなくなりました」

対岸の木の根が割れて、壁が崩れている部分を指差しながら言った。

うん、嘘は言ってない。あの子はあの辺を背景に消えて、いなくなったのですから。

私以外の気配がないのを確認後、二人の肩から力が抜けた。構えていた短剣を鞘に戻し、落ち着いてふと湖を見渡した時、二人ともが目を瞠らせた。この美しい風景を前に、ただ声が出ない感じ。うんうん、見惚れてしまうよね。

だって、こんなに綺麗な風景は世界中を探してもそうそうあるものではない。

近づくと顔が綺麗に映る透明度の高い湖。周りは大きな木の根っことキラキラと光る鉱石を含む岩盤とコケに囲まれ、鏡のような湖に差し込んでいる月の光が乱反射して、万華鏡の世界のように美しい。湖に落ちている満月は黄金の光。ここが私の世界なら世界遺産だ。ため息が出る絶景とはこういうことだろう。自然の美は人間が作りだせない究極の技だと思う。移りゆく光と影が織りなす自然の美との共演はどこまでも人を魅了する。時間が経つのを忘れる程に、私たちは目の前の景色から目が離せなくなっていた。そこからいち早く我に返ったのは、やっぱりレヴィ船長でした。

「あそこから外に出られるのか」

レヴィ船長は、警戒しながら湖沿いに対岸まで歩いていく。ちなみに、私は、腰のロープをしっかりとカースに握られている。うん、安全第一だものね。対岸の蔓《つる》の間に、外につながる道があり、船長の姿が向こうに消えた。あの先に道があったのね。

「メイ、貴方が会ったという子供は、何を貴方に伝えたのですか？」

唐突にカースが聞いてきた。まだ、心の準備も話す手順も何も決まってない。でも、つい反射的に答えてしまう。ここ最近は、カースのスパルタ教室の生徒だったからね。

「もう一人見つけてって。次の満月までに見つけないと、島から出られなくなるって」

カースの眉間に縦じわが寄った。

「もう一人？　誰を見つけてどうしろと？　この島から出られなくなるとは？」

私にもさっぱりわからないので、大きく首を振る。

「カース、わかる？」

「今の現状では、私にもわかりません。とりあえず、この島には人がいるのですね」

うーん。人かなあ。そのまま、首をかしげてみる。

「セイレーンを見つけてって言ってた。名前だよね？　女の人なのかな」

「セイレーン、伝説上の怪物ですね。人魚や怪魚だと言われています。そんな名前をつけるなんて、悪趣味ですね」

人魚？　怪魚？　もしや河童もどきとか？

「人の形と魚の形を併せ持つ怪物です」

「女の人？」

「一般的には女性型ですね。船乗りは男性ですから。気が狂った時に見る幻です」

幻か。美人なのかな。

「美しい歌声で男を引き寄せて、殺して食らうそうです」

人食い人魚！　ピラニア！　肉食人魚！

「歌声も幻覚の一種でしょう。雨音や波を聞き違えたのでしょうね」

すぱっと言うね。驚くほど現実主義者だよ。

「幽霊とか信じる？　カース？」

「幽霊は生きている人が求める幻覚です。人の思いが作り上げた妄想です。現実には存在しませんよ。そんなものに振り回される者は、大変愚かです」

カースの顔が苦しげに歪んで、どこか遠い場所を見るように視線が彷徨う。

「本当にいるのなら、私の前にとっくに現れているはずですから」

多分、カースは死んだ家族のことを思い出している。カースの辛く悲しかった過去。

私が勇気づけるようにカースの手をぎゅっと握ると、カースの視線が私に留まる。

「メイ、貴方が心配せずとも、私はもう大丈夫ですよ」

カースは柔らかく微笑み、私の手をぎゅっと握り返した。優しく繊細なカース。家族を失った悲しみは消えないけれど、悲しみに押しつぶされないように側にいることはできるはず。カースの側にはレヴィ船長やバルトさん、セランや船の皆だっている。私だって、迷惑を掛けてばかりだが、仮妹として側にいる。そうしていつか、カースが家族との幸せな記憶を思い出として振り返ることができるようになればいい。

「カース、私を頼っていいよ。私はカースの妹だから」

「そうですね、頼りがいある妹になった時はそうしましょう。今は、まだまだですが」

普段より弱々しいカースの表情に励ますつもりで言うと、あっ、普段のカースです。なんとなく大丈夫って感じがして、ほっとしました。

＊

「この先は、船の真逆の位置に出るようだ。広場から遠くない。ここから広場に戻る」

ずいぶん歩いた感じがしたのですが、もしかして、ぐるぐる回っただけなのかな。

「水場の場所はわかった。日が昇ったら、人数を集めて水を汲みに来よう」

今度は、レヴィ船長の先導で、私、カースと続いて湖から出ると、背の高い木々が細い道の両脇に街路樹のように生えて、月の光がまっすぐな道を皓々と照らす。

ひび割れた古い石の道は、木の根に巻き込まれるように割れていた。周囲には、砂浜にあった丸い白い石が転がっていた。やけに軽い石だから、ここまで風で飛んできたのだろうか。道は緩やかな傾斜でまっすぐ上に向かっている。でこぼこと歩きづらい道なので、足元に注意しながら進む。十五分程歩いたところで、いきなり開けた場所に出た。緩やかな風が頬をなでる。風から感じるのは潮の匂いと木々のざわめき。

ああ、外に出たって感じで、気持ちいい。

木々のざわめきを聞きながら、ふと気がついた。この島で動物の姿を全く見てないという事に。最初は隠れているのかと思ったけど、これだけの木々があれば、鳥とか虫とかいるはず。でも、そういった気配すら感じられないなんて。どうしてだろう。

足下は、石畳が土に変わっている。そこは少し高台になっていて、下にはみんなが寝ている広場が見えた。高さ的にはビルの五階ぐらいから見下ろしている感じです。

高台の位置から見て斜め後ろに位置する下り坂を、ゆっくりと降りていく。下に進むにつれ、どんどん道が広くなる。今は三人で横に一列になっても大丈夫なくらいだ。

高台からは、緩やかな傾斜で道ができていた。整備されているわけではないのに、雑草などが全く生えてない。たぶん、土のせいだろう。この土は白すぎる。砂浜の砂の色よりも石膏の粉に近い白さで、コンクリートに似た道は歩きやすい。足下の硬さから推測するに石ではないだろう。

周囲を観察しながら、私たちはなんとか無事に広場に帰ってきた。月はもうかなり傾いている。深夜の二時くらいだろうか。寝息と寝言、歯軋《はぎし》りが広場の音を占拠している。皆、よく寝ているようで誰一人起きてこない。焚き火の周りに座っていた見張りもぐっすりだ。平和的な寝顔に囲まれていると、なんだかほっとします。眠くなってきて欠伸《あくび》が出た。今日はもう寝ましょうと船長を見上げたら、レヴィ船長の表情から笑みが消え、一瞬で緊張が走った。その緑の目に浮かぶのは強い警戒心。

カースも何かを感じたのか、口元を引き締め、私を自分の背後に移動させた。

「おかしい。なぜ、誰も起きてこない」

え？　寝ていたら起きないでしょう。丑三つ時だよ。

「見張りも寝ているなんて、この眠りの深さは異常です」

広場を見渡していたら、テントの向こうから人が走ってきた。セランとルディだ。

「お前たち、どこから出てきたんだ。もうじき探しに行こうと思っていたところだ」

「何があった」

「わからん。予備のロープを取りに行かせたルディが、皆の様子が変だと言うので、片っ端から診察したが、わからないままだ」

「それで？」

「船の中も、この広場にいる奴らも、総じて寝ているだけだ。だが、眠りが深すぎる。朝になっても目が覚めない奴らがいるかもしれない」

睡眠薬とかですかね。でも、それだったら、私も同じ物を食べたのだから同じ症状になるはず。それに、今日の夕食は船の中から降ろした物で作ったので、おかしな物は何もないはず。だって、私の体調に変化はない。

首をかしげながら髭を撫で、眉を寄せるセラン。その後ろで心配そうに見上げているルディ。厳しい顔をしているカースとレヴィ船長。

「朝を待って起こしてみるしかないな。何をしても起きなかったら、起きない要因が何かあるのだろう」

レヴィ船長の言葉に、心臓がどきっと鳴った。起きない原因？

「あと一刻で夜が明ける。それまで、焚き火の側で待ちましょう」

カースの言葉を横目に、頭の中で男の子の言葉が反響する。

誰もこの島を出られないって言ってた。皆の異変。寝てしまった船員たち。朝になって誰も起きてこなかったら、どうなるのかな。

どうか皆の目が覚めますように。嫌な予感がひしひしと私の心を占めていった。

＊

朝になりました。朝日が昇るのが、ここまで待ち遠しかったのは初めてです。

水平線が明るくなってきて、島の影がうっすらと横に伸び、皆の顔が朝日に照らされて、はっきりとした陰影を示す。一晩中、起きていました。眠気は不安でどこか行ったみたい。水場の探索で体は疲れていたけど、神経がぴりぴりしているようで、目が冴えてる。とりあえず朝になったので、手分けしてみんなを起こしに行った。

結果、目を覚ましたのは半数。どうやっても起きなかった。今も、とても幸せそうな顔でぐうぐうと寝ている。

半分だけでも起きてくれたのには、ほっとした。厨房トリオ（レナードさん、ラルクさん、マートル）も起きてきた。ああ、助かった。食事なしになったら、お腹すきすぎで、絶対死んでしまいます。

とりあえず、寝ている人を手分けして船の中に運び、起きてきた人に何があったのか聞くことにした。でも、皆、何があったのかわからないらしい。寝る前に特に変わった様子はなかったし、変な物を食べたり飲んだりもしていない。おかしな匂いもしなかった。ただ一つ同じだったのは、全員がいい夢を見たってことだけ。

レナードさんは国に残してきた娘さんと幻の孫の夢を見たらしい。孫かぁ、いいね。ラルクさんも懐かしくていい夢だったらしい。マートルは彼女の夢を見たって。いろんな人に聞いてみた。夢の内容は違うけれど、総じて幸せな夢だったそうです。

私たちは起きていたから、いい夢を見なかったってことかしら。起きてこない人たちは幸せな夢から目覚めたくないのかもしれません。起きている人を集めて、広場でこれからのことについて、レヴィ船長から話がありました。

これからこの現象の原因を探るが、夜は眠らないように昼間に交代で眠ること。それから、この島の食材に手を出さないこと。一人では行動せず、必ず数人で組んで行動すること。島を出ようって案もあったけど、半分の船員が寝てしまっている状態では、船の運航が危険だ。それに、この島を離れたとして、彼らが起きるとは限らない。

そして最大の理由が、この島を囲っている海流。私たちの船が呼び寄せられたように、島へと向かってるが、出るようにはなってない。海流に逆らって進むには、漕ぎ手と風が必要だ。今はその両方ともがない。

一見、のどかで平和な島。でも、何かがある。少しだけ背筋が震えた。

「メイ、こっちに来い。昨日会った子供のことを詳しく話してくれ」

レヴィ船長に呼ばれ、バルトさんやアントンさんの前で注目されたけど、詳しくと言われてもレヴィ船長に話したこと以外にはない。

「男の子、ルディより小さい。白い髪に青い目。次の満月までにセイレーンを見つけないと、この島から誰も出られないって言ってた」

「満月までってことは、昨日が満月だから次の満月まで、あと二週間だな。そいつが何かしやがったのかわからないが、そいつを見つければなんとかなるってことか」

バルトさんは、難しい顔で唸っていた。この世界ではあと、二週間なんだ。

「とりあえず、夜は寝ないことで、被害の拡大は防げるはずです。今は起きている人だけで原因を探すしかありません」

そうだね。今、できることを考えなきゃいけない。私にできること。セイレーンを探して、輪くぐり？　あれ？　輪をどうするんだっけ？　まあ、それはあとで考えよう。セイレーンには、どこに行ったら会える？　さっきの湖に行ったらまたあの男の子が出てくるのかな。どこにいるのか聞いたら教えてくれる？

ぐるぐる考えながらお芋の皮を剝いてたら手を切った。結構深い。私としたことが、献血以外に血を流すなんてもったいない。ルディが細く切った布で指を巻いてくれた。

「ありがとう、ルディ」

「うん、刃物を持ってる時は気をつけてね」

うう、お世話かけます。

さて、怪奇現象予防対策として、私も昼に寝て夕方に起きることにした。起きてすぐにセランが教えてくれた。私が寝ている間に、何人かで昨日私たちが通った道をたどって、地底湖まで行ったらしい。湖には誰もいなかったし、変わったこともなかったって。もしかしたらと探したが、他の出口も見つからなかったらしい。

なんとなくだが予感がする。あの男の子は私の前にしか出てこない。セイレーンは私にしか見つけられない。そんな気がしてた。でも単独行動は禁止。どうしたらいい？

　夜が来た。昨夜と違い、皆は警戒心顕《あら》わにぴりぴりしながら焚き火の前に陣取って、各々が起きているための何かをしていた。腕相撲だったり、謎解きパズルだったり。

　ちなみにレナードさんとラルクさんは、明日の食事の献立と新しいメニューについて話し合っていた。聞いていたら口の中の唾液がすごいことになりそうなので、途中でセランの側に移動した。あの新メニュー、すごく美味しそうだった。いつか食べたいな。

　皆、真夜中が近づくにしたがって、言葉少なくなっていく。焚き火のぱちぱちと燃える音だけがやけに耳に届く気がした。

＊

　少し欠けた月が中天に昇った頃、聞こえてきた。あの歌声だ。昨夜もかすかに聞こえた歌声。ソロで歌う確かな主旋律。どこの音楽かはわからないが、誰かが確かに歌っている。セイレーン？　歌で誘って人間を頭からバリバリ食べる怪物が脳裏を過る。

　だけど、カースは言った。それらは全て人間の想像が作り出した架空の生き物だと。

　もしかしたら、幽霊の正体見たり枯れ尾花かもしれないよね。よし。

まずは声の出所を探そうと周りを見渡したら、横で本を読んでいたゾルダックさんが、かくんと糸が切れたように倒れた。慌てて近寄ると、周囲で、どさどさと人が倒れていく。マートルもラルクさんもレナードさんもアントンさんも、皆、次々と倒れていく。マートルを抱き起こすと、鼻をピスピス膨らませ、にやにやと笑っていた。あ、気持ち悪、じゃなくて、変な顔。思わず手をぱっと離したら、ゴンって音がした。ごめん、瘤《こぶ》ができてるかも。……えーと、知らないことにしよう。

周囲を見回せば、皆、本当に幸せそうな顔で寝ている。

起きているのは、セランとルディ、カースにレヴィ船長に私の五人だけです。

船長たちは警戒しつつも何が起こっているのか把握しようとしているが、歌声の他は特に何かが襲ってくるとか変わった様子はない。歌はまだ続いている。旋律は高低に微妙な波がある変わった曲。細いけれど確かな音律を紡ぐ高声が、淡々と歌う。

「この歌、どこから聞こえるのかな。ルディわかる？」

「え、歌？　メイは歌が聞こえるの？　僕には、何も聞こえないけど」

ルディは手を耳に添えたが、何も聞こえないらしい。でも、私の耳には音楽がはっきりと聞こえている。伸びやかで艶のあるソプラノ。カースが知る伝承では、セイレーンは歌で人を誘って食べるらしい。今、寝ている人たちには歌声が届いて、眠ってしまったってことかな。ここに食べに来ないのは、私たち五人が起きているせい？

セイレーンの歌声は船長たちには聞こえてない。どうしてだろう。歌声が聞こえる人と聞こえない人の違いはあるの？　歌が聞こえる私が眠くならないのは、神様特典の一つかもしれないから私は枠外としても、船長たちにもその影響があるのだろうか。なんだか、わからないことだらけだ。頭が混乱してきた気がする。

その時、ふと視線を感じた。見上げたら、あの高台に例の男の子がいた。

まっ白い髪が月の光で透き通って見える。反射的に、私の足は高台に向かっていた。

彼は、私が知りたいことを知っている。何の根拠もないが、私のカンが告げていた。

後ろからカースの声がしたけど、今は行かなければいけない。そう感じた。

息を切らせて湖へたどり着くと、やはり彼がいて、私を待っていた。

　彼の側に走っていくと、彼は湖面を指差した。湖面に映像がぼうっと映る。

そこには、年老いた老人が寝ていた。サンタクロースのような長く白い髭に白い髪の老人の側で美しい少女が歌っていた。少女は十歳くらいだろうか。

「彼女がセイレーン。彼女は、彼の命を繋ぎ止めるために、ああやって歌っている」

彼女がセイレーン。怪物じゃなくて、ちょっとほっとした。

えーと、人を食べるのではなくて助けてるの？　あのおじいちゃんは誰ですか。

「彼の寿命は尽きている。だが、その魂と命を繋ぎ止めるために、セイレーンは大量の生気を必要としている」

生気？　えっと、生きている気だよね。やる気とか元気とかの。

「皆が寝ているのは、そのせいなの？」

彼は無表情のまま頷いた。

「次の満月の夜までにセイレーンを止められなければ、今寝ている者は皆、生気を残らず吸い取られ、砂に変わる」

砂？　死体も残らないってこと？　骨まで？　なんてエコ。ではなくて大変だ。

「セイレーンは、どこにいるの？」

少年の姿が消え始めた。ああ、まだ肝心な答えを聞いてない。行かないで！

「どうやって探したらいいの？　教えて！」

彼の姿がどんどん薄くなる。消える！　まだ、何も教えてもらってないのに。

背筋がひやりとして気ばかりが焦る。ぎゅっと握り締めた手のひらに汗がにじんだ。

皆、砂になるの？　この島に生き物がいないのはそのせい？　レナードさんやラルクさん、アントンさんや船の皆。骨も残らず存在さえ消える。そんなこと、酷すぎる！

「黄色い花をたどって……」

私の頭の上に一輪の黄色い小さな花が降ってきた。五枚花弁を持つ黄色の花。

花を手に、確認しようとしたが、彼の姿はもうなかった。多分、この花のあるところにセイレーンがいるっていうことよね。

足音が聞こえた。レヴィ船長とカースの姿が逆光で黒く長い影をつれていた。私は花を潰さないように両手で囲む。この花が唯一の手がかりだもの、気を付けないと。湖面を見たら、先ほどの映像は消えていた。セイレーンの歌声は続いている。この声が人の生気を奪っている。美しい歌が、今は死を呼ぶ恐ろしいレクイエムに聴こえる。眠っている皆に迫りくる死の歌声が、酷く恐ろしい。気が付けば震えていた。

負けちゃ駄目。下を向いては駄目。
まだ大丈夫。私にはやるべきことがある。

歯をぐっと食いしばって、散逸する思考をなんとか纏める。
下なんかいつでも向ける。今はしなくてはいけないことに集中すべき。恐怖がなによと、右手の震えを左手で止め、大きく深呼吸した。

さて、この黄色い花は、どこにあるんだろう。この島を隅から隅まで歩いて探すしかないのかしら。時間はあまりないから、レヴィ船長たちに協力を仰ごう。それで花を見つけたら、うーん、どうするんだっけ？　頭を捻《ねじ》って記憶をひねり出す。あの子の言葉を記憶の箪笥《たんす》から引き出して。くっ、箪笥の引き出しが重すぎて開かない。引き出しに車輪とかついてれば。あ、車輪で思い出した。たしか、輪をどうにかこうにかと言っていた。うん。意味がさっぱりわからない。いや、まずは何をどうするかは考えてもわからないのでそっちは放置して、今から来るレヴィ船長たちに、早急に協力を仰ごう。

＊

そう、時間がないのに。早く花を探さないといけないのに。今、私は、動けません。

「メイ、聞いているのか？」

「なんで、一人で、行動するのですか。馬鹿メイ」

「せめて、僕に何か言ってから動いてよ」

「犯人かもしれない奴に一人で会いに行くって、アホだろ、メイ」

ううう、さっきから四人に囲まれて説教されてます。私はもちろん、正座して聞かせて頂いてます。勝手な行動をしたのはわかっているので、ここはちゃんと反省です。ですが、馬鹿だのアホだのって酷すぎる。心にぐさぐさと突き刺さります。人間そうだと思っても言わないのが心遣いというものですよ。もし私が繊細なガラスの心をる前に体が動いたんだから仕方ないと思うの。私の場合。

持っていたら、今頃は粉々ですよ。大体、何か言ってから行くとか、あの場合は考え

でも、そう言って反論すると、もっと説教が長くなる。これは私の説教経験値に基づく結論である。ここは我慢我慢で、ひたすら地面をじっと見つめて反省のポーズ。

猿だって反省しているように見えるんだから、私だって大丈夫のはず。延々と続く説教と小言の嵐をようやく乗り切るには、それでも小半時《こはんとき》を要しました。小言がやんだので、そっと見上げると、レヴィ船長がじっと私を見てました。緑の目が私の心を見抜いたようです。ぎょっとして、慌てて目を逸らしてしまいました。ああ、挙動不審。

頭の上から、レヴィ船長の大きなため息が聞こえた。普段なら、セクシーとか思って嬉々として味わうところだけど、今は後ろめたさで一杯です。

「まあいい、説教は終わりだ。で、会えたのか？　奴はなんて言ったんだ」

おお、説教タイムがついに終わる。

「満月までに見つけられないと、皆、砂になるって」

そう、それは伝えておかないと。全員の目が驚きで見開かれる。それから、これも。

「セイレーンはこの花のあるところにいるみたい」

両手を開いて黄色の花を四人に見せた。この花について教えてください。

「これは、レーンの花では？」

レーンの花？

「特殊な地域の特殊な条件でしか咲かない花だ。月光草とも言われ、根も花も効能が高く珍重される。痛み止めや麻酔薬の材料になる。この島にも生えているのか」

へえ、薬の花なのね。どこにでもあるような花って思っていたよ。

「山間部、崖下とか、まぁ、山に咲く花だな」

ふんふん。山の草花なのね。優秀な医者だけあって、セランは物知りです。

「でも、月光草って言うくらいだから、昼は咲いてないのかな？」

ええ？　そうなの？　ルディの言葉にぎょっとする。

「いや、咲いているが、月の満ち欠けに開花が制限されるのでその名が付いた。満月の日は満開で、新月の日は枯れているか蕾に戻る」

えーと、それはつまり。

「新月の日に近くなると見つけることが困難になる」

がーん。ただ歩いて探す私の計画だと、見つからない可能性が高いということですね。新月の日に歩いても見つからない。ああ、難易度が上がった。

「明日の朝、何人が目覚めるかわからないが、起きた人員で組を作って、咲く条件に近い場所を優先的に探すことにしよう」

レヴィ船長。そうですよね。人海戦術でも使わないと間に合わない。

「メイ、皆で必ず、この花の咲く場所を見つけましょう」

「はい。カース、レヴィ船長、セラン、ルディ、ありがとう」

さんざん怒られたけど、やっぱりみんなは優しい。そうだね。皆で探せば見つかるよね。私もにっこり笑顔で答えました。


朝日が眩しい。うむ、徹夜は厳しいわ。昨日と同じく、四人で皆を起こしていくと、目覚めたのは昨日の半分。つまり、もう船員の四分の三が眠っていることになる。

レナードさんとラルクさんは目覚めてくれたけど、マートルは眠り続けている。

マートルの頭、落としちゃったのよね。そのせいで寝てるとかではないことを祈ろう。

レナードさんとラルクさんと一緒にご飯の支度。人数がぐんと減ったので、量は少なめ。ソテーしたハムに炒めた玉ねぎとチーズを載せて、薄いパンで巻く。ブリトーのようですが、噛むたびにハムの肉汁と玉ねぎの甘味がチーズと絡んで、口の中で広がる。それに、ラルクさん特製のソースがピリ辛なのに甘味ありの絶妙なアクセントをつけている。よし、これで頑張れる！　お腹一杯になると、強気になれるよね。

レナードさん、ラルクさん。私は、明日も美味しいご飯を食べるために、絶対、セイレーンを見つけます。ええ、見つけてみせますとも。皆もそう思っているはず。

ぐっと美味しい食事を噛みしめ、感動と共に決意を新たにしました。

朝食後に先発隊が出発した。私は三番目の組。三番目にはルディもいるし、アントンさんの部下のコリンやゾルダックも一緒。最初の日に作った地図に、二十六箇所の印が。結構ありますね。それに、足元を気にして探すって、思っていたより大変でした。進行速度は遅い。必死で探したけど見つからないまま日が暮れて、皆、夕食時には落ち込んでいた。口数少なく暗い雰囲気が漂う。今日一日だけで、二十六箇所の半分を回ったけど、黄色の花の生息地は見つからなかった。明日はと考えると、気が重くなる。だって明日には、ここにいる人たちの何人かは、目覚められないかもしれない。それが自分かもと思ったら、暗くなるのも当然だろう。

レヴィ船長は、私たち四人とバルトさん以外には詳しいことを教えてない。この現状を打破するためにはあの花が必要だと伝えただけだ。皆は薬としての効能を必要としていると思っているみたい。カース曰く、下手に本当のことを知ったら、無謀なことをしようとする船員たちが出るかもしれないとのこと。本当のことは解決してから気が向いたら話します、って。それに、次の満月には皆、砂になっちゃうよ、なんて言っちゃったら絶対にパニックが起きるでしょう。だから私も黙っているよ。

「どうした、メイ。おかしな顔してるぞ」

コリンが私の顔を覗き込む。ああ、正直な顔の筋肉が憎い。

「そろそろ、時間だな」

誰かが、ぽつりとつぶやいた。一瞬で緊張が走り、全員の体がこわばる。絶対に眠りたくない。眠気予防にセランが配ったミントの葉を、一気に口に入れて噛んだ。

月が中天に昇る。昨夜より少し欠けている月。

やはりまた、あの歌声が聞こえてきた。今日で三日目。拳を握り締め、奥歯にぎゅっと力を入れる。皆、精一杯眠らない努力をする。頬をつねったり耳を閉じたり、ミントの葉をぎりぎりと噛みしめて、つんとする匂いに鼻を押さえてみたり。それでも、その努力を嘲笑うように、私たち五人以外がどんどん倒れていく。全てが徒労に終わる。この歌声は呪いだ。防ぐことなどできはしない。昨夜と同じく、横で倒れ眠りにつくラルクさんやコリンたちをただ見ているだけ。なんて、なんてやるせないのか。

それでも声の出所を探そうと、私は周囲に視線を走らせるが、何も見つけられない。何もできない悔しさで唇を噛んだだけ。程なく、私たち以外の全員が眠りについた。

「くそっ、昨日と同じだ」

セランの声にも悔しさが見える。広場には眠りについた皆の寝息と、僅かな風に木々がそよぐ音、そしてあの歌。私はすうっと息を吸い、高台を見上げた。

まだ落ち込むには早すぎる。私は、私にできることをするんだ。

頬をパンッと軽く叩いて、前を向く。よし、歌が終わらないうちに、湖に行こう。

また怒られてはいけないので、今度はレヴィ船長に許可を取る。

「レヴィ船長。私、湖のところに行ってきます。また、あの子に会えるかもしれない」

カースとルディがついてくるって言ってくれたけど断った。

「多分、あの子は私の前にしか現れない」

なんとなくだけど、これは確信。レヴィ船長は、じっと私の目を見て頷いた。

「わかった。だが、高台までは一緒に行く。いいな」

セランとルディは眠ってしまった船員の側に。カースとレヴィ船長は、私と一緒に高台に上がる。そこから二人と別れて湖の方に下ろうとしたら、右目の端に、チカチカッと、何か光るものが映った。うん？

高台から見て、中央やや左手が広場。右手に大きな岩場が、左手は砂浜だ。

右手の岩場の陰に月の光があたって、きらきらしている。岩に反射しているのかと思ったが、反射の仕方がちょっとおかしい。反射光が動いているような気がするのだ。

風はそよいでいるが、風の動きでは岩の光は動かないはず。

ならば、反射しているものはなんだろう？

目をこらして高台ぎりぎりのところで右手の岩場をながめたが、よくわからない。

「メイ、危ないですよ。何をしているんですか？」

慌てたカースに抱きとめられたまま振り仰ぎ、岩場の方を指差した。

「カース、あそこ、光が変だと思わない？」

二人はじっと私の指差す方向を見て、そして、お互いに頷き合った。

あの、二人で完結してないで教えてください。

「よくやった。メイ。あれがレーンの花、月光草だ」

＊

今日一日探して見つからなかった黄色い花の群生地。あんなところにありました。

セランは山間部と言ってたけど、あれ、切り立った岩場の頂上ではないでしょうか。

ちなみに、あの岩場は、探すポイント二十六箇所の最後の候補地。一番の難関ポイントだから最後に回したそうです。うん？　難関なポイント？　どうやって行くの？

でも、あそこに行けばセイレーンに会える、はずだよね。で、会ってどうしよう。輪を外すだの壊すだのと言っていたような気もするが、詳しくは覚えてない。

あの子に聞いたら教えてくれるかな。ここが重要ポイントとか、ヒントとか。

レヴィ船長とカースは、精巧なこの島の地図を見比べて、あっちから上って、こっちから下がってとか話し合ってます。一体、いつの間に地図を作ったのでしょうか。

「メイ、湖に行ってこい」

「後で迎えに行きますから、あの場所から動かないように。いいですね、メイ」

レヴィ船長の言葉で我に返り、過保護兄カースの言葉にしっかりと頷いた。

「はい。行ってきます」

よし、花は見つけた。あの子から後はどうするか教えてもらう。他力本願万歳だ。

意気揚々と湖の前で立ち、待つこと数時間。空が白んできました。光が目に染みるわ。

朝までしっかり待っていたけど、会えませんでした。待ってない時にはホイホイ現れるくせに、待ち望んでいる時には姿を見せないなんて、幽霊さん、酷くないですか？　なんだか気が抜けてきたら、途端に眠くなって、ついうっかり座って寝ちゃいました。更には、迎えに来てくれたカースに揺り起こされるまで熟睡していました。

ぐらぐら体が揺れて、慌てて目を覚ましたら、地震！　いや、私が揺れただけだ。

「ああ、メイ、よかった。目が、覚めたのですね」

カースに乱暴に起こされたので、文句を言いかけたがやめました。くしゃりと歪んだカースの青い顔が今にも泣きそうでしたから。随分と心配をかけたみたい。

「ごめんなさい。カース」

現状を考えたら、カースの反応は当然だ。皆が大変なのに、私はこんな所でのんきに寝てしまうなんて、呆れられても仕方ない。本当に私ってば、アンポンとんまだ。

情けなさに肩を落としていたら、私の瞼にカースが祈るようにそっと口づけをした。

そして、ぎゅっと抱きしめられてわかった。カースの腕は小刻みに震えていた。

「目が覚めて、本当によかったです。もし、もしも、貴方までと」

カースお兄様。私は本当に馬鹿な妹です。ごめんなさい。ここではもう寝ません。

まだ震えているカースの背中に手を回してゆっくり擦る。しばらくしたら落ち着いたのか、カースの震えも止まり、腕の力が抜けて離れました。ちょっと残念。

「昔から馬鹿は早死にしないと相場が決まっていますが、貴方は馬鹿なりに可愛いので、万が一がないように、足りない脳味噌を振り絞って、堅実な行動しましょうね」

難しい単語はまだ理解不能だが、でも、悪口は不思議とわかるものですよ。

頬を小さく膨らませてカースを睨み返すと、少し意地悪ないつものカースの顔です。

さっきまでのしおらしさはなんだったのか。でも元気になったなら良かった。

「それで、彼には会えたのですか？」

「いいえ。ずっと待っていたけど、会えなかったです」

そうだ、どうしよう。あの花の場所に行っても、どうしたらいいのかわからない。

「そうですか。朝になりましたから、まずは、広場に下りて皆を起こしましょう」

そうですね。とりあえず行きましょうか。

高台に出ると、昨夜のうちに靄《もや》が出たらしい。広場の周りや森の木々に岩場の陰、あちこちが靄に包まれてました。朝日が靄にあたって少しずつ薄くなっていますが、昨夜、あれほどくっきりと見えた岩場もまっ白になっていて見えません。昨夜は湖の側にいたし、途中で寝ちゃったけど、そんなに寒暖差ってあったっけ？　たしか、靄って寒暖差があったり雨が降った後に起こる現象だよね。でも、道は乾いている。

「カース、昨夜って寒かったですか？」

歩きながら前を行くカースに話しかけた。

「いいえ。いつもと変わらないですよ。だから、この靄はおかしいですね」

やっぱりカースも気がついていた。下りるにしたがって濃くなっていく靄。前を行くカースの背中も見えなくなっていた。道は広いので足を踏み外すことはないけれど、前がきちんと判別できないのは不安です。

「カース、手を繋いでもいいですか？」

迷子になると厄介ですし、ホラーな雰囲気は苦手なのです、私。

安全を求めて左手を前に伸ばすと、私の手は、ぎゅっと握られました。小さな手に。うん？　カースってこんなに手が小さかったかしら。私よりもずっと小さくて柔らかな子供のような手。カースってば若返り……なわけないでしょ。この手は誰？

ぐいっと引っ張ると、靄の中から現れたのは十歳くらいの可愛い女の子。私の手をぎゅっと握ってました。あら、可愛い。こちらを観察する女の子の顔に、ふと見覚えがありました。あれ、この子の顔、最近見た気がする。綺麗な金の髪に金の目。見つめていると引き込まれそうです。あら、なんだか本当に意識がぼうっとしてきた。

「貴方、どうして眠らないの？」

小鳥の囀《さえず》りのような美しい声に、言葉が勝手に私の口から出てきます。

「セイレーンを探しているの」

目の前の少女は、美しい顔に似合わない険しい顔をする。

「なぜ、探してるの？」

「頼まれたから。シャチたちとあの男の子に」

「男の子？　シャチ？」

「助けてくれって。だから探してる」

少女はわかりやすく眉を顰めている。怒りと焦りと少しの混乱。

「助けるって、誰をどうやって？　貴方ナンなの？」

「わからない。でも、男の子もセイレーンも苦しんでいるのはわかる。会って話をしてみたい。だから探してる」

「話？　私と？　私は化け物よ」

「助けたいの。だから、会いたい」

ちょっと乱暴に、私と繋いだ手を払われた。

「生意気ね。ただの人間のくせに。いいわ、私の場所に今から招待してあげる」

怒った顔で私を見ている。でも、その目は何かを怖がっているようだ。どうして？

なんだか意識がはっきりしない。靄と一緒でぼんやりした感じ。足は変わらず動いていたけど、どこに向かっているのかわからない。頭と体がふわふわして体がゆらゆら揺れる。頭の中がただまっ白で、私が誰なのかも、わからなくなりそうだ。

そうして、どのくらい歩いただろう。誰かに後ろから背中を押された。

その途端に、今まで歩いていた足下がなくなった。「ひゅっ」と喉から声が漏れ、胃が持ち上がり血が下がる。宙に投げ出される感覚が襲い、恐怖が体を凍りつかせた。

落ちる！　一瞬で頭の靄が晴れ、同時に、私の現状と現場を唐突に理解した。

なんで？　私いつの間にここに？　ここはあの岩場。切り立った岩場から下に見えるのは、レーンの花の群生地。岩場の天辺からレーンの花が咲いている窪みまで、ぱっと見てビル三階分くらいある。ここで怪我したら足も頭も手ももげて、もしかしたらぐちゃぐちゃに。いやぁああああ。ゾンビになるぅ。悲鳴を心の中で精一杯上げて落ちた。で、ぼすっと、誰かに受け止められた。私は頭を下にして落ちていたので、タロットカードの吊られた男のように逆さの格好です。心臓がばくばくと大きな音を立てているが、体に痛みはない。どうやら、落ちたけれど怪我はしていない様子です。

そう思ったら、疑問が一つ。私の目に映るのは足。その足の持ち主は私の両足をしっかり摑んでいた。助かったと思った瞬間、意識がふっと飛んだ。

＊

目覚まし時計の音が鳴り響き、遠くでぐるぐると針が回っている。起きなきゃいけないけど、起きたくない。何も考えていない状態から意識が少しずつ私になってくる。

遠くで聞こえていた音がだんだん近寄り、それが時計の音ではないことに気が付いた。目を瞑ったままで音源を探る。これは女の子の声。ちょっと甲高い子供の癇癪《かんしゃく》声。

「ねえ、貴方。どうしてこの子を助けたの？　こんな子、ほっとけばいいのよ。きっと私たちの邪魔をするつもりなのよ」

うん？

「この子には何故だか私の力が効かない。この子の影響を受けている何人かもそう。だから、この子を他の人間と切り離そうと思っただけよ。本当よ」

この子？

「別に殺そうと思ったわけじゃないわ。でも、勝手に死んでくれるならいいじゃない」

うーん。ずいぶんな意見だ。

「なんとか言ってよ。ずっと話しかけているのに、貴方は私に返事すらしてくれない」

お昼のテレビドラマの台詞のようですね。

「昔は、ずっと一緒にいてくれるって言ってたのに」

うんうん、代名詞。よくあるパターン。

「あんなに優しくしてくれたのに、どうしてそんなに私に冷たいの」

そうそう、すがる女に心変わりした男。ワンパターンだね。

「私には貴方だけなのよ。どうしてわかってくれないの？」

おお、泣きが入った。

「まさか、私よりこの子のほうがいいの？　そうなの？」

まさかの逆切れ！

「もしそうなら、この子をずたずたに引き裂いてやるわ。嘘じゃないわ。本気よ」

声が震えてる。脅している台詞なのに、今にも泣きそうだ。

「お願いだから私のほうを見て！　声を聞かせて！　私の貴方」

なんて悪い男だ。テレビドラマなら絶対この男は殺されて、けちょんけちょんだよ。

そういえば、ずいぶんとテレビを見てない。連続ドラマは一回逃すと続きがわからなくなるので途中で見なくなって、あとで再放送をしている時に見るのよね。

だから、普段見るのは二時間ドラマ。サスペンスだから、こんな台詞はお馴染み。

テレビ見ながら、なんて酷い男だとか、こんな男に騙されるなんてと、コタツに入って感想を呟くの結構楽しいのよね。でも、こんな台詞はドラマの中だけだと思ってた。なのに、今の台詞はまさにそれ。か弱い女の人を、いや、声から推察するに女の子を助けてあげないとね。女の子って誰だっけ？　あの声どこかで、いや、さっきまで聞いていた声だよね。そうだ、あの声は、セイレーンだよ。

月光のような金の目。まっ白の肌に、お人形のような綺麗な顔。細い手足に、さらりと伸びた長い金髪が背中まであって、超・超・可愛かった。見た目は十歳くらいだったよね。でも、あの年であの台詞。くっ、なんだかいろいろ負けた気がします。

風が顔にあたって、バタンと何かが閉まる音がした。それからしばらくして、何か冷たい物が額の上に載っけられた。と同時に瞼の上に水滴が落ちた。目の中にすうっと入ってきて、びっくりして目が開いた。

「うおっ」

「ああ、目が覚めたのか。怪我はないか？」

額に載せられたのは濡れタオル。いきなり目に入ってきた水気を飛ばそうと、慌てて瞼を瞬かせると、忙しない中で声をかけられて、初めて誰かに気がついた。

その誰かは、白いお髭のお爺ちゃん。ああ、湖面に映っていたお爺さんだ。

それはともかく、今の言葉から推測するに、彼が私を助けてくれたのだろう。

「えーと、助けてくれてありがとう？」

首をかしげながら答えると、

「ああ、無事でよかった」

お髭のせいで表情がわからないが冷たい男には見えない。優しい感じです。お爺さんはゆっくり歩いて揺り椅子に座った。お爺さんに揺り椅子。うん、絵になるね。

「すまないね。もう長時間は立っていられないのだよ」

そう言って、彼は深いため息をついた。そういえば、お爺さんはずいぶんと体の調子が悪そう。ベッドに寝たほうがいいのでは。ベッド、ベッドはどこって私が占拠してる。いかん、老人には優しく、急いで退かねば。私はベッドからささっと降りた。

「貴方のベッドを私が使ってしまって、すいません。今、退けますので、どうぞ」

お布団を整えて、ささっと枕の布を引っ張った。

「いや、今はいい。それよりも時間がない」

寝ないのですか？　ああ、昼間だからですね。うん？　昼間？

その途端に、お腹がグゥ～キュルキュルル～と大きな音を立てた。どうやら朝ご飯を食べ損ねたため、お腹が抗議している。そして、私の腹時計は昼を指していた。

「そこの机の上にスープとパンがある。冷たいが食べなさい」

おお、お爺ちゃんはいい人だ。空腹のため、私のパワーは下降気味だったのです。

「ありがとう。いただきます」

椅子に座ってパンにスープを浸しながら食べる。ふふふ、硬パンの食べ方は慣れたものです。船の中では常識ですからね。異世界に来て唯一会得したことって、これだったりする。しょぼい？　いいのです。役に立たないが心は、いえ、お腹は満たされる。軟らかくしたパンを咀嚼する。このパンはラルクさん作の硬パンの味にそっくり。スープはレナードさんの特製野菜のスープに似てる。いやそのものだ。もしかしてとふと嫌な予感も過るが、美味しい物に罪はない。全部食べ終わって、お腹がほどよくなってから思いつきました。船の皆、レヴィ船長やカースたちはどうなったのかって。

「私の仲間が、どうしているのか知りませんか？」

「知っている。かろうじて起きているのが四人。後は皆、セイレーンの術に囚われた」

四人。レヴィ船長たちですね。え？　ということは、他は全員撃沈。なんてこと。

「皆を助けたいの。教えてください。どうしたらいいのでしょう」

「それは君がすることで、ワシは知らない」

お爺さんのやけに淡々とした口調に、ちょっとだけ、カチンときました。

「セイレーンは、貴方の為に生気を奪っているのでしょう。貴方は平気なのですか？」

「馬鹿な！　ワシが平気であるものか！　だが、ワシには、突き放すしかでき、ない」

いきなりお爺さんが苦しみ始めた。胸を押さえて、ぜいぜいと息をとぎれさせ言葉を紡ぐ。お髭で顔の大部分は隠れているけど、目の苛立ちは隠せない。その様子を見たら責める言葉が出てこなくなった。彼は決してこの状況を喜んでいないから。

「君ならば、セイレーンを、助ける、ことが、できる、はずだ」

どうして私が、と聞く前に、お爺さんの真剣な表情と迫力に尻込みしてしまった。

「次の満月、までだ。それまで、君の、ネックレスは、預かって、おく」

その言葉に胸元を押さえたら、玉の感触がない。襟首をがばっと広げて確認した。ない。白い玉がない。あれがないと宝玉探しもできないし、私の世界に帰れない。

「か、返してください。あの白い玉は、どうしても私には必要な物なのです」

「セイレーンを、助ける、ことで、君の仲間も、助ける、ことが、できる、だろう」

この頑固爺！　いやいや、落ち着け私。命の恩人の老人に当たってどうする。

要は、セイレーンをどうにか助けたら、皆が助かるってことだよね。良いことだよね。玉は、その後で返してもらえると。わかりました。で、どうやって助ければいいの？　具体案をお願いします。できるだけ簡潔にわかりやすく。

尋ねようと思ったら寝息が聞こえてきた。お爺さんは寝ちゃったようです。顔を覗き込むと、眉間にしわを寄せて少し苦しそうにしていた。老人に無理させちゃったのかな。私一人だと椅子からベッドに運べないので、後で起きてから移動してもらおう。風邪ひかないように、揺り椅子に眠るお爺さんの上に毛布をかけた。これでよし。

とりあえず部屋を見渡した。一間しかない部屋。小さな暖炉に机、椅子が二脚。揺り椅子にベッドが一つ。古びた木の本棚兼食器棚が一つ。長方形のチェストが一つ。本当に小さな何もない部屋だ。多分、家捜ししたら、すぐ玉は見つかるかもしれないが、今はするつもりはない。まず、セイレーンを見つけないと。玉はその後だ。

部屋には四角いガラス窓が一つ。そこから、黄色の花が日の光に照らされているのが見えた。足がレーンの花に引き寄せられるように外に向く。ドアを開けたら、そこは一面の黄色いレーンの花。黄色が重なって溢れて黄色の絨毯のようです。もちろん、緑の葉っぱも生えているけど、黄色の花が所狭しと群生していた。

まっすぐに歩いてレーンの花畑の中央付近で立ち止まる。そこで一輪摘んだ。花は、先日私の頭の上に降ってきたものと同じ。摘んでみると、花の茎は意外に長い。二十センチくらい。シロツメクサの茎ってこのくらいだったよね。そういえば最近、田舎でもシロツメクサって見なくなったなあ。小さい頃は、よく冠とか首飾りとか作って遊んだよね。今でもできるかな。ふと思いついて、レーンの花をプチプチと茎の根元から摘んだ。無意識に全体が円になるようにお花を摘んで、結果、小さな人為的ミステリーサークルに。これは都合が良いので、花のなくなった緑の地面に座り込んだ。

さて、摘んだレーンの花で花のネックレスを作り始める。

うーん、こうだったかな？　あれ？　こっち？　いや、うん、こうだよね。うんうんと唸りながらもなんとか繋がったが、上手にできない。おかしい。子供の頃はもっと素敵なのができたのに。これでは、せいぜい数珠つなぎだ。

「下手ね。お花がかわいそうだわ」

後ろから、いきなり声をかけられた。心の準備がないから一瞬、動悸がしたけど、そこまで驚いてない。だって、ここにセイレーンがいるのはわかっていたのだから。ゆっくりと振り返ると、呆れたような顔つきのセイレーンがいた。

「貴方、ここで何してるの？」

さらりと金の髪が揺れて、セイレーンは首をかしげる。見てわからないのかな。

「花のネックレス作ってた。でも上手にできないの。昔はもっと綺麗にできたのに」

セイレーンは大きな金色の目をちょっと見開いて、くすっと笑った。

「レーンの花で？　子供ね。でも、昔も今も貴方の実力は変わらないと思うわよ」

「花は違ったけど、もっと綺麗にできるはずなの。お母さんが持ってたのよりも綺麗なネックレスができたと思ったもの」

「幻想よ。もしくは夢でも見たんじゃない」

セイレーンは、苛ついた様子で髪をかき上げ、金の髪が指の間からさらりと流れる。

「自分ができないからって、人もできないと思うのはよくないと思うよ」

セイレーンの手がピタッと止まる。

「誰ができないって言ったのよ。私なら貴方よりもっと綺麗なものができるわよ」

素直なセイレーンの反応が嬉しくなってきた。少しからかってみたくなる感じ。

「それなら作ってみなさいよ。できるんでしょう」

「できるわよ」

「私ももう一回作ってみる。今度はもっと上手にできるはず」

セイレーンはキッと睨みつけるように目を吊り上げて、右手の人差し指を私に向けた。

「絶対、貴方なんかに負けない。どっちが綺麗にできるか勝負よ！」

おう、この勝負、受けて立つ！

＊

花畑に座り込んだセイレーンは、ぶちぶちとものすごい勢いでレーンの花を摘んだ。その際、無造作に座り込んだので、金の綺麗な髪が膝の下に敷き込まれていた。

セイレーンさんや、綺麗な髪が汚れてしまいますよ。キラキラ輝くさらりとした直毛金髪は本当に綺麗です。黒髪が嫌いなわけではないが、宗教画の天使を思わせるような美しさにうっとりです。あの金の髪のサイドを編み上げて、ハーフアップとかもいいよね。見ていると手がわきわきしてくる。でも、ここはぐっと我慢です。

さて、勝負はというと順調だ。だんだんと、手が思うように動きはじめる。人間は体で覚えたことは忘れないということかな。彼女は私の手元をちらちらっと見ながら不器用に手を動かす。だが、私は自分のことで頭が一杯でした。どうやったらもっと綺麗になるだろうかと考え、改良による改良を重ねる。閉じる部分をこっちに持ってきて引っ張って。うん。なかなかいい感じ。調子が出てきた。手先の細かいことはもともと得意なのです。鼻歌まで出てきた。歌詞とか題名は覚えてないけど、幸せは～歩いてくるって感じの歌だった気がする。まぁ、細かいことは気にしない。

ふんふんとハミングしながら、ネックレスを作っていく。

「ちょっと、気が散るじゃない。下手な鼻歌はやめてちょうだい」

いらいらした様子でセイレーンが怒鳴る。

「いいじゃない。下手でも気持ちいいから」

私は、怒鳴るセイレーンを相手にへらりと笑う。金の目が可愛いねぇ。

「下手なら歌う価値はないわよ。何を言ってるの」

「そんなことないよ。歌いたい人が歌うのが歌だよ。だからいいの」

自己満足上等です。カラオケで思いっきり歌うのは気持ちいいからね。

「駄目よ。でき損ないの歌は、聞き苦しいもの」

セイレーンの声がだんだん小さくなり俯《うつむ》いてしまった。でき損ない。そんなに私は音痴だっただろうか。ちょっと不安になってきたが、ここは強気一択です。

「誰ができ損ないって決めるの？　自分は違うって認めなければいいと思うよ」

そう、評価点数が最低点でも、これはアレンジだと言ってしまえばなんとかなる。

「それに、歌は誰がどう歌っても歌よ。誰のために歌っても、自分のために歌っても歌だわ。下手でも気持ちよく歌えればそれでいいのよ。うん」

カラオケで自分流アレンジをする人ってけっこういたのよねぇ。懐かしいなぁ。

「皆は、私をでき損ないって言ったわ。だから、聞き苦しいのだと」

ぼそぼそと小さな声で言うが、何とか聞き取れた。

へえ？　でもセイレーンの歌って、あの寝ちゃう歌だよね。綺麗だと思ったけどねえ。プロが聞いたら違うのかな。うん？　皆って誰のこと？

「皆って？　ここに他の人がいるの？」

「違うわ。ここではない、私が生まれた場所」

生まれた場所？　この島じゃないの？

首をかしげていたらセイレーンが頭を上げた。金の瞳がまっすぐに私の目を見る。

「貴方、セイレーンってなんだと思う？」

金色の目が猫の目のように縦に光って見える。その目を見た途端に、目の前に薄い白いスクリーンが下りたみたいに景色がぼやけた。

「セイレーンって貴方の名前じゃないの？」

「は？　私の名前？　そうじゃなくて、私みたいな存在をどう思うかって聞いてるのよ」

「どうって、可愛いなあって思う。あと、その髪を編みたいなぁって思ってる」

セイレーンの瞼がぱちぱちと瞬きする。うん？　目の前の景色が元に戻った。

何かあったのだろうか。一瞬、私の頭に靄がかかったような喉が詰まったような。

首をかしげて気がついた。セイレーンの顔がまっ赤です。おお、耳まで赤い。

「ばっ、馬鹿なこと言わないで。騙されないんだから」

馬鹿なこと？　その髪を編みたいって言ったこと？　だって、普通は思うよ。そんな長い綺麗な髪が無造作に前にあったら編むでしょう。金の髪って私には憧れだしね。

「騙してないよ、本気だよ。金の髪はきらきらでサラサラで綺麗だし、編んでもいい？」

作りかけのレーンの花のネックレスを放し、手をわきわきして見せる。

「だっ、駄目に決まってるでしょう。勝負途中なのよ」

なんだ、駄目か。でも、勝負途中が駄目ってことは、済んだらいいってこと？

「わかった。勝負の後ならいいってことね。覚悟してね」

私は、ここは譲れないとばかりにセイレーンに主張する。セイレーンは顔を赤くして後ずさりしながら、「あうあう」っと言葉を濁していたが、駄目だとは言わなかった。よし、頑張るぞ。勝利の果てには金の編み込みし放題。細かい三つ編みで王冠も良い。

「変な子」

今のセイレーンの言葉に、棘《とげ》はないような気がした。

なんと、私たちは日が暮れる間際までネックレスを作り続けた。だってセイレーンが負けを認めないのだもの。何個も作るうちに職人の域に達するようになったレーンの花のネックレスは、我ながらちょっとしたものだ。記憶の中の物よりも上手だと思う。満足だ。多分、手の大きさも関係すると思うが、レーンの花はシロツメクサよりも花弁が大きく萼《がく》が重い上に茎が細く折れやすい。だから細工は子供の小さな手だと、なかなか難しいのかもしれない。セイレーンは涙目になりながら、「明日は負けないんだから。覚えてらっしゃい」そう言い捨てて、花畑から去っていった。

ああ、勝負は明日に持ち越しのようです。勝負かぁ、そう言われてセイレーンの後ろ姿を目で追うと、お爺さんの家に入っていく。

お爺さんはセイレーンを助けてほしいと言った。彼は、体の具合がとても悪そうで、その頼みを無下に断るという選択肢はなかなかに難しい。というか、私には無理。今日一緒にセイレーンと過ごしてみて余計にそう思う。むしろ、本当にセイレーンが苦しんでいるなら、助けてあげたいと思うようになった。人間の心というのは、本当に不思議だ。眠り続けている皆のためにセイレーンに会わなければと考えていたが、今はそれだけではない。それを自覚したら、なんとなく腹が据わった。

私がどうにかすることで、セイレーンを助けられるのならしてみようと。

助けてくれと手を伸ばしているのなら、手を差し伸べればいい。

心の声を聞かせてほしいなら、声を聞ける関係になればいい。

今も昔も、私は、私のできる範囲で、精一杯のことをするだけだ。

やっぱり悩みを打ち明け合うっていったら友達だよね。それで、友達になったら、あの髪を撫でて三つ編みし放題。おお？　私は今、猛烈にセイレーンと友達になりたい。

ならば、どうする？　友人をつくるコツは突撃あるのみ。小さい頃に幼稚園の先生に教わった。待っていても手に入らない。友達をつくりたければアタックあるのみだ。

眠り続けている船員の皆、レヴィ船長、カース、セラン、ルディ。セイレーンを助けて、友達になって、皆も元に戻すからね。私、明日も頑張るよ。

＊

おはよう、良い天気ですね。今日も今日とて勝負に出かけたいと思います。

「行ってきます」

揺り椅子に座っているお爺さんに声をかけましたが、返事はありません。顔を覗き込んだら、かすかな寝息が聞こえたので、起こさないように、そうっと扉を閉めた。

レーンの花畑の中央がぽっかりと緑の絨毯になってます。昨日、たくさんネックレスを作ったからですね。今日は花冠を作ろうかと思ったけど、レーンの花がここからなくなってしまうかもしれない。貴重な薬になるらしいのに、無駄に消費して良いのだろうか。

「今日こそは負けないわよ」

私の背後で、セイレーンが腰に手を当てて、意気揚々と宣言した。

「今日はネックレス作りはやめよう。お花がなくなっちゃうよ」

うん。他の遊びをしよう。セランがレーンの花の薬は貴重だと言ってたから、ここは現状維持して、何本かセランにお土産にしよう。多分、そちらの方が花も喜ぶ。

「え？　やめちゃうの？」

セイレーンは得意げに持ち上げていた肩をかくんと下げた。とても残念そうだ。

「うん。今日はけんけん鬼をしよう」

あれなら、二人でできるし勝負もつけやすい。それに意外と楽しいよね。

「何、それ？」

知らない？　うーん。こちらの世界ではメジャーではないのか。

「ジャンケンは知ってる？」

セイレーンは首をかしげる。そうか、そこからか。

「ジャンケンは勝敗をつける一番手軽な手法だよ。三つの手の形のどれかを出して、強い形を出したほうの勝ち」

土の上に小石で絵を描く。パーとグーとチョキを円状に描いて、矢印で強さを示す。

「これがパー、パーはグーには強いけど、チョキには弱いの。こんなふうにそれぞれが強いものと弱いものが相互にあるの」

「ふうん。単純な人間が考えそうな、くだらない遊びね」

言ったたな！　私はジャンケンには強いのだよ。野生の、いや、乙女のカンで。

「合図をしたら、この三つのうちのどれかをお互いに出して勝敗を競うのよ」

「合図？」

「じゃんけんぽん」

「何よそれ、変なの」

「まあいいじゃない。試しにしてみよう。それ、じゃんけんぽん」

あたふたしながら、セイレーンはパーを出した、私はもちろんチョキだ。勝った。

「なっ、えっ、と、突然のこの勝負は、む、無効よ」

「いいけど。ならもう一回するよ。いい？」

セイレーンは深呼吸して、しっかりと頷いた。

「それ、じゃんけんぽん」

今度は、セイレーンはグーで私はパー。もちろん私の勝ちだ。

子供の頃からジャンケンで負けたことがめったにない。密かな自慢だったりする。

セイレーンは自分の出した拳を見つめ、プルプルと肩を震わせていた。

ずいぶん悔しそうだ。でも、けんけん鬼はこれからだよ。

「このジャンケンはこれからするゲームの基本。今から、このレーンの花の周りに円を描いていくの。このくらいの円を描いて。ほら手伝って」

小石をセイレーンに渡して、私は直径三十センチくらいの円をレーンの花畑をぐるっと囲むように描いていった。ちらっとセイレーンを見ると、一生懸命に円を反対側から描いている。一周したところで小石から手を離し、ぱんぱんと手を叩く。

「よし、説明するね。まず、スタートはここから」

一番手前の円を指す。

「ジャンケンして、勝ったほうが、この円を文字の数だけ進めるの」

「文字？」

「そう、パーだったらパイナップルとか、グーはグリコ、チョキはチョコレート」

「なによそれ。知らない物ばかりよ。他の物にしなさいよ」

「なら、パーで始まる言葉は？」

「パーね、パルスドース。甘いお菓子よ」

甘いお菓子？　甘い物は疲れた時にたまに食べるのが良いのよね。

「グーとチョキは？」

「グーはグアバ、チョキはチョリナント。両方とも甘い果物。干し果実にもなるの」

干しブドウのような感じかな。私的にはリンゴとかオレンジがあると嬉しい。

「なら、それでいいや。ジャンケンして勝ったほうが、その音数だけ円を進められるの。三周し終わったほうが勝ちだよ。では、始めるよ。いい？」


何度も勝負したけど、私の圧勝です。ふっ、ジャンケン初心者に私がそう簡単に負けるはずがない。セイレーンは、がくっとレーンの花畑に崩れて、涙を浮かべて睨んでいる。うんうん。悔しいんだよね。簡単な遊びほど、ごまかしが効かないからね。勝負事は、単純な程、勝ち負けがはっきりとわかるんだよねー。

「貴方みたいな人間に負けるなんて。やっぱり私ができ損ないだからなの？」

花の上にぽたぽたと涙が落ちる。どうやら悔しさで自己嫌悪に飛び火したらしい。

「違うよ。これは運と経験からくる実力だよ。昨日も言ったけど、セイレーンはセイレーンだよ。誰に言われても、私は違うって言ってればそれでいいと思うよ」

「でも私は、何もかもが中途半端なの。大人体になることもできないし、歌で人を操ることもできない。水操りも他のセイレーンに比べたら雲泥《うんでい》の差があるの」

セイレーンの下のレーンの花が涙でぐっしょり濡れている。

「あのね、成長速度はそれぞれだよ。自分以外の誰かと、比べちゃいけないよ。それに、皆にはできなくて、セイレーンにはできることがあると思うよ」

「わかったようなこと言わないで。私にできることって何なのよ」

「レーンの花のネックレス。昨日最後に作ったのは、綺麗にできてたでしょう」

「あ、あんなもの、誰だって作れるわ」

「セイレーンが一生懸命、何度もやり直して作ったネックレスだよ。他の人が同じようにできるわけないじゃない。皆ができていることが、今のセイレーンにはできないかもしれない。だけど、いつかはできるようになる。一回でできないなら何度でもすればいい。それが成長するってことだと私は思う」

「皆は生まれてすぐにできたのよ」

私は、セイレーンの瞳をじっと見つめ返しながら話を続ける。

「簡単にできることと、極めることは別物だよ。簡単にできたものはすぐに壊れる。でも、苦労して何度もやり直して作ったものは簡単には壊れない。セイレーンは成長速度が皆に比べて遅いかもしれない。でもそれは、きっと他の人より素晴らしい能力を磨き上げるための準備期間を与えられているってことだよ。諦めなければ、きっと皆より素敵になれるよ」

いつの間にか、セイレーンの涙は止まっていた。

「変な子ね、貴方。でも、ありがとう」

セイレーンは、恥ずかしげに頬を僅かに染めつつ、小声でお礼を口にした。和やかな雰囲気が辺りに漂い、私もセイレーンに微笑み返す。可愛いって無敵だね。人は人って思っていても、つい比べちゃう気持ちは私もわかる。でも、比較対象を他人にすると際限がなくなる。だって上には上がいるものだし。だから、私は私。自分にできることを見つけていこう。そう思ってないと人生楽しくないではないか。そう達観したのは中学生の時。人生で初めて褒められた「君にしかできないよ」の言葉が嬉しかった。些細なことだ。でも、母の口癖である「自分らしさを見つけなさい」の言葉の意味が初めて理解できた気がした。懐かしい。お母さんは元気だろうか。

その時、いきなりセイレーンが何かに驚き、一瞬で表情を凍りつかせた。

「なぜ？　どうして？　嘘よ。約束したのに」

セイレーンは血相を変えて小屋に駆けていき、私も急いで彼女を追いかけた。

＊

バアンと木のドアが乱暴に開かれる。部屋には、揺り椅子に寝ているお爺さん。太陽が窓から差し込んで、白いお髭に白い髪、病的な程に白い肌が眩しい。

セイレーンは戸口で立ち竦んだまま動かなかった。たぶん、動けなかったのだろう。眠るお爺さんを見つめている。だが、その目は恐怖と困惑に彩られ、どうしていいのかわからない、そんな思いがあふれていた。

私は動けないセイレーンの代わりに、お爺さんの側に行った。そこで気がついた。寝息が聞こえない。口に手をかざしたが返す息吹はなかった。心臓に耳をあて鼓動を確かめる。心臓は、音を発していなかった。手首を取って脈を確かめる。脈は一度も触れることはなかった。サンタの様な老人の手が冷たくなっていく。ああ、彼は死んだのだ。

震えながらこちらを見ているセイレーンに、私は横に首を振った。

「嘘よ、ずっと側にいてくれるって言ったのよ」

セイレーンは首を振り、体をただ震わせていた。セイレーンはこのお爺さんの寿命を延ばすために力を使ってた。それは、セイレーンが彼に執着していたからだ。そんなセイレーンに、なんて声を掛けたらいいのか、私にはわからなかった。

「嘘つき。嘘つき。嘘つき」

セイレーンは大きな金の目に涙を溜め、駄々を捏《こ》ねるように泣き始めた。

「帰ってきて。お願い貴方。約束したじゃない」

セイレーンが床に崩れ落ちた。涙が床にポタポタと丸い染みを作る。その染みがふわりと空気に揺れて姿を変える。少しずつ靄に変わる。金の髪が生き物のように動く。靄を伸ばすように四方に広がり、さらに範囲を広げていく。セイレーンは泣いていた。悲しくて寂しくて悔しい。感情が振り切れて抑えられない能力が暴走している。セイレーンの能力の暴走。人の生気を吸って、砂に変えてしまう程の恐ろしい力。何が起こるかわからない恐怖が、一瞬だけ体を通り抜けた。だが、

「一人にしないで」

セイレーンの叫びが聞こえた。セイレーンの求める相手はもはや答えられない。それが理解できるだけに切なかった。胸が締めつけられるような痛みが襲う。同時に、息ができない程の悲壮な苦しみに、心が押し潰されそうだ。

この感覚は知っている。私が、絶対に忘れられない想いの重さを。

ごくりと唾を飲んで覚悟を決めた。ならば、私のすること、できることは一つだけ。大きく息を吸い込んで、泣き続けているセイレーンの背中に私の背中を押しつけるように座り込んだ。セイレーンの肩がビクッと震えた。だが、それでいい。

セイレーンの瞳からは、ずっと涙が止めどなく流れ、その力は靄を出し続けている。怖くないわけじゃない。眠り続けている船員たち、砂になった知らない犠牲者。その過程、結果、未来予想を知っている。でも、ここで逃げたら、私は見捨てることになる。

友達になりたいって思ったの。助けたいって思ったんだ。

その想いを捨てちゃいけない。捨てたら、私は私でいられなくなる。

私は、何もできない。神様の守護者とか言われたって、ただの人間だ。

でも、ただの人間の私にできることがあるなら、それを捨てちゃいけない。

言葉は出てこなかった。でも、触れている背中は互いの温かさを伝えていた。周り一面が靄で覆われていたが、今は怖さに蓋をした。セイレーンに対する同情とか哀れみとか、どうでもよかった。私は彼女の側にいたい。そう思ってそこに居続けた。

そうしてどれくらい経ったかわからないが、いつしか背中越しに聞こえていたセイレーンの泣き声と引きつるような息が、静かな寝息に変わっていた。いつの間に夜になったのか。周りの靄が少しずつ薄くなっていき、窓から差し込む月の光の筋が床を照らしていた。完全に部屋から靄がなくなったのを機に、背中に凭れかかって寝ているセイレーンを振り返った。私は体の向きを変え膝枕する。

セイレーンの頬にはくっきりと涙の跡。さっき、靄と一体化していた金の髪は元のさらさらの髪に戻っていた。私は金の髪をそっと撫でた。

眠っている間だけでも、いい夢が見られるといい。そう思って撫で続けていた。

以前、私が苦しんだ時、私には母が側にいてくれた。今のセイレーンみたいに泣いて泣いて寝てしまった時、同じように頭を撫でてくれた。私はセイレーンの母ではないが、少しでもセイレーンの心が安らかになればいい。そう思って撫で続けた。

＊

私も、いつの間にか眠っていたようで、床に差し込む朝日で目が覚めました。朝日が斜めに差し、セイレーンの金の髪をキラキラと輝かせる。少し手に取って光に透かして、綺麗。それに、さらさらと手からこぼれ落ちる髪の感触が実に気持ちいい。

昨夜と同じように頭を撫で、もう片方の手で髪の感触を楽しんでいたら、

「何、やってるのよ」

私の膝上から聞こえる、少し怒ったセイレーンの声。

「あっ、起きた？　髪があんまり綺麗だから、お日様の光に透かして遊んでたの」

私の言葉に一瞬、呆然とした顔をしていたが、しばらくして我に返ったのだろう。

真っ赤になってきた顔と耳。うふふ、本当に可愛いなぁ。

セイレーンは膝の上から頭を下ろすでなく、ぷいっと顔向きを上から横に変えた。

「別にいいけど。まだ眠いし。もうちょっとだけ遊ばせてあげるわ」

そっぽを向いているが、頬と耳は赤いままです。私の手は、許可が出たことを良いことに、そのまま撫で続けていた。でも、セイレーンが頭の位置を微妙に変えたことで、私の足が痺れ始めた。うーん。頭って結構重いのね。この痺れを忘れるには、他のことを考えるしかない。楽しいこと、やりたいこと、今ならばできることなどいろいろです。

「そうだ、三つ編みに小さく編んで、ドレッドヘアとか王冠スタイルしてみたい」

突然閃いた金の髪で遊ぶ欲求。手がわきわきしてくる。ぱちっと大きく目を開けたセイレーンが慌てて体を起こした。

「何よ、ドレッドヘアって。よくわからないけど、駄目よ。嫌な予感しかしないわ」

赤い顔が一気に普通に戻った。ああ、せめてツインテールとかしたかった。

セイレーンは気分を変えるように立ち上がり、大きく息を吸い込んだ。そして、今度こそ揺り椅子に目を向けた。顔が悲しそうに歪む。でももう、泣いてはいない。

今の揺り椅子の上にはお爺さんの遺体はなかった。あるのは、お爺さんの服と白い砂だけ。この砂がお爺さんなのだろう。ならばせめて、お墓を造れないだろうか。

「セイレーン、この砂に私が触れても大丈夫？」

「今はただの砂だから、問題ないわよ。それをどうするのよ」

「レーンのお花の中に埋めてあげるの」

お爺さんの服で包み込むように砂をかき集め、一抱えの塊を抱いて外に出た。

レーンの花は萎んでいたけど、風に吹かれて揺れていた。

中央にぽっかりと空いた緑の葉の絨毯。そこに小石で穴を掘り、抱えていた塊をその中に納めた。土をかけ、石を拾い集めて小さな塔を造る。これは墓石だ。

セイレーンは私がすることを、じっと側で見ていた。

お爺さんであった存在がここにある。セイレーンはもう泣いてはいなかったが、顔はくしゃりと歪めたまま。レーンの花畑の中央に置いた石を見つめ、ただ佇んでいた。

私は、セイレーンから少し離れて、レーンの花を摘み始めた。ぷちぷちという音を聞きとがめたセイレーンがゆっくり振り返った。

「何、しているの?」

「レーンの花の首飾り。お爺さんに作ってあげようと思って」

レーンの花を摘みながら答える。

「そんなことをしなくてもいいわ。彼は嘘つきだもの」

声が震えていた。見上げると、金の瞳に、投げやりな苛立ちと悲しみが見えた。

「嘘って、どんな?」

「ずっと側にいてくれるって言ったの。私を一人にしないって」

「彼は人間でしょ。無理」

「無理でもいるって言ったの」

「なら、いるんじゃない? すぐそこに」

「何を言ってるのよ。彼は死んだのよ。私と生きるのが嫌になったの。だから、最後は私と話もしてくれなかった。彼は私を裏切ったの」

なんだかなあ。子供の台詞ではないよね。考えなくても、私の手はレーンの花のネックレスを編み始めた。何度も何度も作ったから、自然に手が動く。

「違うよ。彼は貴方を見捨ててないし、裏切ってもないよ」

ふいに、私の頭に白い髪の少年の台詞が蘇る。ああ、あの少年はお爺さんだ。

動けないお爺さんが、私を呼ぶために木霊《こだま》になって現れたに違いない。

うん、多分、合ってる。思い起こせば、少年の容姿は彼と同じ色をしていた。

「彼が私をここに呼んだの。セイレーンを助けてくれって。多分彼は、自分が死ぬことを知っていたから」

彼は苦しんでいたのだろう。自分のせいで多くの命が失われていくことに。

セイレーンが、そのために手を汚すことに。

「輪を外してくれって言ってた。そうしないとセイレーンは助からないからって」

そうだ。確かにそう言った。今まで忘れていたのに、なぜかふいに思い出した。

「セイレーンを助けるために、私が来るのを待ってたって」

「貴方を？　そういえば貴方って何者？　私の術が効かない人間なんていないのよ」

「私は普通の人間だよ。ちょっと神様の加護なんて物をもらっているだけだよ」

「は？　神様の加護？　貴方、加護者なの？」

「そうみたい。でも、特別な力はないよ。しいて言えば簡単に死なないくらいかな」

「何それ。人間なのに死なないの？」

「そう、なのに怪我もするし、痛いし血も出るよ。でも寿命以外では死なないらしいの。だから、下手に崖から落ちて怪我とかすると、ゾンビっぽくなっても生きてるってことになるの。痛がるゾンビだよ。ぞっとするよね」

軽口を叩きながらも、手はもくもくと作業を進めている。

「……そう、輪を外してくれって言ったのね、あの人」

「うん。すごく真剣な目で頼まれたの。どうしても貴方を助けたいんだって」

セイレーンは左手をすっと挙げた。

「…………＊＊＊＊＊……＊＊＊＊」

何を言っているのかわからないが、呪文のようだ。

セイレーンの左手に蔦《つた》のような文様が浮かび上がった。

薄い青と金が絡み合った、不思議な蛇のような絵の模様。

「これが輪よ。彼と交わした契約の輪。ずっと一緒にいてくれる約束の印だったわ」

日の光に照らされて、もともと薄かった青い線がどんどんと薄くなり消えた。と、
同時に、金の蔦が腕から落ちた。蔦に見えていたのはセイレーンの髪の毛だった。

「彼は命をもってして契約の解除を成したとみなす。もう、私を縛る輪は存在しない。

よって、私の存在が消えることはない」

セイレーンは私の側に座り、私と一緒にレーンの花のネックレスを作り始めた。

「もういいの？」

セイレーンの中で彼は許されたのだろうか。

「ええ、私はまた、ひとりぼっちよ」

「なら、私と一緒に行こうよ。友達になろう」

寂しげな言葉と何かを諦めた表情に、とっさに答えていた。

「はあ？　貴方は加護者でしょ。私の何が欲しいのよ。私は化け物なのよ。神様から見たら異端じゃない。それとも貴方、化け物の力が欲しいの？」

「セイレーン、私は貴方が化け物とか、どうでもいいの。友達になりたいだけ。そもそも、友達って一方的に頼る存在ではないでしょう。友達はお互いの心を信じて、認め合う関係だよ。だから私は、貴方と友達になりたいの」

セイレーンは金の目を細めて、厳しい顔をして私を見据えた。

「でも、貴方は人間でしょ。彼のようにいつかは死んでしまうわ」

そうだよ。だって、それが自然の摂理だもの。逆らうことのできない運命。

「うん。でも、私が死んでも私の子供が残るよ。その子供がそのまた子供を産んで、未来に繋がる。私の子孫なら、絶対セイレーンと友達でいることが嬉しいと思う」

うん。セイレーンは究極に可愛い。私の血筋なら絶対可愛がること間違いなしだ。

「子供？　貴方の？　……いいの？　ずっと側にいてくれるの？」

セイレーンは微笑みながら泣いていた。これは嬉し泣きだよね。

「うん。セイレーンが嫌にならなければね。ずっと友達でいられるように、私も頑張るから、セイレーンも頑張ってね」

泣き笑いのセイレーンの顔は綺麗だった。笑顔が太陽の光で輝いて見える。

「どう頑張るのよ。私は貴方の様な友達は初めてなのよ。きちんと教えてちょうだい」

それは了承したということですね。レーンの花のネックレスが綺麗にでき上がった。

それを墓石代わりの小石の上にかけた。よし、完璧。

「それは追々に少しずつね。まずは自己紹介。私はメイよ。これが私の名前。貴方、ではなくて名前で呼んでね。これからよろしくね。セイレーン」

片手を差し出した。ここは握手です。

「わかったわ、メイ。でも、セイレーンというのは種族名なの。私に名前はないのよ」

セイレーンの右手をしっかりと握り、固い握手を交わす。

お爺さんは、セイレーンに名前をつけてあげなかったのだろうか。

「じゃあ、私が名前をあげる。……うん。照《テル》がいい。暖かくて明るいお日様の光よ」

「日の光って、いいの？　私は……」

「日の光できらきら光って綺麗だから。こういうのは言った者勝ちなのよ」

セイレーンは、しっかりと頷き、嬉しそうに微笑んだ。

「これからよろしくね。照」

私が、照の手を握り締めた時、風に乗って、あの少年の声が聞こえた気がした。

（ありがとう）と。風が運んでくれたんだろう。木霊になった彼の声を。

その時、私の胸の上で一瞬、何かが熱くなった。襟首から覗いてみると、いつの間にか私の白い玉が戻ってきていた。白い玉は青の隣にくっきりと明るいオレンジ色を湛えていた。どうやら、青と白の二色から三色玉になったようです。

＊

青い空に浮かんでいるのは白い雲。雲の中に白い門が浮かんでいた。

ここは、ある空間につながるこの世界からの唯一の入り口。彼は、風に乗るように滑らかに空を移動していた。門をくぐると龍宮堂古書店があった。入り口の自動ドアボタンを押して中に入り、とんっと足をつける。中はたった一間の小さな部屋だが、部屋の壁全てが本で埋まっており、その本棚は上へ伸び、積み重なりつつある。これらの本は世界の記憶。この若い世界は順調に成長を続けているということだ。

こげ茶の丸い机の上に、彼は金魚鉢を逆さにしたようなガラスの入れ物を置いた。ガラスの中には、小さな光の玉が入っていた。その光は、なんとも弱々しい。

「よく頑張ったね。もう大丈夫。ここなら君は消えることなく十分な休息を取れるよ」

彼は光に向かって声をかけた。

「君を責めてないよ。どうしようもなかった。契約者である君も変えられなかった」

机の上の光が返事をするように点滅する。

「でも歪んだ運命は修復される。君が、命を懸けて芽衣子さんを呼び寄せたからだ」

光はまた点滅を繰り返す。彼の手から淡い光が降り注いだ。光の玉は少し大きくなり、少年の姿を取った。幽霊のように透けた白い髪に薄い青い目。

「今だけこの姿を保てるように力を送ろう。聞きたいことがあるんだろう」

（僕はどうなるの？）

「魂の休息をここで取る。傷がいえたら神様の元に帰れるよ」

（どうして？）

「覚えているかい？　君は神々が選んだこの世界の申し子」

（うん。覚えてる）

「歪んだ力を正常に戻すために使命を刻まれた」

（でも、僕はできなかった）

「芽衣子さんを呼んだのは君だよ。君は、セイレーンのために心から望んだ。だから、世界は一番望んでいた方向に向かっている」

（僕は、戻れる？）

「ああ、何年かかるかわからないが、いつか戻れる」

（嬉しい。ありがとう）

「もう眠れ。次に起きた時は輪廻の輪に戻る時だ。その時は使命なんてない。普通の人間として生を過ごせるはずだ」

彼が手をかざすのをやめると少年の姿は消え、また小さな光の玉になった。ガラスの入れ物の中から伝えてくる意識はとぎれとぎれになり、淡い光が転がった。

春海は大きなため息をつき、こげ茶色の革のソファに深く沈み込んだ。手のひらを宙に差し出し、コーヒーを思い浮かべると、白いコーヒーカップが現れる。

あの時、芽衣子と一緒に飲んだコーヒーは、今や彼の一番のお気に入りである。春海は、カップを持ち上げ香りを吸い込む。香ばしく苦味と酸味のある香り。一口含むと、コクのあるまろやかな味わい。コーヒーを味わいながら微笑んだ。そして思う。

まったく、芽衣子はびっくり箱のような人だと。

この世界に降りてまだ間もないのに、彼女はもう二つも宝玉を手に入れた。それなのに、彼女自身は全く無自覚だ。どうして宝玉が手に入ったのかすらわかってないに違いない。それに、彼女と関わった幾つかの運命が、神々の願い通りに動き始めていた。特に今回、二つ目の宝玉、情愛。

彼は、自分の身を顧みず魂さえもすり減らして消える寸前まで、セイレーンの運命を変えようとしていた。もし芽衣子が来なければ、彼の魂は消滅し、狂って暴走したセイレーンの力は、あの付近の海を死の海に変えていただろう。いまだ自覚はないが、それだけ、あのセイレーンの魂の力は強いのだから。

すでに死期を悟っていた彼が、宝玉を体に入れるのは、その魂に大変な痛みと負担を負ったことだろう。現に消えかけていることからもわかる。だが、その犠牲があるからこそ結果を得た。彼は、使命を果たした。その尊い魂は消滅させるには惜しい。

「美味しそうね、春海。私にも淹れてちょうだいな」

不意に夏凪が降りてきた。

「ああ、祝い酒の代わりだ。勤務中だからな」

春海が手を軽く振ると、机の上に香り高いコーヒーがもう一客現れた。

「ずいぶんごきげんね」

「ふふ、悩ませていた案件が一つ消えたからな」

「知ってるわ。龍宮の宮でも、神様たちが本当に喜んでいたもの」

夏凪はカップを手に取りコーヒーの香りを吸い込んだ。

「これで、あのセイレーンは正しき道を進む。強き光を纏う水の精霊王になる運命を」

「芽衣子さんは、彼女と契約したの？」

コーヒーを一口飲む。実に美味しい。

「いいや。だが、生涯の指針を得るだろう。彼女の強い光の影響で、あのセイレーンは、正しき力の使い方を見つけるはずだ」

　春海の顔は、今までにないくらいに嬉しそうだった。

「どのくらいかかるかしら」

「わからない。だが、歯車は正しく回り始めた」

「そう簡単にいくかしら」

　春海は、落ち着いた様子でコーヒーを飲みほした。

「精霊王に至る水の精霊は、膨大な力を秘める器ゆえ、その成長は著しく遅い。その環境は厳しいが、過程は正しく導かれなければならない。だが、神の力がいまだ及ばないこの世界では、個々の生命の理《ことわり》が邪魔をする」

「そうね、神の声が届かないから、負のエネルギーに囚われやすくなる」

「そうして失った多くの使徒たちを、我々は見てきたはずだ」

「でも、あのセイレーンは間に合ったわ」

　夏凪もコーヒーを飲みほし笑った。

「これからだ。歯車が正しく動けば、旅の最終地で水の精霊王は誕生するだろう」

「光と力の起源の玉もね」

　春海が片手を軽く振ると、机の上から飲み終わった二客のコーヒーカップが消えた。

「ああ、楽しみだ」

未来が楽しみだなんて、長く生きてきてこんなふうに思うのは久しぶりだ。二人はお互いの言葉を頭の中で反芻し、楽しそうに笑った。

机の上には、眠りについた少年の魂の光玉。彼が帰る未来はきっと明るくなる。

春海は明るい希望の欠片を胸に、未来に微笑み、目を閉じた。

＊

さて、どうやら照と友達になれました。嬉しくて顔がにやにやしてしまいます。いつかあの金の髪で、編み込みとかパンダお団子とか可愛くしてみたい。

「メイ。これからどうするの？」

照の言葉で我に返りました。ええっと、どうするですか。まず、そうですね。眠ってしまった船員たちを起こすこと。それから、船長たちに照のことを話して、一緒に船に乗っけてもらえるように必死でお願いしよう。まずは、術の解除だね。

「わかった。メイ、ベッドの下に鏡があるの。それを取ってくれる？」

ベッドの下に鏡？　顔が見たくないとか？　それはないな。照は美少女だもん。

「その鏡はただの鏡じゃないの。集めた生気を寝ていた彼に注ぐための魔具。それを壊せば力は反転するわ。術に囚われた者は、直に目を覚ますでしょうね」

おお、そんな細工だったの。私は鏡を持ち出し、外の岩場に思いっきり投げつけた。

ガッシャーン!!!!　っと大きな音がして、鏡は派手に割れた。割れた鏡から紫色の煙が出てくる。何これ、鏡の精とか？

「その煙には触らないでね。生気を吸い取るための術語が組んであった名残だから。触るとメイでも干からびちゃうわよ」

慌てて手を引っ込めました。そういう危ないことは事前に教えてください。ですが、毒々しい紫の煙は薄くなって風で消えた。ちゃんと確認しました。これで大丈夫！

「これで、みんなは起きるの？」

「ええ、解術はできているはずよ」

ふう、一つ解決ですね。では、二つ目です。

「ねえ、照。この島を囲っている海流は貴方の力なの？」

「正確には違うわ。元々、ここには島はなかったの。彼が無人島に住みたいって言ったから、ここに島を置いたの。そうしたら、海流が変に複雑になっちゃってね」

「島を置く？　どうやって？　照が持ってきたの？」

もし、そうなら随分な力持ちだ。怪力無双の力士並みかしら。

「馬鹿ね、違うわよ。ここは過去に沈んだ大陸の名残がある場所で、海の下にあった土地を一部だけ隆起させたの。二百年ほど前のことよ。まあ、流れ込む海水量とかは、私の力で補っているけどね」

へえ。海底って持ち上がるんだ。うん？　二百年？

「照、何歳なの？」

もしかして、すっごいおばあさん？

「おばあさんって失礼ね。私たちセイレーンは年を取らないの。力が十分に成熟したら、大人になるだけ。……私はでき損ないだから、子供のままだけどね」

へえ、永遠の子供ってわけ。いつまでも子供料金って、ある意味一種の憧れかもね。

「嫌よ。私だって大人になりたいわ」

「いつかなるよ。大丈夫。多分、きっと、未来に夢を！　だからね」

「多分って、説得力ないわよ。まあ、それがメイなんでしょうね」

そうそう。気軽にいきましょう。

「なら、この島から出られないの？」

「この島から出たいの？」

「だって、無人島では美味しいご飯の供給が尽きてしまうよ」

美味しいもの信奉者として、この島は出るべき。この島にはお肉もスパイスもない。贅沢だとわかっていても、魚だけなんて嫌です。

「そう、私の力で海流を抑えることができるわ。その時に船を出せばいいわ」

「なら安心だね」

照だってレナードさんの肉料理食べたら、島を出たくなるはず。これは断言する。

「でも、私の力が及ばなくなれば、この島はいずれ海底に沈むわ」

照は、彼のお墓に視線を落とした。この島には彼のお墓がある。当然の未練だろう。

「でも、照が一人残るのも、私が残るのも嫌だよ。お爺さんは、照が幸せならそれでいいって言うと思うよ」

彼のお墓にかけたレーンの花のネックレスが、風にかすかに揺れた。まるで彼が返事をしているようだ。お墓に視線をとどめたまま照が微笑んだ。

「そうね」

「そうだよ」

私は、照の笑顔をあと押しするように、にっこり笑った。

「そうそう、メイ。私と契約してちょうだい」

え？　あの輪とかの蔦模様？　乙女の意見としては、刺青はちょっと嫌かな。

「違うわ。彼との契約は命と魂を繋ぐ契約。メイの死後を考慮するとできないでしょ」

あ、そうだね。

「物《ぶっ》意《い》体《たい》簡易契約にするわ。効力はずっと弱いけど、物体に私の意識と力を移して、それをメイとその子孫が持っていれば、私はずっと側にいることができるわ」

おお、難しい言葉、うん、さっぱりわからない。

「要するに、貴方の持ち物となる物に私が入って、常に一緒に行動できるってこと」

うーん。アラジンの魔法のランプ？　そういえば、子供の頃のアニメに、ハクショ
ンなんちゃらって壺の中から出てくる変なオジサンいたなあ。あんな感じ？

「何、その想像。気持ち悪い。もっとカッコよく考えてよ」

あのアニメは面白くて、変なオジサンが次第にキモ可愛く見えると評判もあったり。

「可愛くないわ。絶対！」

絶対って……あ、時に照さん。私は言葉を発してないのですが、意思疎通してる？

「今頃気がついたの？　メイの考えることは伝わってるわよ。私はセイレーンだもの」

へえ、便利だね。これだと内緒話し放題だね。

「通常、人の心はこんなにくっきりとは伝わらないの。メイが私と話をしたいって思
っているからでしょうね。はっきり伝わってくるもの」

えーと、遠距離通話って可能ですか？　糸電話より長い距離で。

「今のままだと無理。だから、媒体を作ってそれに契約を起こすわ」

首をかしげていると、照は私の耳たぶに手を伸ばした。針で刺したかのような軽い
痛み。照の人差し指には、一センチくらいの球状になった私の血が載っていた。

「メイの血と私の力を混ぜて力場を作るわ。それをいつもメイが身につけていれば、

どこにいてもメイと話ができるし、メイの居場所もわかるわ」

　居場所がわかる機能？　迷子になっても探してくれるお探し機能つきだなんて、照は、本当に優秀だよ。おっ、照の顔が赤くなっていく。うふっ、照れ屋さん。

「馬鹿なことを考えてないで。腕輪、ネックレス、指輪、ピアス、どれがいいの？」

　装飾品だね。壺とかランプじゃないんだ。

「変なオジサンと一緒なんて嫌よ。どうせなら綺麗で素敵な物がいいわ」

　豪華になるの？　それだったら、目立たない二の腕につけられる腕輪がいいかな。服の下なら綺麗で派手でも大丈夫。泥棒にだって持っていかれないよ。

「腕輪ね。わかったわ。ちなみに、メイの意思では外れないから」

　失くさないってことだよね。よかった。

「そうじゃなくて、私の意思か、それ以上の力でのみ外せるの」

　へぇ、よくわからないけど、いいんじゃない。

「いいの？　本当に……」

「一緒に行こう。友達でしょ。遠慮はなしだよ」

　照が私を見捨てて絶交しないように、私も頑張るよ。背はもう伸びないだろうけどね。そうだ、照が子供のうちに髪で遊ばせてもらおう。照は小顔だからクルクル縦巻きも可愛いだろう。はっ、大人になっちゃったら、綺麗系アレンジとかも可能？

「欲求がだだもれよ。少しは遠慮しなさい」

照は呆れたように笑って目を瞑り、私の血の玉の上に力を注いでいく。

金の光が血に混ざって大きくなり、赤い色に砂金が混ざっているような色になった。

朱金色の三センチ大くらいの玉ができた。続いて、金髪を二、三本取って息をそっと吹きかけると、髪が玉を包み込んで固まって、金色の輪のリースのように丸く形作る。そして、光がふわっと広がると、照の手の上に繊細な装飾が綺麗な金細工の腕輪が載っていた。

「メイ、腕出して」

「右？　左？」

「左のほうがいいわ。重さは感じないようにしておくから」

重くないなら肩もこらないよね。左腕の袖をぐいっと持ち上げた。左腕に太さ五センチほどの金の高そうな腕輪がはめられた。すこし大きい。落ちるかも。

「今から調整するわ。目を瞑ってて。ちょっと強めに光るから＊＊＊＊。＊」

小さく光り、腕輪がシュルルと縮んでいき、ぴたっと腕にくっついた。これで完了？

「ええ、私はこの中に入るわ。人間の世界では、あまり目立たない方がいいし」

「え？　一緒に船に乗れるように、船長に頼もうと思ってたのに」

「私、メイのことは信用したけど、他の人間は信用できない。だから、いいって言うまで他の人には私のことを話さないでね」

秘密ってこと？　苦手なのよ、隠し事するの。カースに速攻でばれそうな気がする。

「そこは頑張ってちょうだい。友達でしょ」

「そうだね。照の嫌がることはしないよ。できるだけ頑張りましょう」

嘘やごまかしはすぐばれるので、詳しいことは言わない方向でいこう。

「でも、照と友達になったと言っていい？　だから、術を解いて島も出られるって」

本当のことだから問題ない。はず。……多分。

「いいけど、私は姿を見せないわよ。島の海流を止めるのにたくさんの力を消費するの。多分、この姿を保っていられない。酷く存在が弱ってしまうの」

大変じゃない。幽霊になっちゃうの？

「ならないわよ。でも、回復には時間がかかると思うの。だから、メイの腕輪の中で眠ることにするわ。そうしたら一緒に船に乗れるでしょ」

「わかった。でも、いつ起きるの？」

「わからない。でも、すぐではないわ。これは仕方ないの。従属契約ではないので拘束力もないし、他から力を奪うとかは、メイは嫌でしょう」

「そっか、うん、仕方ないね。だって、友達に拘束力とか従属って変でしょ」

うん。おとなしく照が起きるのを待ってるよ。

私は腕輪のついた左腕を持ち上げ、模様を指でなぞる。キラキラでとっても綺麗。豪華で綺麗な装飾品にちょっと気分が高揚する。乙女だもの、いいよね。

うふふっと笑い合っていたら、どこかで、石が打ち当たる音がした。岩壁に反響して、ここまで響く。和やかな雰囲気が一瞬で消え、照の表情に緊張が走った。

「誰か、ここに来るわ。メイの仲間ね。難所なのに、よくここまで来られたものね」

「え？　誰かがここに来るの？」船長たちかな。

「ええ。では、私は腕輪の中に入るわ。後はよろしくね」

照はひゅんと小さな風になり、腕輪の中の石に吸い込まれた。それと同時に周囲が一瞬白く濁り私を覆う。残るは、心の準備ができていない私一人だ。

＊

船長たちはどこだろうと見渡したら、岩場に鉤《かぎ》のような金具がカツンとかかった。石が、からからと落ちる音がする。やっぱり、ロッククライミングかしら。

お迎えを待つ身ならば、こういった時は、近くまでお出迎えするべきなのですが、怖い高さなので気おくれする。なので、このままここで待つことにしました。

岩場の端に手がかかり、ぐいって体を懸垂の要領で持ち上げ、上半身を前に倒し、体重移動を前半分に持っていきながら、片足を持ち上げ、一気に体全体を岩の上に持ち上げる。素晴らしい身体能力です、レヴィ船長。某滋養強壮ドリンクの宣伝よりカッコいい。レヴィ船長は頭をぶるっと振り、前髪を無造作にかき上げました。ああ、なんて素敵！　今、携帯を持ってたら絶対に、永久保存版の写メ撮りたい！

レヴィ船長は周りをぐるりと見渡し、安全を確認してから下に声をかけた。

レヴィ船長たちと離れていたのは数日なのに、私は彼に会いたかったのだと実感する。あの赤褐色の髪が、緑の瞳が、眩しい程の存在感が、いつも私の心を奪っていく。

全身を駆け巡る熱が、心と頭を染め上げる感覚に眩暈がしそうだ。こちらをもっと見て。私に早く気がついてほしい。そんな邪《よこしま》な想いがいつか止められなくなりそうで、怖い。いろいろな想いが頭の中で渦を巻いて、声をかけるのが躊躇われた。

だって、なんて声をかけたらいいの？　元気？　とか？　いやいや、一人？　とか？

ふと思い出した。一人で勝手な行動するなと注意された記憶がばっちり蘇る。四人から心配かけるなって怒られたよね。で、勝手な行動は一人でしませんって宣言したよね、私。そこまで考えて、たらたらと冷や汗が背中を流れた。

確実に、怒られる気がする。まさに説教コース二倍かも。

「カース、手を出せ。持ち上げる」

カースの手が岩について、もう片方の手をレヴィ船長が掴み、ぐいっと引き上げた。

黒髪が汗で額に張りつき、カースは鬱陶しそうに汗を右の袖でぐいって拭う。ここまで来るのは随分大変だったはず。カースの呼吸が荒い。レヴィ船長はともかく、力仕事は得意ではないカースが、こんな所まで私を迎えに来てくれるなんて。

どこまでも心配性で優しい兄に、心がきゅんと切なくなる。

しかし、どうして二人は私に気がつかないのかしら。こんなに近くにいるのに。

岩場からここまで五メートルくらいで、障害物すらないのに。

(見えないように、私が幕を張っているからよ)

照の声が左上腕の腕輪から聞こえた。照さん、幕ってなんで?

(メイの仲間だとは思ったけど、万が一を考えたの)

ああ、私を守るための用心ですね。なるほど、ありがとう。

(でも、もういいでしょう。幕を外すわ)

その言葉を聞いた途端に、濁った視界に太陽光が差し込んだ。反射的に目を閉じる。

「メイ！　そこにいるのは、メイなのか⁉」

目を開くと、レヴィ船長とカースがこちらに走ってくるのが見えた。

慌てて中腰になったら、レヴィ船長とカース、二人同時に抱き上げられました。

右側にカース、左側にレヴィ船長。掬うように抱き上げられたので、私の頭の位置は、二人とほぼ同じ高さです。そして、両脇から私を拘束するように、ぎゅぎゅぎゅぎゅっと締められた。ぐえっと息が漏れそうになったが、二人の顔を見てぐっと耐えた。

「メイ、無事ですか？　怪我は？」

今にも泣きそうな顔のカースは、私を抱えたまま右脇で背中を支え、左手は私の頬を撫でた。その手は、かすかに震えていた。ああ、不安だったのね。カースは妹を亡くしている。そして、その死はカースのトラウマと言っていい。そんな折に、仮の妹を名乗った私がさらわれた。それは心労がたたっても仕方ないだろう。

「はい。怪我はしていません。大丈夫です。心配してくれてありがとう、カース」

反対側のレヴィ船長は、胸に押し当てるように私の左腰を抱きかかえ、顔を私の肩に埋め、抑えきれない感情を宥めるように、ぎゅうっと私を抱きしめ、肩口で小さな息を吐く。ドクドクと早い鼓動が肌を通して伝わってくる。

「メイ、心配した。お前が無事で、本当によかった」

今までになく加減がない強い力に、震える声に、申し訳なくなって終《つい》ぞ眉が下がる。

「ごめんなさい、レヴィ船長、心配かけて」

二人の頭をゆっくりと両手で撫でた。汗で湿った髪がその熱を伝えてくる。

本当に、私は二人に心配かけてばかりです。突然連れ去られたとはいえ、ここで照の側にいると決めたのは私だ。その時に、私の無事を船長たちに知らせることができたかもしれないのに、全く考えが及びませんでした。どうして私はこうなのか。本当に、穴があったら入りたい。でも今は、反省と精一杯の感謝の気持ちを込めてお礼を言いたい。両手で二人の手を取り、私の胸のまん中に重ねると、互いの視線が交じり合う。

「レヴィ船長、カース、迎えに来てくれてありがとう。本当に嬉しい」

この感謝の気持ちが、ここで会えた感動が、二人にも伝わりますように。

目尻から、ぽろっと涙がこぼれた。会いたかった気持ちが自然に涙を押し上げる。まっすぐに二人を見て、私は涙を止めぬまま精一杯の笑顔で微笑んだ。

落ち着いた頃を見計らって、カースが誰もいない小屋に入った。やっとリフト状態から降ろしてもらえたが、私がまたさらわれたりしないように、レヴィ船長は私の腰を抱き寄せたままだ。あの、その下腹には、その、むにむになお肉が。その手をずらそうとすると、レヴィ船長が、私の顔を覗き込んで、「ん？　どうした？」と艶やかに微笑む。……いえ、なんでもないです。色気たっぷりなレヴィ船長の笑顔をこんな至近距離でなんて。私の頬から赤みが消えないどころか心臓がバクバクで今は耳まで赤いと思います。ふう、顔が熱いわ。頬の熱を逃がすように手で煽いでいたら、レヴィ船長がそういえばと問いかけてきた。

「セイレーンとは会えたのか？」

そうでした。ちゃんと説明しないと。

「はい。会えました」

「どこにいる」

「えーと、この場所にはいません」

うん、腕輪の中だからね。

「それで？　話せたのか？」

「はい。友達になりました。だから皆はもう直に目が覚めると思います」

「は？　どういうことだ？」

「友達になったので術を解いてくれました。それに、島から出してくれるそうです」

「……ちょっと待て。友達？　メイ、一体何を。いやそれより、セイレーンは、生気を取り込む必要があるのだろう。それが解放？　なぜ、急に気が変わった」

「もう、セイレーンは人の生気を必要としないから。ここでセイレーンとずっと一緒にいた人が亡くなったの。だから私のお願いを聞いてくれた」

私は小さな墓石に視線を落とす。

「もういないの。だから、もういいって」

風がそよそよと渡り、墓石にかけられたレーンの花のネックレスを揺らしていた。

「そうか」

「うん」

レヴィ船長は、私の肩にそっと手を置いた。言葉はなかったが、私の気持ちを汲んでくれているのがわかった。


カースが小屋から数冊の本を持ってきた。

「ここに人が住んでいたようです。航海日誌がありました。日付から推測するに、ほぼ二百年前の物だと思われますが、どうしましょうか」

航海日誌？　お爺さん、船乗りだったの？

（いいえ、探検家だったの。とってもかっこよかったんだから）

へえ、そうなの。

（そこの二人よりも、数段かっこいいのよ）

むっ、それは、聞き捨てならないね。レヴィ船長とカースは、私の一押しなのよ。

（ふふふ、今度二人きりになった時に話しましょうか）

そうだね、恋バナは女の子の必須事項だからね。楽しみ楽しみ。

「日誌の中に地図も挟んでありました。持って帰って船で確認します」

地図だって。この島の？

（いいえ、違うわ。あれは、彼が持っていた宝の地図よ）

「宝の地図？」

びっくりして大きな声出ちゃった。

カースとレヴィ船長は話の途中で割り込んだ私を振り返り、ちょっと苦笑した。

「宝の地図かどうかは定かではありません。ですが、この島の物ではないですね」

この近くじゃないの？

（うん。彼の故郷近くの遺跡だって言ってたわ）

「これから帰る我々の国の北にある遺跡のようですね」

じゃあ、彼は船長たちと同じ国の人だったかもしれないね。

（さぁ、そうかもね）

「それらは持って帰るとして、今はまず、日が暮れる前にここから降りよう。暗くなると我々はともかく、夜にここを下るのはメイには無理だろう」

えっ。私もロープで降りるの？　無理です。首をぶるぶる左右に何度も振ります。

（小屋の裏手に井戸があるの。その脇の岩陰に降りる道があるわ）

はい！　そっちに行きましょう。

「レヴィ船長。小屋の裏手に降りる道があるんです」

「道？　こんなところに？」

カースが小屋の裏手へ駆けていき、見つけました。

「ありました。岩陰に隠れてますが、道です。どこに繋がっているのでしょうか」

（地下の神殿跡に出るの）

神殿？　地下なの？

（大きな湖があって、そこからなら、貴方たちがいた広場まですぐよ）

ああ、あの綺麗な湖ですね。お爺さんに初めて会ったのも、あそこだったのよ。

（そうなのね。あの場所は、彼の……お気に入りの、場所だったから）

確かに綺麗だった。お気に入り、わかる気がします。あれは自然の美の粋を集めたような場所だもの。月も水も蔦も木根も、差し込む光さえも、全てが完璧で不完全。

そんな場所。それはともかく、行き先をカースに伝えることに。

「ええと、あの湖のところに出るはずです」

私は、レヴィ船長たちがロープや鉤などの道具を回収している間に、私たちが最初の頃に作ったレーンの花の不格好なネックレスを、セランへのお土産に手ぬぐいで包んだ。

（どうせなら根ごと持っていきなさい。根も薬になるはずよ）

ほうほう。なるほど。

残されていた根を小石で掘り起こし採取しました。二十本を束にして、手ぬぐいで包み、落とさないようにお腹に巻きつけました。よし準備万端。

レヴィ船長の伸ばされた手をぎゅっと握り返して、一歩一歩降りていった。

「さあ、戻るぞ」

広場に戻ると、無事に帰った私たち三人を見て、一同は歓声を上げて迎えた。ああ、皆、無事に目覚める事ができたんだ。と、皆の顔を見て実感する。ちょっと涙ぐんでいる人もいた。セランは、どんな風に説明したのでしょうか。

「ごくろうさま。よくやったな。メイ」

「おかえりなさい、船長、カース、メイ」

セランとルディが代表で出迎え。セランはいつものように、私の頭をぽんぽん。セランって、お父さんみたいだよね。単純だけど褒められると嬉しい。

ふふふ、そんな心の父たるセランには、なんとお土産がありますよ。

「セラン、これお土産だよ。あげるね」

レーンの花です。

「おう、気が利くな。あん？　なんだ、このへたくそな花輪は」

セランの持ちあげたのは、照が作ったネックレス。

(この男、殺していい？)

待て待て、あれはかなり最初に作った物なんだから、へたくそでも当たり前でしょ。

「まあ、乾燥させて粉にしてしまえば、いい薬になるからいいか」

乾燥させて、粉にするの？　うぇぇ、粉薬嫌い。

（メイが病気にならなければ、薬飲まなくていいでしょ）

そうよね。頭が痛くならないように、考え事や心配事はやめよう。楽しいことを考えよう。はっ、この匂いは！　間違いないです。レナードさんのご飯。

匂いに振り返ってみたら、ルディが私たちの食事の用意をしてくれていた。

「こちらにどうぞ、レヴィウス船長、カース副船長。メイもお腹、すいてるでしょ」

そのままルディは私の手を取って、席まで案内してくれる。レヴィ船長、カース、セランと同じテーブルにつき、そこに美味しそうなご飯が並んだ。

くぅ～、なんて素敵な匂い！　最高！　待ってました！　ビバご飯！

「今、飲み物を持ってくるね」

そう言って、ルディが側を離れるところで気がついた。仕事、私も手伝いを。そう思って席を立とうとしたら、ルディに肩を押さえつけられた。

「メイは座ってて、今日は特別だよ」

その途端に、私のお腹が、高らかに返事をしました。ぐぅううううと。

「ほら、食べてよ」

「でもっ」ぐぅぅぐぐぐぅうううう。

あう、お腹が。必死でお腹を押さえるけど、一向に言うことを聞かない。

このわがままお腹！　雄弁にもほどがあるでしょう。

背後でぷっと笑い声がした。その途端に他の皆も一斉に笑いだした。

「おう、聞いたか？　メイ、お前の腹のほうが正直だ」

「すげえ音だったな。初めて聞いたぜ、あんな大きな音」

「それだけ腹減ったんだろ。ほら、冷めないうちに早く食っちまえ」

「よく頑張ったな。たっぷり食ってゆっくりしろや」

皆、にこにこ笑いながら、ご飯を勧めてくれる。船長もカースも笑ってた。

その笑顔の前では私の恥などなんてことないさ。うん、ちょっと恥ずかしいけどね。

ありがとう、皆。ここは、がっつり食べさせてもらいます。うは、美味しい～！


食後に、レヴィ船長は皆に、この島で何が起こっていたのかを簡単に説明した。

この島には人を眠りに誘う呪物があって、眠ってしまった船員たちは、目覚めなければこの島で死んでいたと。眠ってしまった皆を起こすために、レヴィ船長とカースと私が、岩場に登っていったことになっていた。メイが眠りの原因を突き止め、無事に排除したから、皆は無事に目覚め、明日にでもこの島から出られるだろうとも。

うーん、ずいぶん簡単な説明だが、なるほどと感心した。眠りの原因はあの鏡だったから、割っちゃった私が排除したことになるのか。間違ってないよね。

大まかな話の筋はセランから聞いていたのだろう。話が終わった時、驚いた顔をしている人はいなかった。誰もが一様に、ほっとした顔をしていた。眠ってしまう夜、目覚めない恐怖は終わったのだと告げると、皆の顔が喜びに輝いた。

「明日、日の出と共に出航する。準備を急げ」

レヴィ船長の言葉で、皆の顔がびしっと引き締まる。ああ、よかった。そう思った時、あくびが出た。慌てて口を押さえたけど隠れてない。

「メイはもう寝ろ、明日は早い」

「今日はよく頑張りましたからね。貴方は早く寝てしまいなさい」

お礼を言って、レヴィ船長とカースの勧めるままに、テントの中で横になった。

お腹一杯になったら、すごく眠い。瞼が落ちる。でも、その前に確かめとかなきゃ。

照、明日の出航の時、私が何かすることってある？

（特にないわ。朝になったら、メイの側を離れて海流に干渉するけど、船が出航して無事に目的の海流に乗ったらメイの側に戻るから）

そう、よろしくね。それじゃあ寝るね。おやすみ、照。

（おやすみなさい、メイ）

私は、すうっと眠りに落ちていった。幸せな明日を夢見て。

＊

「メイ、起きろ。朝だ」

レヴィ船長の声で、ばっちり目が覚めました。現在夜明け前。目を覚まして周りを見渡すと、皆は手際よく片づけている。顔を洗って帰ってきたら、寝ていたテントすらなかった。私とマートルたちは、鍋や食器をリヤカーに載せ船まで運ぶ。

空は朝焼け。意気揚々と点呼と乗船完了合図。各々が持ち場について、気力満タンで船長の合図を待つ。

「碇をあげろ。出航だ」

レヴィ船長の声が高らかに響く。

船長の舵取りで、ゆっくりと船が入り江から少しずつ離れていく。船が入り江の先へ船首を向けた時、海に小さな渦が巻き、波が外界へと押し出すように流れ始めた。

入り江を右に左にするりと抜け、船は外海へと進んでいく。大丈夫かな、照は帰ってこられるよね。はらはらしながら、波の動きをじっと船の縁で見つめていた。

船は無事に島から離れ、大きな外海の波が船の横腹に当たった。

「面舵」

レヴィ船長が合図する。バルトさんが復唱し鐘が鳴る。船が右へ動き始めた。
島影が小さくなりかけた頃、海を渡る風と、舳が掻き分ける飛沫が飛んできた。
（ただいま、メイ）
照の声。よかった。帰ってこなかったらどうしようと思ってたよ。
「帆を張れ、追い風だ。航路に戻るぞ」
レヴィ船長の声に、皆が嬉しそうに声を返す。
「おう」
（もう眠るわ、またね、メイ）
疲れたんだろうな。言葉もそこそこに照は眠りについた。
船の舳から太陽が昇っている。眩しく白い光が、全ての夜を塗り替える。
船は強い風を受けてぐんぐん進んでいく。さあ、行こう。新しい旅に出発です。

第三章　マーミラの港祭りと船競走

まっ青な大空に、分厚く積み重なる白い雲。

ザン、ザザンと船の舳が波を掻き分け、船は軽快なリズムで航路をたどる。

「よし、ここは終わりだ。そっちはどうだ？」

「こっちも終わった。それは奥に在庫があるはずだが、確認しとくか？」

「ああ、そうだな」

船員の皆は相も変わらず働き者です。誰に命令されるでもなく、自分の仕事をきっちりとこなしている。あ、もちろん私も、これでもかっていうほどの大量の洗濯物を洗い終わって、現在、やっと一息ついたところです。まっ赤になった手のひらを擦り合わせながら、腰を伸ばして洗濯物がはためく空を仰ぎました。本当にいいお天気。

本日は晴天。頬に触れる風は気持ちよく、波もそこそこ。平穏無事ですね。

「うん？　メイ、何してんだ？　ああ、洗濯か。もう一刻ほどでマーミラに着くぞ」

なるほど、あと一刻ですね。了解です。

バルトさんが指差す先に大陸が見える。あれが次の寄港地である港町、マーミラ。

「陸地が見えたぞー」って声を聞いて、すでに半日以上。だが、海は広いぞーでっかいなーって歌があるように、大海原は大変広いのです。姿は見えども、なかなか大陸にたどり着かない。この世界は広く大きく、海も雄大だということですね。

「マーミラ、楽しみですね」

私が期待を込めてにこっと笑うと、バルトさんもにかっと笑った。

「おう、俺も楽しみだ。今時分のマーミラは、祭りのまっ最中だからな」

「祭り？」

首をかしげると、バルトさんは嬉しそうに髭を撫でた。

「ああ、聖女を称えるマーミラの祭りは有名なんだぜ。三年に一度、近隣住人や観光客がここぞとばかりに集まる。その大勢の客目当てにあちこちから行商人や旅芸人も集まって商売を始めるから、美味い物、珍しい物がたくさんあって、そりゃ面白いぜ」

へえ、ちょっと楽しみ。

「この祭りは、各種自慢大会のようなもんがあってな。腕自慢の料理対決や、腕利き連中を集めた船競技、美人品評会や、薬当て対決、目利き品評会なんてのもあったな」

楽しそう！　町挙げての一大イベント的なお祭りだね。

「料理対決？　地元住民だけ？　レナードさんが出たら絶対優勝だと思うけど」

「おう、よくわかったな。前二回の優勝はレナードだ。圧倒的な美味しさで断トツ優勝。ま、当たり前だな。新人を育てたいから今回は遠慮するそうだがな」

あ、やっぱり。

「もともとこのマーミラには、ちーとばかし長めに滞在する予定だったんだ。祭りに参加できるくらいにな。この船にはマーミラ近郊が故郷の船乗りが結構乗っているから、気休めかもしれんが、船員のちょっとした里帰りも兼ねてんだ。毎回、こうして航路に組み込まれるから、俺たちにも馴染みがいろいろあったりで、それなりに気安い場所なんだぜ。それに、あ、これ知ってたか？　セランはこの国の出身なんだぜ」

私は首をふるふる振った。マーミラはセランの故郷に近い港町らしい。故郷かぁ。

私の故郷で思い出すのは、セピア色の記憶に紛れた懐かしい町の風景と薄れゆく影。望んでも決して手が届かない遠い遠い場所だ。時間が経つにつれ風化していく思い出に、つきりと痛む過去の爪痕。いつかあの町に、私は帰ることができるのだろうか。

強い焦燥感に心が軋む。気がつかないうちに過去の記憶と感傷に引きずられそうになるが、ザザンッといつになく大きな波が横から船壁を叩き、ぐらりと足元が大きく揺れて、はっと我に返った。

「うん？　今のでロープが緩んだか。メイ、足元に気をつけろよ」

何度か瞬きして、頭の奥に映るセピア色の記憶に慌てて蓋をした。私のこれは、明らかにホームシックだ。過去の風景は現実にはあてはまらない。それを私はよく知っている。忘れてはいけないと、自分の頭をぽかぽかと叩く。

大体、ここで過去を思い出して感傷に浸ってなんになるというのだ。私の故郷がこの世界のどこにもないのを、今さらのように嘆いても始まらないではないか。

「はい、気をつけます」

ぱんと自分の頬を軽く叩いて、感傷を切り離し頭の切り替え。えーと、なんの話でしたっけ？　あ、思い出した。セランの故郷の話だ。そういえば、セランから家族の話を聞いたことがない気がする。何かの話題でセランの家族は誰かが話題を振ると、いつも違う話題に変えられ、誰もそれを追求しない。でも仕方ないと思う。何気ない仕草で顔を背けた一瞬に、セランが見せた顔。悲しくて哀しくて泣きたいけど泣けない苦悶と苦笑が混ざった複雑な表情。セランの家族に不幸があったのは想像できた。

人間、生きていればそれなりに、胸をかきむしられるくらいに辛いことだってある。どうやっても取り返しのつかない過去を抱いて、悔やみ涙することだってある。そのままだといけないと外側にいる人間は言うだろうが、だけど、心の大事な部分に無遠慮に手を伸ばされたくないという気持ちもわかる。この船の仲間は皆とても優しい。だから誰もが口を閉じる。セランの傷を時が癒してくれるのを、一緒に待っているのだろう。でも、もしセランの家族がこの国にいたのならば、この祭りにも参加していたことがあるのだろうかと、ふと思った。たとえ今は悲しい出来事が頭を占めていたとしても、この祭りの光景を前に、せめてセランが思い出す家族の顔が笑顔であればいい。そう思う。

「メイ？　どうした？　何かあったか？」

バルトさんの問いに、ふるふると首を振る。

「ないよ。ちょっと考え事してた。それよりバルトさん、祭りのことをもっと教えて」

「そうだな。祭り最終日に、すげえ盛り上がる船競走がある。マーミラの町の右左の顔役が集めた才能ある連中に看板背負わせて、三年間の町の主権をどちらがとるか競い合って決めるんだ。それに俺の古くからのダチが毎回出場してる。こいつはとにかく頭にドがつくぐらい真面目な奴だが、先導としての腕は確かだ。奴のチームも今年は腕利きが多いから楽しみだ。今年はどのチームも船を新造したらしいし、顔役の代替わりもあって、コースに新しい工夫もあるらしいから、面白くなりそうだ」

船競走かぁ、ヨットレースみたいなものだろうか。

「コースに工夫？」

「ああ、ちょっとした可愛い障害物のようなもんだ。修練を積んだ先導が船に乗ってりゃ特に気にするようなもんじゃねえが、人間誰しも本番になると手先が狂うってことがあるみたいでな。毎年馬鹿な失敗をする奴や稀にトンでもねえことが起こる。船乗りなら一見の価値ありだし、素人が見ても相当に面白いぞ」

なるほど、なるほど。緊張で本番に限って失敗するという感じだろうか。

「でも、バルトさんのお友達は毎回優勝候補に挙がってるんでしょう。すごいよね」

衆人環視の中でちゃんと結果を出しているのだから、それはすごいことだと思う。

「まあな、奴は稀に見る優秀な腕を持っているうえに、練習量だけでも半端ねえ真面目な男だから、当然の結果と言やあそうなんだが、まあ、今回は特に気合が入っているから、ちーとばかし心配っちゃあ心配でな」

バルトさんは髭を触りながら何かを思い出して、ぶふっと声が漏れるように笑った。

「あのな、俺のダチ、そいつはセブって言うんだが、とんでもねえヘタレなんだ」

は？

「ガタイは俺より大きいし、男っぷりも悪かねえ、頭もそれなりで喧嘩も強え。だけど、本当のアイツは昔から気が小せえし、相手が意中の女だと、声一つまともにかけられねえ純情ヘタレ野郎なんだ。笑ってくれたらそれで満足とか平気で口にする馬鹿だ。だから何年も片思いって阿呆な真似をしてる、どうしようもないヘタレアホだ」

ほうほう。しかし、お友達にヘタレアホって、あんまりではないでしょうか。

「あまりにじれったくて、いっそ押し倒せって発破かけるところだが、片思いの相手は借金持ち、子供持ち、稀に見る鈍感持ちの三強でな。周りで囃し立てて持ち上げても、かすりもしねえ相当な鈍感女なんだ。だが、傍から見ている分には面白くてな。そのままで何年も経っちまった。もう俺は、当人同士がいいなら、そのままでいいんじゃねえかと思ってたんだが、どうやらヘタレにも思うところがあったようでな」

おお。もしかの恋バナ発展？

「実はな、あのヘタレが今回の優勝を掲げて、やっと求婚に踏み切るらしい」

きゃあ、プロポーズですか。いいな、いいな。ドキドキわくわくだよ。

「いいね。それは素敵だね」

私が目を輝かせて返事をしたら、バルトさんが嬉しそうに笑った。

「おう、だから二重の意味で楽しみなんだ。メイも奴を応援してやってくれ」

応援ですか。もちろんですとも。

「はい。私もしっかり応援します」

にこにこと笑っていた私の肩に、大きく温かな手がぽんと載る。

「何かいいことがあったのか？」

手の主を見上げると、いつの間に甲板に上がってきていたのか、レヴィ船長でした。いつもながら見惚れるようなレヴィ船長の緑宝石の瞳。彼の瞳に映る私の姿は子供みたいに笑っていた。まさかの恋バナに浮かれて事情を話そうとしたら、バルトさんが人差し指を口の前に立てて、シーって仕草をした。うん？　内緒ってことだろうか。

「はい、い、いえ、あの、マーミラの話をですね、バルトさんが、その」

私は顔の筋肉に力を入れて、緩む頬を必死で引き上げた。

バルトさんが私の言葉を遮るように、慌てて違う話題を振った。

「レヴィウス、えーと、そ、そういやマーミラの滞在日数の調整はどうなってんだ?」

レヴィ船長は、肩をひょいっとすくめて普通に答えた。

「航路を大きく外れたが時節海流にうまく乗れたせいで、そこまでのロスはない。せいぜい滞在期間が三日ほど少なくなるだけだ」

「お、おう、そうかそうか。それなら問題ねえな」

マーミラには本当なら、祭りの三日前くらいにたどり着く予定だったが、嵐にあったり、無人島に漂着したりしたので予定よりも遅れた。だけどあの後、都合のいい海流を捕まえられ、船足は驚くほど速く進み、なんと三日程度の遅れですんだとか。

「幸運の海流というべきでしょうね」と、カースがほっとしながら、海図に嬉しそうに新しい海流を記入していたのは記憶に新しい。

でも、バルトさんに言わせると、この船だからそれしきの遅れですんでいるらしい。というのも、噂ではあの嵐で、同じ海域を進んでいた他国の船にかなりの被害が出ているらしいのです。この船がそうならなかったのは、私が嵐の情報を直前に伝えられたことと、あの嵐の海を乗り切ったレヴィ船長の優れた操舵技術にあるらしい。あの荒れ狂う波と風と雨の中、船を波と平衡に保つ絶妙なその技術は、船乗りならば誰しもが羨望と驚愕《きょうがく》をもって称賛する腕前らしい。

レヴィ船長は本当にすごい人なのだって改めて実感した。すごい人なのに、海で拾ったどこの誰ともわからない私を受け入れてくれて、心配までしてくれる。優しく度量の広い、本当に頼りになる素敵な船長さんなのです。副船長のカースは賢くて優しいし、レナードさんのご飯は美味しいし、バルトさんはいつも楽しい話をしてくれるし、船の皆は何も聞かずに私を受け入れてくれる。本当に心優しい人たちばかりです。私、この船に拾われて本当によかった。

それはともかく、予定より三日ほど遅れたが、もうじき予定の寄港地である港町マーミラに着くらしい。ここでは、いくつかの荷物を降ろして、イルベリー国への荷物を積む。滞在期間は補給も兼ねて十四日間。当初は十八日間滞在予定だったが、日数が押しているので、できれば十四日で済ませたいということでした。

マーミラは、堅実で信頼実績のある二人の顔役の下、なかなかの賑わいを見せている港町らしい。主な収益は港から上がる税金と、交易の場である昼の町と夜の歓楽街。人々は陽気で朗らかな性質で、船乗りにとって居心地のいい楽しい町であるそうだ。顔役の代替わりがあったらしいが、その息子も誠実な人柄の確かな人物らしく、今回の寄港に際しても特に問題はないらしい。祭りの期間は楽しい音楽が町中に流れ、大道芸人やたくさんのお店が立ち並ぶ大きなお祭りなんだとか。

それだけを聞いていても、初めて見る町にわくわくします。レヴィ船長やカースの手が空いたら、一緒に美味しい特産料理を食べにいく約束をしました。ルディとマートルとお土産ショッピングをする予定もある。十四日間の楽しい予定を考えるだけで頬が緩みます。ああ、楽しみ。

さて、一刻経ってマーミラの入港手続きです。

祭りで賑わいを見せているマーミラの町並みを遠目に、まだかまだかとそわそわしながら、カースが小舟で先触れとして入港手続きをする様子を、甲板の上で他の皆と一緒に待ちます。騒がしい程大勢の人であふれたマーミラの港町。嬉しそうに行き交う人々。奇抜な格好の大道芸人に、シャラシャラと鈴の音を鳴らす踊り子と、聞いたことのない音楽。町のあちこちから匂うどこかエキゾチックな香水の匂い。それに負けないように、そこかしこから漂うジュウジュウと美味しい何かが焼ける匂い。お腹が空いているわけではないのに、口の中に大量の唾液が絶えず湧いてくる。なんだろうこの匂いは。トマト？　醬油？　ゴマ？　香ばしい香に食欲が刺激され、私をはじめとする多くの船員のお腹がグゥゥと鳴った。

「かぁ～、いつもながらたまんねえな、この香り」

「今年も楽しみだぜ、バリボリはやっぱゴマを振った塩焼きだな」

「いや、タレつきも捨てがてぇ。それから、あの例の姿揚げが今年もねえかな」

「ああ、レナードが前回優勝した時のだろ。あれ相当美味そうだったもんな～」

こんな匂いを充満させた港を前に、誰しも考えることは同じです。レナードさんの優勝作品の絶品料理、ああ、食べてみたい。私も口の端を拭いました。

＊

舷梯を右端の船着き場に降ろして、さあ係留所に荷物を降ろしますよ～という時になって、私たちの前に大勢の人がぞろりと並びました。それも、真剣な鬼気迫る顔で。彼らは一体何なのでしょうか。縋るような視線と気圧されそうな気迫に引きそうです。えーと、この港の人たちは、こうやって船をお出迎えするのが主流とか？

「おい、なんだ？　なんだって、こんなに人が集まってやがるんだ」

「祭りの最中のはずだろ？　何があったってんだ」

「俺が来るのを待つ美女の群れなら歓迎だけど、おっさんばっかじゃねえか」

「いや、子供もちょろちょろしているぜ。この際、数年後の美女で我慢したらどうだ？」

「馬鹿野郎！　数年後じゃあ、俺は素敵中年だろうが。あれ？　それもありか？」

「ねえな。断言してやる！　お前はおっさんの仲間入りだよ。それより今は、先の見えたお前の未来より、この状況のほうが気にならねえか？」

「どうして俺の先が見えんだよ。お前、預言者か！」

そんなお気楽な話題で会話を楽しんでいる我が船員たちを前に、集まっている住民は誰一人として笑うどころか顔を緩めることすらしない。それどころか、なんだと首をかしげている私たちを前に、深刻な顔でただ見ているのです。

「どういうことでしょうね。これは」

カースが眉間にしわを寄せながら桟橋に降りていくと、集まった群衆を掻き分けるように、キラッキラな金の髪の男の人が現れました。

「ようこそ、我がマーミラへ」

歪んだ笑みを浮かべて大げさに両手を広げて迎えたのは、軽薄な印象を拭えない軟弱そうな男。こいつは誰だと眉をひそめていたら、監査官がこっそりと教えてくれた。

「あの、こちらは、マーミラの右の顔役のアンドレア様です」

その言葉に、カースは男を観察しつつ記憶を探る。

男の年齢はどう見ても二十代。この町を取り仕切る左右二人の顔役というのは、いわゆる市民の代表だ。町の人格者として市民の尊敬と敬愛を集めている存在。この町の人々にとっては、王都に住み、めったに顔を見せない領主よりも、民と語り合い、町を取り仕切る顔役の方が馴染み深い。そんな顔役の一人に奉じられるには、目の前の男は、あまりにも年若すぎのように思われた。そしてその名前、アンドレア。確か、この町の顔役の一人息子、素行が悪く何年か前に勘当された男の名がそうだったと思い当たったが、カースは素知らぬ顔で相対した。もちろん動揺する態度も見せない。

「お忙しい中、顔役自らのお出迎えに感謝いたします」

堅い挨拶をして軽く頭を下げるカースに、アンドレアは胸をそらして笑う。

「ほほう、粗雑粗暴な船乗りにしてはなかなかだ。その殊勝な態度も気に入った」

思わず眉根を寄せるカースに、アンドレアはさらに言葉を続けた。

「よく聞け！　今すぐにお前の船の積荷をこの僕に献上しろ。そうすれば、お前は頭もよさそうだし、僕の側近に取り立ててやってもいい。先日の大嵐のせいで、親父や忌々しい役職連中の席があいたからな。僕の力でお前を右の助役に据えてやろう。船乗り風情が顔役補佐になるのだ。大変な出世だと思わんか？　光栄だろう」

町の人格者として知られる顔役の言葉とも思えない台詞と、頭を疑いたくなる内容に、カースの思考が一瞬停止したが、そこに大層不機嫌な顔のもう一人の男が現れた。

「おいアンドレア、その船の積荷は左が頼んだ品だ。勝手な真似をするな」

茶色の髪に榛色《はしばみいろ》の瞳、生真面目さが目立つ顔立ちの二十代前半の男がカースとアンドレアの前に立った。

「この馬鹿が失礼な真似をした。私は左の顔役のマティアスと申します。マーミラの市民を代表し、奴の非礼を詫びます」

　堅いながらも威厳を伴った堂々とした挨拶に、これが顔役だと納得して頷きそうになる。だが、アンドレアは軽薄な笑みで、犬を追い払うように手を振って笑った。

「ふん、何が左の顔役だ。お前は死んだ息子代わりに養子に入った卑しい孤児だ。いくら左の連中が認めたとはいえ、娼婦が産んだ孤児の分際で、この町の伝統ある顔役を名乗るなど冗談がすぎるわ。左の連中は常識を知らんようだ。呆れてものが言えん。これでは祭り最終日まで待つまでもないわ。お前たちには勝ち目はないと言い切ったようなものだからな。お前らが這いつくばって、これから一生僕に逆らわないと言うのなら、慈悲深い右の顔役である僕は許してやろう。それができないなら、お前もお前の周りにいる馬鹿な連中も、とっととこの町から出て行け。目障りだ」

　マティアスは、ふうっと大げさなため息をついて首を振った。

「賭け事に嵌って莫大な借金を残して逃げた馬鹿息子のために、お前の死んだ父親は何度も頭を下げて回っていたことをもう忘れたのか。そんなお前に伝統あるこのマーミラの右の顔役が務まるとも思えない。俺にしたら、親が死ぬなり帰ってきたお前を、突然右の代表に据えた助役連中の頭がどうにかなったとしか思えない。大体、俺のことを孤児と言うが、俺とお前は正確には従弟の間柄だぞ。俺の父とお前の父親は兄弟なんだからな。それは公然の事実だ。それに、お前と違って俺は、病床の父の側で顔役としての経験を積み、ちゃんと認められ、今回から正式に顔役に就任している。祭りのために用意していた奉納酒も今、届いた。もう祭祀を行うに不足な物はない。わかったら祭りの邪魔だ。お前こそこの町からさっさと出て行くんだな」

マティアスの言葉にアンドレアは、まっ赤に顔を染めながら吠えた。

「善良な顔役だった我が両親をはじめとする亡き助役連中は、狡猾なお前に騙されたのだ。書類などお前が偽造したんだろう。この町の崇高なる顔役の役目は、代々この町を守ってきた正当な血筋を引く人間でなくてはならない。僕のようにな。大体、左右顔役など必要ない。この町の顔役は、僕以上に相応しい人間などいないのだからな」

マティアスはちらりとアンドレアを見たが、それだけだ。

そのうえで、マティアスは彼を全く無視した様子でカースに話しかけた。

「それより、着いて早々に申し訳ないが、左の顔役の名で頼んだ荷を降ろしてもらえないだろうか。貴方の船が運んできた荷は、祭りの最初と最後を締めくくるシェルリアの至宝と呼ばれる奉納酒です。それがないと祭りが始められない」

後ろで書類をチェックしていた監査官が、一枚の書類を抜き出して言った。

「ここに顔役の受取のサインがいるのですが、どちらに渡したらいいのでしょう」

アンドレアとマティアス、二人が同時に振り返った。

「「（僕）（俺）に渡せ！」」

監査官は口元をひくりと引きつらせ、差し出した書類はへろりと垂れた。互いに睨み合い、どちらも手を引く様子がない。さらなる言い合いに発展しようとしたところで、カースがにっこり微笑んで言った。

「では、受取のサインはお二人に、でよろしいでしょうか、監査官。ここに同じ物がもう一枚ございます。どちらがどうなのかはさておき、ここで言い争っていては住民に迷惑をかけるだけでなく、祭りを楽しみにしている人々に申し訳ないので」

カースの言葉に、彼らを遠目に取り巻きながらもずっと見つめている住民の視線に気づいたらしく、お互いに顔を背けながら書類に手を伸ばした。

かくして二枚の受取の書類と入港審査の了承書類を持って、カースは船に戻った。

その後、なんだかんだと言いながらも監査官の立会の下でいち早く、シェルリアの至宝と呼ばれる酒樽が一つ、ごろごろと港の中央に設置された献酒台に降ろされ、大きな木槌を振り上げた男が酒樽の蓋をパカーンと勢いよく割った。咽《む》せるような濃密な酒の香りが辺り一面に漂う。町の住民の歓声が、わっと沸いた。

「シェルリアの至宝が、祭りの奉納酒が届いたぞ～。祭りだ。祭りが始まるぞ～」

「めでたいね。祭り万歳だ。さあ、店を開け！　商売を始めるぞ！」

「稼ぎ時だぞ、さあ、美しい踊り子たちよ、みんなの視線を虜にしろ」

「家々に知らせろ！　祭りの宴の準備を頼め」

「おお、やっとだ。やっと祭りが始まる。飲むぞ食うぞ賭けるぞ」

「おい、焦らずいけよ。祭りが終わる前に、懐の銭が全部消えちまうぜ」

「ありがとよ、祭りで銭を稼いで帰らねえと、首を括る羽目になるところだった」

「はっ、首を括る前にお前のカミさんの尻に潰されて泣くのがオチだろ」

「ちげえねえ、ちげえねえ」

「港の燈火に薪を足せ！　騒げ！　笑え！　歌え！　踊れ！　祭りだ」

目を輝かせて人々が港から離れていく。イルベリー国の旗とハリルトン商会の旗を揺らした大きな帆船はようやく、ぎらぎらした視線を外され、船員一同でほっと一息ついて、ようやく他の荷を降ろし始めた。腰の低い年嵩の監査官に、改めて申し訳ないと頭を下げられ、船員たちは奉納酒の樽以外の荷を順序よく降ろしていった。

＊

そろそろ最終日に使う予定の例の樽を降ろそうかという時に、一際大きな笑顔の荷受人、ハリルトン商会マーミラ支局、支部長補佐のミシェルが、ずいぶん遅れて現れた。彼は、かの有名なレヴィウス船長とカース副船長を、このマーミラに迎え入れたことに大層感激し、鳥の巣のような頭を下げて握手をするべく手を伸ばした。

「お疲れさまです。お迎えが遅れまして申し訳ありません。これは全て支部長が悪いんです。僕の責任ではありませんので悪しからず。まあ、それはさておき、本当にご苦労さまでした。あの大嵐の中を、よくぞご無事で到着されました。もうご存じかもしれませんが、あの大嵐を乗り切った船は、貴方たちが乗る我がハリルトン商会の船だけです。あの時期にあの海域を運航していた他の船は、残念ながら沈没破損大破等々、被害は甚大でした。そんな中、ここまで無事に辿り着いた貴方たちの船の評価は以前にもまして鰻登りです。ハリルトン商会の信用度も増し商売はいつにも増して上向き、注文もざっくざく。支部長も僕も鼻高々ですよ。実に気持ちいいです。あ、カズン支部長は新たなる取引のため、本日ここに来ることができませんが、レヴィウス船長とカース副船長とは、このマーミラ滞在中にぜひ一度夕食をご一緒したいとのことでした。その時は、ぜひ僕もご一緒させてください。旅の話や他の町で流行っている商品の話など、いろいろ聞きたいです。何しろ自慢できますので」

　息継ぎなしに話しかけるこの男はともかく、いかにも商人らしい得手勝手な主張に、カースは苦笑しつつ差し出された手と握手し、話題を変えた。

「そうですね。機会がありましたらと伝えてください。それより、残りのシェルリアの奉納酒はどちらに降ろしたらいいのでしょうか。注文主である左の顔役の姿も見えませんし、この書類にはその項目がないようなのですが」

その問いに、大袈裟に跳び上がったミシェルは、風船が萎むように見事に縮んだ。

「あ、あのですね、その件なのですが、生半可に降ろせないというか、その……」

途端に、もごもごと言葉を濁し、両手の人差し指を合わせてもじもじと指遊びを始めたミシェルに、レヴィウスは右眉をくいっと上げて問うた。

「先ほどの連中か？」

ミシェルの背中が面白いようにびくりと跳ね、カースが冷たく目を細めた。

「ほう、常に公明正大の基本理念を掲げる我がハリルトン商会に、彼らの問題を押しつけられましたか。商館の関係者と地元の有力者の癒着。それは感心しませんね」

ミシェルは、ぎぎぎと音が軋みそうに首を回し、やっとのことで言葉を発した。

「支部長が、支部長が引き受けてきちゃったんです。さすがと褒められてつい受けてしまったようで、悪いのは全て調子に乗ったアホな支部長です。僕じゃないです」

まずは謝る商人根性はさすがだが、ミシェルに反省の色は見えない。彼と支部長にやや呆れつつ、カースは小さなため息をついた。

「それで？　カズン支部長は我らにどうしろというのです」

カースの顔色を窺うように上目遣いで言った。

「ええっと、面倒事の元であるシェルリアの奉納酒は、今のこの町でもっとも安全かつ安心なレヴィウス船長の船に、祭り最終日まで載せておけと」

カースの眉間にぴきりと青筋が浮かぶ。

「なんですかそれは。あの大嵐の中を命賭けで荷を運んできた我らに、これから祭り最終日まで奉納酒の警護に当たれと。まさか本気でそう言っているのですか」

ミシェルは、零下を思わせる冷たいカースの視線から目を逸らしながらも説明する。

「えーと、ご存じかもしれませんが、今のこの町は新しい顔役がその権利を懸けて二分しているのです。本来、祭りの奉納酒は三年前の競技で勝った顔役が用意する慣例があり、今回は左の顔役なんですが、この度は少し事情が違いまして。本来、それぞれの顔役の家で奉納酒は厳重に管理されるのですが、新しく左の顔役になったマティアス様の家が先日火事にあいまして、仮住まいの住居に右の顔役連中が侵入したりと、まあ早い話がかなり物騒なのです。そういうわけで、奉納酒の安全な保管場所がなくてですね。祭りを楽しみにしている住民のために、ここは我らが手を貸そうと」

「ならば、カズンか貴方が管理すればいいでしょう。我々を当てにせず」

「あ、駄目ですよ。商館の使用人はみんなへっぴり弱腰ですから。誇ってもいい役立たずです。カズン支部長だって、腕っぷしは五歳児にも負けますから。ぷぷっ、僕は八歳児まで大丈夫ですがね」

「誰がそんなことを知りたいと言いましたか。この町の権力争いに商館や我々を巻き込むなと言っているのですよ。意味がわかってますか」

カースの機嫌はみるみる急降下して、ミシェルに向ける視線はどんどん冷たくなる。

だが、ミシェルは調子に乗って気づかず、なめらかな口をさらに滑らしていく。

「でも、運任せっていうか、この町の連中は相変わらず脳筋ですよね。最終日の船競走の結果でこれから三年の力配分が決まるんですから。商人にはあまり旨みがなさそうだと思うのですが、ここが商人としての勝負時だとですね、カズン支部長の勘が、いえ、僕の勘もですが、告げていたわけです〜。まあ、雇われ船長にはわからないかもしれませんが〜」

「それで我々を私的に利用することを是としたと。ハリルトン商会の社則に明らかに違反してますね。一歩間違えば犯罪に加担したと取られかねない立場になるというのをわかっていますか。これはもう厳罰処分決定ですね。商館の監査を甘く見すぎです」

調子に乗って商人の心得を得々と話していたミシェルは、悪魔のような笑みを浮かべたカースの言葉に凍りついた。

「え、そんな大げさな。えーと、あの、し、支部長が言ったんです。悪いのはカズン支部長です、僕じゃありません。呪うならカズン支部長一択でお願いします」

へへぇとミシェルはまるで神を拝むように頭を下げた。そんなミシェルの態度にも呆れたが、あまりの勝手な言い分にカースの怒りがぴきぴきと青筋を刻んでいた。

「呪いとは非現実手法ですね。私は確実性を貴ぶ主義です。どうやらマーミラ支部の人事を、綺麗さっぱりと入れ替える提案を本社にしたほうがよさそうです」

カースの言葉に、ミシェルの顔がぱあっと明るく笑った。

「おお、カズン支部長退任？　腹黒い算段ばかりしてるからだな。ざまあみろです。となれば、支部長補佐の僕は副支部長に昇格だ。万歳三唱！」

勝手な妄想で喜ぶミシェルに、カースはニコヤカに微笑んだ。

「副支部長とその補佐以外は解雇、支部長とその補佐は厳重処分のうえで捕縛。のちに国で司法による裁判が妥当ですかね。レヴィウス、どう思います？」

ミシェルの顔がぴきっと固まった。

「まあ、そうだな」

レヴィウスの端的な言葉が追い打ちになり、ミシェルは顔を一瞬で青くした。

「まさか、ぼ、僕もクビ、いや、本国で処分、裁判って、まさかそんなこと……」

カースは冷ややかに目を細めて笑った。

「できないと思いますか？　そもそも支部長と補佐は一蓮托生。諦めたらどうです？」

その絶対零度な冷たい微笑に、ミシェルはその場で土下座した。

「調子に乗りました。すいませんでした。どうか僕だけは許してください」

カースは冷たい目でミシェルを見下ろしたまま、レヴィウスに視線で問うた。

「どうしましょうか」

「カズンの意図は見えている」

「ええ、顔役の主権がどうなるにせよ、恩を売っておきたいといったところでしょう。あわよくば有力者とのコネで利権を得て、まずい場合は補佐に責任を被せて知らぬ存ぜぬ。そこに我々を巻き込むなど、相変わらずの狸爺です。忌々しい」

少し考え込んだレヴィウスは、ミシェルをちらりと見下ろすと肩をすくめた。

「まあ、今回はカズンの考えに乗ってやってもいい。だが、カズンに言っておけ。俺たちはお前の飼い犬になった覚えはない。よって、俺たちに今回貸し一つだとな」

レヴィウスの決定にカースは頷いて言葉を続けた。

「この件は本国に伝えます。国益に反する可能性がある以上、商会として相当の利を示さねば支部の厳罰もありうるでしょう。特に実行犯の貴方は地獄を見るでしょうね」

「え、えええええ、そんな」

「地獄の蓋を開きたくないでしょう。ならば、本日より貴方は私の指示に従ってください。もちろん否は言わないですよね、主犯の支部長補佐さま？」

たらたらと流れる冷汗に、ミシェルは百戦錬磨の赤獅子レヴィウス船長と、冷徹な戦略家と呼ばれるカース副船長への恐怖を意識に刻み込んだ。そして、カズン支部長の明確な意図を知り、思いつく限りの罵詈雑言を頭の中で支部長に浴びせたのだった。

マーミラの祭祀に必要な、聖女の花を使ったシェルリアの至宝と呼ばれた琥珀色の美しい奉納酒は、こうして祭り最終日の船競走までレヴィウス船長の船で管理されることになった。その裏でミシェルは泣きながらカースの要望を叶えるべく青い顔で町中を走りまわり、足らない分は、王都の伝手のあちこちに大至急と書いた手紙を送ることになった。その返事が届くまでの日々、ミシェルの胃は相当に痛み続けることになるが、まぁどうでもいい話だ。

＊

なんだかんだといろいろあったようですが、本日はなんと祭りの最終日です。船の甲板から見る祭りの騒がしさと、人々の笑顔にほっとします。

現在、港の岸壁沿いには、物見台と思しき建造物がいくつか設置されつつあり、木材を槌《つち》で叩く音や、大工仕事をする威勢のいい掛け声が町中に響いています。

祭りの様子は時折、船から見ていましたが、本日は最終日だけあって、かなりの人混みです。お昼間際の活動的な時間だけあって、海岸沿いには多くの人がひしめき合っています。屋台や露店販売などの出店も多く、あちこちから騒がしくも高揚する声が人々の喧騒となって聞こえてきます。

ジュージュー。いい音ですね。それに、いい匂い～。ああ、涎がじゅるり。

「メイ、何をしているのですか。置いていきますよ」

「あ、はい。今行きます」

カースを慌てて追いかけます。人混みの中、私たちが向かうのは、港の左端の桟橋。

この祭りの最大イベントの、船競走の選手たちがいる待機所に向かってます。

この町の住民でない私たちがなぜ向かっているかというと、話は十日程前に遡ります。


十日ほど前、船でのんびりと二日、いいえ、四日酔いを冷まして呑気に甲板で転がって寝ていたバルトさんを訪ねて、バルトさんの友人であるセブさんがやってきました。

セブさんは、毎回船競走に参加している優秀な先導で、このたびの競技でも最大の優勝候補であるはずですが、その姿はどう見ても満身創痍。右手左足、額にも白い包帯を巻き、実に痛々しい様子でした。

「セブ、お前、どうしたんだ、その怪我は！」

セブさんは友人の肩を借りながらも、よろよろとなんとか船に上がってきて、バルトさんの姿を見るやいなや、それはもう見事な土下座をしました。

「頼む、バルト。俺の代わりに競技に出てくれ。一生に一度の願いだ。頼む！」

「はぁ？」

　あっけにとられたバルトさんが二の句が継げないでいると、セブさんは頭を下げたまま簡潔に説明を始めた。

「昨夜、闇討ちにあった。右腕と左足が折れている。これでは到底、先導は無理だ」

「いや、そりゃ見りゃわかるけどよ、それでどうして俺が競技にってことになるんだ？お前んとこにゃあ、先導を務められる優秀な若手がいるだろうが」

「ティルトはたしかに優秀だが、まだ足りない。だが、今回の競技は、どうしても負けられない。だから俺が知るもっとも優秀な先導に頼りたい」

　セブさんの言葉に、バルトさんは顎髭を擦りながら答えた。

「俺が船競走で先導をしてたのは随分前だ。本気で優勝を狙うなら他を当たれ」

　セブさんは、首を真横に振った。

「いいや、俺がどうやっても永遠に敵わない相手、それはバルト、お前だ。お前以外にありえない。今回はどうしても優勝を狙わないといけないんだ。このマーミラの未来とカチュアの将来がかかってる。頼むバルト、俺の代わりに先導を務めてくれ。引き受けてもらえないなら、俺は今ここで海に飛び込んで死ぬ。頼む、後生だ、バルト」

　バルトさんは、大きく深呼吸して、はあ～と大きなため息をついた。

「今まで待ったんだ。カチュアへの求婚は来年にすりゃあいいだろ。何をそんなに焦ってるんだ、セブ」

セブは顔を上げてバルトを見上げ、いきなり大粒の涙を流し始めた。

「カ、カチュアの借用証文が、アンドレアが贔屓にしてる奴隷商人の手に渡ったんだ。この祭りが終わるまでに返済しないと、カチュアは奴隷としてどこかに売られる。優勝賞金で証文を、俺がどうしても、カ、カチュアを取り戻さないと」

「よくわからんが面倒なことになってんな。少しならなんとかなる。貸してやろうか？」

「それが、借金がいつの間にか六倍に膨れ上がってて、優勝賞金でも手に入れないと無理で、それでアイツらが、カチュアの借金を棒引きにしてやるから、船競走で負けろって言ってきて、でもカチュアが駄目だって言うから断ったら、俺は闇討ちされてこのザマに。カチュアはもういいって、諦めて奴隷に堕《お》ちるって言うし、そ、それに、俺の船はマティアス様の名を冠した船だから、俺の船が負けたり棄権したりしたら、マティアス様はこの町を追い出されて、アンドレアが勝つとマーミラが大変なことになるから、どうしても勝たないと駄目で。でもこんな怪我で、もう俺はどうしたらいいかわからなくて。そうしたら赤馬亭のアンナが港にバルトが来てるって」

ぼろぼろと大粒の涙を零しながら部分的に支離滅裂気味だが、事情を説明するセブさんは、甲板に顔を擦りつけるようにして大きな声で泣き始めた。

「あー、なんとなくだがわかった。おい、甲板に鼻水つけんな。汚ねえだろ」

セブは、一瞬ぴたりと泣くのをやめた。

「だら、だのびぎいでぐれ」

「そう言われても簡単に返事はできねえ。わかってんだろ」

セブさんはさらに大声で泣き始めた。

「ぎやだ。ぎいでぐれづまで、おでは、ごごでだぎづづげでじぬ」

大きな体躯を丸めた包帯男が甲板で転がり、おいおいと泣きつづけた。なんだなんだと集まってきた船員たちの間を掻き分けて、レヴィ船長とカースが現れた。

バルトさんは、ぽりぽりとこめかみを掻きながら、申し訳なさそうに船長に言った。

「というわけだ。レヴィウス、カース、すまねえが、いいか？」

レヴィ船長は、軽く肩をすくめた。

「酒が抜けていいんじゃないか」

カースは、鼻水と涙でぐちゃぐちゃのセブさんを冷ややかに見下ろした。

「いますぐに、徹底的に甲板を掃除してください。バルト、貴方はその鼻水男がこの船に近づかないように祭りが終わるまで監視をお願いします」

つまりは、いいよってことですね。二人とも優しい。

そんな感じで、バルトさんはセブさんの代わりに船競走に参加することになり、セブさんと同じく闇討ちにあった漕ぎ手の補充要員に、コリンさんとゾルダックさん、ハロルドさんを連れて船を降り、セブさんのお家に行ってしまいました。

あれから十日です。その間、奉納酒を狙って船に乗り込んでくるならず者や、流しの娼婦と名乗る変な女や、変な売り込みをしてくる商人風な侵入者が現れました。侵入者の皆さんは船の中で暇を持て余していた船員たちにこれでもかと弄《いじ》られ、時に遊ばれ、賭けゲームに参加させられた挙句に身ぐるみはがされ、セブさんに負けず劣らずの泣き加減で船から逃げ出しました。皆さん、ちくしょー覚えてやがれって、必ず捨て台詞を吐いて去るという王道でした。悪役ってどこの世界も同じなのね。

彼らは全て、アンドレアって人が雇った泥棒なのだそうです。正々堂々の勝負で船競走の勝者が晴れて顔役代表の地位を冠すると、世間一般に知られているのに、こうして泥棒を送り込んでくる。これが顔役代表になろうという男のすることでしょうか。

私たちは多種多様の泥棒さんを日々撃退しつつ、船の中で缶詰に。祭りの騒音を横目に日々アンドレアが嫌になります。反対に顔役の仕事が大層忙しいにもかかわらず、時折丁寧に挨拶に来られるマティアス様の印象がぐんぐん上昇しています。

「バルトが勝ったら、マティアス様が顔役になるんだろ」

「ああ、気合入れて応援しないとな」

「レナードに必勝弁当作ってもらって差し入れするか」

「バルトなら酒のほうがいいんじゃないか」

「それもいいが、この祭りの名物、必勝バリボリの塩焼き定食も捨てがたい」

「あ、俺まだ食べたことない。旨いのか？」

「ああ、文句なしに旨い。レナードが絶賛するくらいだ」

「あ、明日の昼食にそれ俺が食べる。こういった祭りの時しか食べられねえらしいし」

「バルトにはどうすんだ」

「バリボリの骨でも効果あるか？」

「あると信じればあるんじゃねえか」

「バルトに殴られるだけだぞ、やめておけ」

「だな。よしメイ、なんとかしろ。俺たちの代表で試合前にバルトの激励に行け」

「おお、いい考えだ。バルトはああ見えて信心深いから、魚の骨よりメイが最適だ」

「はい？　なんで魚の骨と私？　いや、みんなは何を言ってるの？」

「バルトの好きそうな物を市場で適当に見繕って、陣中見舞いに行ってくれ」

「そうそう、俺たちが財布の底を漁って、今から心ばかしを集めるから頼むな」

「ようし、これで決まりだ。財布を逆さに振れ」

「あ、俺、これしかねえわ。でもまあ、気持ちってことで」

「おう、気持ちだ気持ち。よし、景気祝いだ。部屋で飲み直すぞ！」

「おう」

「決まりだ決まり」

食堂で、ばんと背中を叩かれた挙句に、小銭じゃらじゃら載せられた机を前に途方に暮れた私は、雑用から帰ってきたルディに若干涙目になりながら助けを求めました。

だって、船員たちの財布の底に残っていた小銭はバリボリ一匹すら買えぬ金額なんですもの。そして私は無一文。

「どうしよう、ルディ」

話を聞いて呆れたルディがレナードさんに説明をし、当日はレナードさんが必勝弁当を作ってくれることになり、陣中見舞いはお弁当になりました。ですがせっかくなので私はルディと一緒に市場に行き、何か適当な物を見繕うことにしました。

あ、ちなみにシェルリアの至宝って奉納酒の樽は、試合当日に港の奉納台の上に置かれ、衆人環視の中、領主席の側に置かれるそうで、本日早朝にマティアス様が疲れた顔で酒樽を引き取りに来られました。これで私たちの気がかりは消えて一安心です。

ようやく自由の身ということで、船員はほとんど下船しました。私はルディと一緒に市場に行く旨をカースに伝えたら、みんなで一緒に市場にお買い物に行き、その足でバルトさんの激励に行くことになりました。現在、私の両隣にレヴィ船長とカース、後ろにセランとルディ。四人連れ立って、私たちは市場を散策してます。

それにしても、ああ、いい匂いですね。これは、バリボリの海鮮焼きでしょうか。レナードさんいわく、七色の鱗を持つバリボリという魚が大変美味で、この時期のこの近海でしか取れない希少種だそうです。身がピンクで、引き締まって大変ジューシーらしい。また、その魚にちなんで七色飴とか七色の織物だとかが祭りの名物の一つになっているとか。七色って、虹色ですかね。

「いらっしゃいいらっしゃい！　シュワンプのカルメ焼きだよ」

「そこを行くカッコいい兄さん、かわいい彼女にマッシュ巻きを買ってやんなよ」

「横の素敵な兄さんにねだりなよ。クローッシュの蜜だよ」

今の私の両隣は、カースとレヴィ船長です。こういう場合の彼氏とか恋人というのは、カースかレヴィ船長が該当しますよね。ということはカッコいい兄さんがレヴィ船長で、素敵な兄さんがカースってことですよね。ということは、かわいい彼女は私。いい匂いに美辞麗句。うふふ、最高です。かわいい彼女ですって。めったに言われない褒め言葉は嬉しいです。実際には違うとわかっていても一人想像するのは自由です。誰にも迷惑をかけない夢は、お手軽で楽しい。だからいくらでも呼んでください。恋人呼び、カモン、どんとこいです。レヴィ船長が私の彼氏、もしくはこ、恋人。うやぁ～想像するだけで嬉しい。ありえないとわかっていても顔が緩みまくる。

「そこへ行く坊ちゃん、これは家族向け大袋だよ。父さんと一緒に食べたらどうだい」

この場合はセランが父ですか、それなら坊ちゃんはルディだろう。家族旅行にも見えるのかも。セランとルディも含めて、五人そろって観光ツアーって感じでしょうか。

「ほら坊主たち、横の兄さんたちの恋人にどうだい？　すすめてやりなよ。有名なファブルの指輪だよ。素敵だろ？　今なら二つで半額！　お得だよ」

「こっちは最高級のピクチーの香水だ。これならどんな美女もコロリって落ちるよ」

緩んだ顔が一瞬で固まった。言うだけただの商売人根性で、口が滑っているのはわかっているが、今、坊主たちって一括りにしましたよね、つまり坊主って私込み。たしかに今の私はルディの服を借りているし、身体的特徴で出るとこ出てないから仕方ないとは思うが、苦々しい気分です。それに、レヴィ船長たちの恋人にお土産をすすめる台詞も追い打ちかも。彼女かぁ。道行く着飾った女性はボンキュッボンの素敵な美人。国で待つ彼らの恋人はあんなかも。それに比べ、私はやっぱり坊主。少し気落ちしそうです。明らかにテンションが下がった私に、ルディが棒飴を差し出した。

「メイ、これ美味しいよ。メイの大好物のルーレの実の欠片を蜂蜜で固めた飴だよ」

眉を下げていた私の口に、飴がぽんと入れられた。あ、美味しい。蜂蜜の甘い香りとルーレの果肉が溶け合って絶妙ハーモニー。いやん、素敵すぎて舌がとろける〜。

「ほら、メイ、これも食べろ」

セランが口に入れてくれたのは、干しルーレの砂糖漬け。

うきゃ〜、これも、美味しい〜。黒砂糖と果肉の甘味の最強コラボ。

「ありがとう、セラン、ルディ。すっごく美味しい」

甘い物は正義なのかも。もう気落ちってなんのこと？　って気分になってる。にこにこと棒飴や砂糖漬けを食べていたら、カースに甘い香りの屋台のテントに導かれた。

「メイ、これはどうですか？　貴方が好きそうなお菓子では？」

カースがすすめてくれたのは、ジャムを挟んだ甘い香りのクッキー。ああ、これもいい匂い。船ではめったに甘味は食べられないので、大変嬉しい。

「すごく美味しそう。カースの好きな紅茶と合いそうだね」

「一緒に食べようねーっ」と言うと、カースはさらににっこりです。カースもレヴィ船長も、普通に甘味好き男子なので、やはり甘味は嬉しいようです。美味しい物を食べつつ、素敵な二人と一緒にお茶会ができる。私にとっては、目にも舌にも嬉しいダブルの相乗効果なティータイムです。カースのニコヤカな笑みに、店のおじさんがぽっと頬を染めて、おまけをさらに袋に入れてくれた。気がつけば大袋に大量です。おお、あれだけおまけがあれば、みんなで心置きなく食べられる。おじさん、ありがとう！

お菓子の袋をおじさんから受け取ってスキップしてたら、カースに取り上げられた。

「メイ、お菓子が嬉しいのはわかりましたが、もう少し落ち着きなさい。バルトを激励に行く前に転んで怪我をしたり、迷子になったらどうするのですか」

カースは本当に心配性な兄さんです。ですが、荷物持ちは感謝します。だって、人混みの中で大事なお菓子が割れたり壊れたり落としたりするかもしれないですから。

「大体、メイがなぜ、バルトの激励になど行かなければならないのですか」

そういえば、骨よりましってことはわかるけど、なぜ私がご指名なのか結局わからないままですね。レナードさんの必勝弁当をお届けに行くついでだと思いますが。

そこで、セランが苦笑いしながら種明かし。

「ゲン担ぎのようなものだろう。バルトは、ああ見えて意外に運気を気にするからな」

運気を気にすると聞いて、テレビの星占いとかが頭に浮かぶ。

バルトさんに星占い。似合わないような気がしないでもあるような。

「でも勝負師には、勝利の女神がつきものだって誰かが言ってたけど」

おお、星占いなら乙女なイメージだけど、勝利の女神はカッコいいと思う。

「ああ、バルトは海の女神レアナを信仰してましたね。だからメイですか、なるほど」

「ああそうか、メイは漂流者だから。そうですよね」

意味がわからない。カース、ルディ、私にも初心者向けに説明プリーズ。

「海の女神に最も愛される者は、海に生かされる漂流者。昔からの格言だ。そういう意味では、たしかにメイは稀に見る幸運の持ち主と言って間違いないだろうな」

へえーそうなのですか。セランの言葉に自分でも納得です。あの広い海で一隻の船に拾われる確率は何万分の一だろう。そういう意味でなら、確かに私は幸運でしょう。納得したからには、バルトさんの幸運のアイテムとして、何か試合前に激励をするべきですよね。だって、勝利の女神ですから。勝利に向かってお手伝いが何かできないかな。ちょっと考えよう。ということで、私は露天商や、屋台にきょろきょろと忙しなく目をさまよわせながら歩いています。

お菓子屋の二軒先のテントには、綺麗な布地や染色粉や糸を売っているお店がありました。このマーミラの港の特産、七色の糸を使った美しい布地や刺繍作品や絨毯はカラフルでとても綺麗。だけど、綺麗な布や織物は高価で庶民には手が出ない代物だ。現に、目の前にある手織りの布を使ったポーチや布箱は結構ないいお値段。

綺麗な石やフリルや貝殻をあしらった素敵でかわいい品々は、乙女心をぐいぐいと引き寄せる。私も乙女ですもの。こっちもあっちも綺麗〜。

七色模様や可愛い刺繍のリボンを見つめていたら、横から手が伸びて、光沢がある薄い黄色に小さなお花の刺繍がある一本のリボンがするりと抜き取られた。

「これをくれ」

そう言って、一枚の銀貨が店のおばさんの手のひらの上で転がった。

レヴィ船長がリボンを？　誰かに、それこそ恋人にだろうかと、思わず仰ぎ見たら、不意に私の髪を縛った革紐が解かれ、柔らかい感触が私の耳の後ろで揺れた。

「これは、俺からだ」

慌てて私の髪に手をあてたら、革紐の代わりに先ほどのリボンが結んであった。

「レヴィ船長、あの、これ」

リボンといえど手の込んだ刺繍が入った高級品です。こんな素敵でお高い物をとレヴィ船長を見上げると、優しく甘い表情で、レヴィ船長が私に微笑んでいた。

「よく似合ってる」

ドキンと心臓が大きく跳ねた。に、煮合う？　荷遇う？　似合う？　本当に⁉︎

し、心臓がドキドキしすぎて、頭がさらに混乱です。

ええっと、私に何が？　ええっと、そうリボンだ。きっと、そうですよね。

「あ、ありがとうございます。レヴィ船長」

「ああ」

大きな手が私の髪をさらりと撫で、リボンを指に絡めながら頰を撫でる。

その仕草があまりにも丁寧で、指先から伝わる体温が温かくて、素敵な女性扱いされているような気がして、うっとりとしてしまう。

「そろそろ時間です。行きましょうか」

その言葉に、はっと我に返りました。まだ、私はバルトさんに何も買ってません。

お金を皆から預かっているのに、どうしたらと焦って店の中に視線を走らせたら、七色の綺麗な糸束についた安価な値札を見つけました。その時に閃きました。これです！

「お、おばさん、これで買えるだけください」

私は小銭が入った袋をひっくり返しました。糸ならばみんなが集めた小銭で買える。

私の横で、カースが店のおばさんに、にっこり笑ってくれたので、もう一束おまけが。

ありがとうカース。いい買い物ができました。さあ、行きましょう。

＊

湾に沿ってたくさんの船着き場があるが、その一番両極に位置する船着き場の高台に灯台がある。その周りには色鮮やかな簡易テントがぎっしり纏まっていた。

右の灯台の下にはオレンジのテント群。左の灯台の下には明るい緑のテント群。そこに、本日競技に出場する十組七十名の選手が二手に分かれて待機している。

オレンジ色のテントに右と書いた旗、緑色のテントに左の旗がひらひら揺れている。

マーミラの船競走は出発時の事故を避けるために、右の桟橋から五隻、左の桟橋から五隻といった二箇所からのスタートとなる。これは豆知識だが、セブさん曰く、そのスタート位置の慣習から、右左の顔役と呼ばれるようになったのだとか。

競技は、合図と共に一斉にスタートした船が、湾の中央に設置されたブイに向かって進み、ブイに取り付けられた樽の中の旗を掴むところから始まる。樽の中には白い旗が一本と緑とオレンジの旗が五本ずつの、計十一本の旗が入っている。その中から先導が、持ち色の旗を一本取り、五周コースを回り、最後に中央の白い旗を手に入れたチームの勝ちだ。言葉にすると船を使った単純なビーチフラッグのようなレースだが、いろいろ違うところがある。必要なのは、持ち色の旗と船と先導の三つ。三つそろって中央の樽にたどり着き、白い旗を取ったチームの船が優勝となる。

その際に、旗をほかの船の先導から奪ってもよし、船にぶつけて相手を妨害してもよし、船を沈めるもよし、死なない程度に相手を殴ったり蹴ったりして、海に落としても咎められることはない。妨害あり邪魔あり暴力ありの、実にスリリングな格闘技コミコミな危ない競技なのです。

もちろんこれはマーミラの聖女を称える祭りの競技なので、ナイフや殺傷能力の高い武器と認められる物、命の危険をもたらしそうな劇薬は持ち込み不可。違反すると出場資格取り上げだけでなく、罰金罰則が科せられる。だからといって、まったくの安全というわけではないが、一応の線引きをしてるようです。

出場する船の種類は、桟橋に並べてあるのを見ただけでも多種多様だ。楕円形の船や細い笹船のような船、底が浅い船もあれば、たいそう深い船もある。全長がキリンの首のように細長いものもあれば、ずんぐりむっくりなカバのような船もある。

縁起を担ぐためか、船の舳に女神像が載っている船。壁面にミミズの様な文字の祈りの言葉が書いてある船。広告宣伝効果はあるのか、「世にも美しいファブルの指輪、左露店中央で絶賛発売中」と書かれた船まである。実にカラフルだ。

「バルトが先導する船は、緑一番の番号札のついた船です。ああ、あれですね」

カースが指差した船は、特に変わっていたり、余計な装飾もない。緑の塗料が舳と船縁に塗られているだけの普通の船。しっかりとした造りの中型の小舟だが、速さを競うためなのか横幅が細く底も深くない。ごつい男たちが二人並んで座ると、ぎっちりな幅だ。小回りを利かせるためか、船の全長はそう長くない。どこにでもあるような普通の木のオールが六組、予備でさらに三本積んでいるらしい。

できるなら怪我もなく無事にゴールしてほしいものだと思って辺りを見渡すと、派手な看板が目に入った。

『並みいる強豪を倒して勝利の白い旗を掲げるのは誰だ！　賭け率はこのとおり。最後に笑うのは君だ！　さあ一攫千金の夢を摑もう！　賭け札一人一枚のみ、絶賛販売中！』

広告看板に書かれたバルトさんの船の勝率はかなり低い。バルトさんの所属するマティアス様支援チームは三期連続優勝候補の優秀なチームだと聞いているのにこの評価は低すぎるのでは。そう思って首をかしげたら、そこかしこから聞こえてきた。

「おいお前、どこが勝つと思う？」

「俺は、前回三位のルースカイア様のチームだと思う」

「俺は、前回優勝のマティアス様のところだと言いたいが、セブが怪我で代役だとよ」

「聞いた聞いた、それに船の漕ぎ手の半分が新人なんだろ。そうなるとなあ」

「前回二位のピートはって言いたいが、あっちもアンドレア様の指示で漕ぎ手が総入れ替えだとよ。ピートが空回りすんじゃね。そう考えたらそっちもねえな」

「そうかあ、でも大穴狙うならマティアス様の船だよなあ。見ろよ、この賭け率」

「馬鹿だなお前。大穴はめったにねえから大穴なんだよ」

「そうそう、人間堅実な手が一番賢いって母ちゃんも言ってらあ」

「けどよ、ルースカイア様はマティアス様側につくって聞いた。旗こそオレンジのままだが、もしかして、ルースカイア様がピートの妨害に入るんじゃね？」

「うげ。俺の賭け札、今から変更しようかな。スカンジバル様の船にしよう」

「え、話の流れでいったら、マティアス様の船じゃねえの？」

「おいおい兄ちゃん。素人はこれだから。悪いことは言わねえ。緑一番の船はやめとけ。財布が空になるだけじゃあ終わらんぞ」

「なんだ、それ」

「知らねえのか？　その船に賭けた奴ら、とんでもねえ嫌がらせをされるらしいぜ」

「借金がいきなり三倍に増えたり、店先で暴れられたり、アイツら好き勝手しやがるんだ。挙句にアンドレア様に賄賂《わいろ》を渡した商人を優遇するってよ」

「ひでえ嫌がらせに恐喝に賄賂ってか。やってらんねえな。ゲスいことしやがる」

勝率が低いのは、それなりの理由があるらしい。

バルトさん率いるマティアス様のチームは、先導と選手が共に負傷で代役との情報が伝わっていたらしく、勝負師のみなさんは、賭けにかなり慎重なご意見です。

それに、アンドレア側が執拗な嫌がらせをしているらしい。まあ、船に送り込んできた泥棒の数だけでも両手では足りないくらいだった。正々堂々と勝負するんじゃなかったのか。いや、嫌がらせも正々堂々ならいいのかな。

「いや、俺は男だ。大穴の賭け札買うぞ。それで勝ったら金持って商売始めて大金持ちになるんだ。大きな家買って美人で優しい嫁と、金のベッドの上で笑うんだ」

夢は大きく大志を抱け？　一瞬、万馬券に笑う様子が浮かんだが、それはそれだ。

「メイ、許可がおりました。行きますよ」

私たちはバルトさんや出場する皆を激励するため、緑の一番のテントに入った。

テントの中に入ると、バルトさんセブさん以外にも見知った顔が三人。コリンさん、ゾルダックさん、ハロルドさんも選手として一緒に出るのです。依頼主のセブさんやマティアス様も来ていて、真剣な顔でバルトさんに何か話をしていた。試合前の最終打ち合わせというものだろうか。三人の厳しい表情にごくりと唾を飲む。

選手であろう残りの三人の顔はさほど目立った特徴はないが、体つきは船乗りのみんなに負けないくらい筋肉がついている。特に、上腕二頭筋は素晴らしい。ポパイの力瘤が通常モードで常備されている感じです。コリンさんたち三人はのんびりしているが、他三人の雰囲気は硬い。そのうちの一人の青年は、試合前で緊張しているのか唇を噛みしめすぎて出血し、日に焼けた顔がこれでもかとばかりに青くなっている。

「あーくそ、それじゃあどうにもならんのか！」

いきなりバルトさんが頭をガリガリ掻いて机に伏した。

何か問題でも起こったのでしょうか。マティアス様は残念そうに首を振った。

「申し訳ないですが、これも規則ですので」

「そこをなんとか！　頼む！」

バルトさんが、今までにない低姿勢で、拝むようにマティアス様に頼んでいる。これは、よほどの大事件に違いない。事と次第によっては私も隣で頭を下げようと思ったら、深い、海の底よりも深いため息が私の横から聞こえた。うん？

「残念ですが、今回は諦めてください。左の顔役の私が、規則を率先して破るわけにはいかない。どうか了承してください」

　困ったマティアス様を庇うわけではないが、カースがバルトの背中を軽く叩いた。

「バルト、いい大人が無理を言うものではありません。何度頼んでも無理なものは無理なのです。いい加減諦めたらどうなのですか」

　カースはバルトさんのお願いを知っているようです。ですが、あそこまで必死になって頼むのですから、試合にどうしても必要な物ならば規則に反しない範囲で相談に乗ってあげてはと思っていたら、後ろから含み笑いが聞こえた。

　振り返ったら、セランがくくくっと笑いながら教えてくれた。

「バルトの願いは自分の船が一番になる賭け札を買うことだ。祭りの最後の競技である船競走の賭け札は、毎回かなりの人気でな。縁起担ぎのつもりで毎回バルトは購入していた。だが、今回は出場者だ。出場者とその家族は賭け札を買うことは禁じられている。一応聖女を称える祭りなので、金が絡んだ邪な思想を排除するというお綺麗な建前の配慮だな」

　毎回、ゲン担ぎで賭け札を買っているバルトさんは、今回は買えないので文句を言っていると。真剣に試合について語っていると思ったのに。力がかくっと抜けた。

「なんでぇ、せっかく大儲けできると思ったのによ。赤馬の連中にもレースが終わったらとことん散財するってぇ大見得切ったのに、これじゃあ俺が文無《もんな》しになっちまうじゃねえか。やる気だって出ねえよぉ。力が抜けちまうし、負けちまうかもなぁ」

机の上に顎を乗せ、ぐだぐだと文句を言いつつ拗ねているバルトさんの目の前に、レヴィ船長が一枚の木札を見せた。

「バルト、これがなんだかわかるか？」

「あん？」

ものぐさそうにレヴィ船長を見上げたバルトさんの目が、ばちっと開かれる。

「あああ、賭け札！　緑の一番！」

バルトさんが札を取ろうとしたが、レヴィ船長が木札を頭上高く持ち上げた。

「お前が勝ったら、この金はそっくりそのままお前の物だ。どうだ。やる気が出たか？」

バルトさんは、満面の笑みで、にかっと笑った。

「ああ、さすがレヴィウスだ。やる気が大いに出た。もう優勝間違いなしだ」

バルトさんは腕を意気揚々とぐるぐる回した。問題解決、さすがはレヴィ船長です。

「よし！　景気づけに前祝いで一杯やろう」

機嫌よくふんっと筋肉を揺らすバルトさんが、荷物の中から、ごそごそと一本のワインを引っ張り出した。

「大事な試合前に酒ですか？」

カースの咎めるような視線に、バルトは豪快に笑う。

「はっはっは、大事な試合前だからこそだ。いいか？　七人が一丸となって戦うには連帯感が必要だ。俺の経験から言うと、緊張をほぐす意味でも、一緒に飲むってぇのはかなり有効なんだ。おい、メイ、全員に配ってくれ」

　バルトさんに、ぽんっとワインボトルを渡されました。蜜蠟の蓋はなく、ボトルの口にはコルクが簡単にはまっているだけ。これなら、私の手で簡単に開けられます。

　コルクの栓をきゅっと引っ張ると、やはり簡単にスッポンッと抜けた。そのビンのラベルを見ながらカースが難しい顔をした。

「その酒は、かなり度数の高い物です。試合前ならもっと軽めなほうがいいのでは？」

　お酒が好きなバルトさんには嬉しいだろうが、運動前にいいのだろうか。酔って頭がくらくらしないのかな。ワインの持つ独特の匂いがふわっと鼻に薫った。

「ああ、これはそこにいるティルトが持って来てくれたんだ。こいつは当たり年に詰められた上物だ。本当は優勝後に飲もうと思ってたが、やっぱり今ここでみんなで開けることにした。メイ、全員分だぞ。レヴィウスやメイも含め、ここにいる全員だ」

　七人プラス私たち五人とマティアス様とセブさんで、十四人分ですね。了解です。

　慣れた給仕役のルディと私で、少しずつ注いだグラスを全員に配る。

「よし、いきわたったな。それじゃあ、メイ、お前から何か言え」

　は？　なぜ私？　こういう時はバルトさんじゃないの？

「おい、なんで皆がお前をここによこしたと思ってんだよ。俺が最高の運を貰うために決まってるじゃねえか。お前の寿《こと》ぎ《ほ》ワインを俺たちが飲む。最高の運呼びだ」

そうでした。私は幸運のアイテムでした。でも一体何を言えばいいのでしょう？

「言う言葉はなんでもいい。この酒の旨さについてでもいいし、俺たちを称え勇気づける応援でもなんでもだ。バルトさん素敵！　とかでもいいぞ」

う〜ん。勇気づけるって突然言われても頭にさっぱり思い浮かばない。名前も知らない初対面の人が三人いるので、素敵呼びは気恥ずかしい。あとは酒の旨さ？　お酒はあまり得意ではないのですが、一応成人してますし、それなりに正月とか忘年会で飲んだことはある。なんとかなるかとグラスに鼻を近づけたら、ワインの香りの他に何か別の香りがした。

うん？　気のせい？　首をかしげて再度グラスをくんくんと嗅ぐ。

間違いない。赤ワインの芳醇な香りに紛れるようにだが、どこか、つんっとした刺々しい嫌な臭いが隠れている。貧乏人のサガというか、見切り品が好き傾向にある私は消費期限ぎりぎりの商品を購入した際に必ず臭いを嗅ぐ。お肉や魚などもそうだが、嗅げば大概危ない食材かどうかわかるのです。貧乏人スキルだが、お腹を壊すよりいいよね。で、その私のスキルが訴えている。これは怪しいと。焼いたゴムのような、潰れた銀杏のような、口に入れるに躊躇する臭いが混じっている。

「メイ？　どうかしたのですか？」

何度嗅いでみても勘違いではなく、私の鼻センサーは警報を鳴らし続ける。この臭い。恐らく、飲んだら酸っぱく苦い。絶対に相当不味い。私は顔を顰めて言いました。

「あのね、カース、バルトさん、このワインなんだけど」

「も、申し訳ありません。すいません。全て僕の責任です。ごめんなさい」

腐ってると言おうとしたら、目の前でいきなりティルトさんが土下座した。なぜ？

誰もがティルト青年の言葉の意味も行動も、訳がわからないので茫然としていたら、皆の中でいち早く立ち直ったカースが、私からグラスを取り上げた。

「なるほど。そういうことですか」

何がなるほど？　ワインが腐っているのは蜜蠟がされてなかったせいかもしれないし、温度管理が悪かったせいかも。ティルト青年が全て悪いって言えないかもよ。

セランはグラスの中に指を突っ込み、その指をぺろりと舌先で舐めて顔を顰めた。

「……これは、下剤だな。わずかな量でも、かなり強力なやつだ。ワインの強い酸味と香りに紛れているが間違いないだろう。よくわかったな」

レヴィ船長の手が、ぽんと私の頭の上で跳ねた。

「メイ、お手柄だ」

何が何やら、よくわからないが、レヴィ船長に褒められました。嬉しいからいいことにします。にへっと笑い、緊張感のない顔をしている私はともかく、ティルトさんをよく知るお仲間の二人が、自分の持つグラスと目の前で土下座するティルトさんを何度か見比べたあと、勢いよく立ち上がってティルトさんに詰め寄った。

「ティルト、てめえ、何考えてやがる！　これから大事な競技だっていうのに俺たちにそんな薬を飲ませようとしたのか」

そう言われて今さらながらにわかった。そうか、ワインが腐っていたのではなくて、下剤が混入されていたのだと。よかった。自信満々に腐ってるって言わなくて。

ティルトさんは、ぼろぼろ涙を流しながら謝っていた。

「ず、ずびません。ご、ごべんださい。ずびばせん。ずべで、おでがばるいのでず」

鼻を詰まらせながらも頭を床にこすりつけ謝るティルトさんを、その胸倉を摑んで殴ろうとしていた二人は、涙と鼻水でグシャグシャになった顔を見て、拳を下ろした。この涙の訴えは、セブさんにそっくりだ。まさかのそっくり師弟です。

「もしかして……フェルカちゃんのことでか？」

「フェルカちゃんが体の弱い母親抱えて借金で苦労してるの、俺たちだって知ってる」

その言葉に、ティルトさんはこくりと頷いた。

「アンドデアざまが、ご、ごれをじあいばえに、びんなにのばぜだら、フェルカのじゃっぎんをだじにずるっで。ごどばでば、フェルガをうぢどばずっで」

鼻詰まりだから濁音がひどいけど、まあ意味はなんとなくわかる。要はこの下剤入りワインを試合前に飲ませるように、アンドレアに脅されたということだろう。

「セブと同じだな」

レヴィウスの言葉で、マティアス様はぎゅっと手を握り締めて悔しさに唇を噛んだ。

「ティルト、すまない。私に力がないばかりにお前たちに迷惑をかける。本当に心苦しいばかりだ。だがその上で言いたい。フェルカの件は私がなんとかしよう。私の手が届く限りで力を尽くすと約束しよう。だからどうか、お前はここで頑張ってくれ」

マティアス様の丁寧な謝罪を含んだ言葉に、ティルトさんは鼻をビィッとかんだ。

「だ、だって、俺は最低なことをしたのに……」

あ、濁音が直ってる。

黙って話を聞いていたバルトさんが、ぐああっといきなり唸った。

「ティルト、もういいだろうが。誰もワインに手をつけちゃいねえ。ということは、お前はまだ何もしてねえと同じだ。俺たちに悪いと思うなら自分の力で挽回しろや。俺は難しいことはわかんねえが、とにかくお前は、船を精一杯の力で漕ぎまくれ。それで優勝すりゃあ、みんなが喜ぶし俺も喜ぶ。お前の彼女も喜んで、一石三倍だろ」

カースがをちらりとバルトを見た。

「それを言うなら一石三鳥です。マティアス様やバルトの言うとおりですよ、ティルトさん。貴方は悔しくありませんか？　貴方が棄権すると、漕ぎ手が足りない船は船足が格段に遅くなり勝機は消える。それではあちらの望むとおりになってしまいます」

「……それは、そうですが。でも……」

そうだよね。確かに相手の思う壺は悔しい。ためらうティルトさんの前にレヴィ船長が立ち、まっすぐにティルトさんの茶色の瞳を見返して言った。

「お前の大事な人を弄《もてあそ》ぶ奴を許すな。お前たちが優勝すれば、奴の目論見は潰れる」

鮮烈な緑の目とその言葉に、ティルトさんは何かが吹っ切れたようで、力強く頷いた。

「はい」

先ほどまでのおどおどした雰囲気が消え、決意新たに競技に挑む男の目をしていた。


あの後、仕切り直しということで、レナードさんの必勝バリボリ弁当に皆で舌鼓を打ち、誰もが大満足でほっこりしてたら、本日早朝に船に届いた手紙を、カースがマティアス様に、にっこりと笑って渡しました。その手紙を見たマティアス様は、一瞬驚いた顔をしてから、レヴィ船長たちと真剣な顔で話し合いを始めました。

セランとルディは船が心配だからと帰り、レヴィ船長とカースも急遽、商館に。カースは嬉しそうに「貸しを早速取り立てましょう」と笑ってた。なんでしょうね、貸しって。厳しい顔をしたマティアス様は、挨拶もそこそこに忙しなく帰っていった。

試合前なので、皆様大変ですね。ご苦労さまです。そんなご多忙な皆に比べ、私はというと、私もちょっと忙しいのです。私はテントに残りました。試合前に幸運が去ったら縁起が悪いですからね。で、テントの端でミサンガを編んでます。

「メイ、それ、何作ってんだ？」

バルトさんが、横からミサンガの模様を興味深そうに見ている。

「バルトさんは海の女神様を信仰してるって聞いたから、海の波を象《かたど》ってるの」

私のミサンガが必勝祈願になるかわからないが、私を幸運の象徴のように思ってくれるバルトさんの力に少しでもなりたい。そう思って波の模様を編み込んでいく。時間があまりないので簡単かつ太い物になったが、それはそれで気持ちの問題ですよね。

「そっか、ありがとな、メイ。で、それどこにつけるんだ？　ベルトか？」

ミサンガは、太さが一・五センチの幅広。言われてみればベルト飾りの太さです。ですが、ミサンガを腰につけてご利益があるとは思えない。

「うーん、一番いいのは左手首かな。左手が一番願いを叶えやすいと聞いた気がする」

どこかの国のサッカー選手が、神に勝利の祈りを捧げる仕草が左手を心臓の上に置いて祈ることから、ミサンガは左手が一番いいよってサッカー雑誌に書いてあった気がする。あれってサッカー選手限定ではないよね。運命の女神様の心が広いことを祈ろう。

「左手ねえ」

こんな会話をしながら私たちはのんびりお茶で寛《くつろ》いでいますが、私たちの後ろでは
セブさんを交えて緊張感あふれる会議が行われています。

「例年どおりだと、ぶつかってくる場所は、この場所とこの場所が酷いはず。横で受けず、舳か、オールで牽制をすれば致命傷は避けられる」

「では、こちらは？」

「ああ、それはその部分に岩礁《がんしょう》群があって……」

どうやら、ティルト青年は皆と仲直りできたようです。試合のコースについての話し合いだとか言って、バルトさん以外の全員の前で、ここは右でこの場合は左だのと、セブさんが港の絵図を見ながら説明している。本来なら先導であるバルトさんがまっ先に参加するべきだが、バルトさんは彼らの話を聞くだけで、私の前から動かない。

「バルトさん、あっちに参加しなくていいのですか？」

バルトさんは耳穴を小指で穿《ほじく》り、取れた耳垢をふっと吹いてから頷いた。

「ああ、この港の扱いはあいつらの方が慣れてる。大まかなコースはもう頭に入ってるし、細けえことはあいつらに任せるさ。俺は向かってくる波と敵を読んで叩きのめすのが役目だ。理屈や理論は言われてもわからんからな」

よくわかりませんが、バルトさんと皆がそれでいいと言うならいいのでしょう。テントの番号札がココンとノックされ、「そろそろです」と声がかかった。

バルトさんは太い左手を私の前に差し出した。

「メイ、つけてくれ」

「はい」

私は、やっとできあがった七色の波模様のミサンガをバルトさんの手首に回して、簡単に落ちたり外れたりしないよう、結び目をきゅっと固く縛った。大きな怪我などしないように、無事に終わりますようにに、どうか勝ちますようにと、いろいろ欲張りな祈りを乗せつつ手首につけた。バルトさんはでき上がったばかりのミサンガをひと撫でして、嬉しそうに、にかっと笑い、仲間たちを振り返って吠えた。

「おし、野郎ども。いいか！　勝利の女神は俺たちのもんだ。しっかり捕まえて逃がさねえよう、気合入れていきやがれ！」

「「「「「おう！」」」」」

「さあ行くぞ」と全員でテントから出たら、人の群れでびっくりした。テントから桟橋に続く坂の沿道に、マラソン大会で選手を見送るように何かを期待した人たちがこちらを見て手を振り、声援をかける。だが、ただの見送りと括るには人数が多すぎる。

見渡してみても人の後ろに人がいて、そのさらに後ろに人が重なり、沿道から激しい声援が飛んでくる。まるで花道みたいです。

「セルゲン様〜頑張ってくれ！　俺の全財産を賭けたんだ！」

「シェフト様、前回の雪辱戦ですよ〜頼んます！」

「ムールガッシュ様〜ぜひ一番に旗を奪い取ってください！」

私とセブさんは選手ではないので、この花道を通ることができず、海岸沿いにどこかで観戦をしようとしたが、人が多すぎて前に行けません。このまま人波の中に紛れてしまうと、大柄なセブさんはともかく、私では競技が全く見えない。どこかに突入できる隙間はないものかと見ていたら、セブさんに手をひかれ、やってきたのはなんと物見台の真下。おお、ここは特等席です。私たちは今、物見台の下の櫓《やぐら》の部分から顔を出している状態です。ここは大会責任者とその関係者しか使えない場所なのだが、マティアス様のご厚意で私たちはここから観覧できるらしい。ありがとうございます。

「うわ〜すごい。ホントだ。ここからだとよく見えます」

「そうだな。ここは知る人ぞ知る特等席だからな」

中央の旗が入ってる空樽も、右の桟橋の奇抜な色の船も、緑の桟橋に泊まっている船の上でバルトさんが背中や肩を回して柔軟体操をしているのも、全部見える。

カーン、カーン、カーン。


「あ、マティアス様だ」

中央にしつらえられたひときわ大きな物見台に、マティアス様とアンドレアと思しき赤ら顔の男性が立っていた。その二人の前には、シェルリアの至宝と呼ばれる奉納酒の樽。マティアス様は片手を上げて、観客に向かって高らかに宣言した。

「我ら一同、祭り最終日の今日のよき日を無事迎えられたことに、心から感謝する。さあ、聖女に我らからの最上の敬愛と祈りを捧げよう」

マティアス様の合図で奉納樽が割られ、町中の至るところで酒を手にした大勢の観客が歓声を上げる。町のあちこちで酒が一斉に振る舞われ、我先にとジョッキを掲げる。強烈な酒の匂いが潮の匂いを打ち消す瞬間です。

「聖女よ、ご照覧あれ。我らは貴方に勝利と聖なる美酒を捧げん」

アンドレアが赤ら顔でジョッキを掲げ宣言すると、皆が声を張り上げて斉唱した。

「「「聖女よ祝福を。喜びと感謝を貴方に。永遠に我らと共にあれ！」」」

皆が一斉にぐいっとジョッキを呷る。ビールの一気飲みのように、多くの観客が酒を飲みほし、ぷはぁっと空気を吐き出す。

壇上の二人も同じように酒を飲みほし、マティアス様が朗々たる声で宣言した。

「最終祭祀の船競走を始める。さあ準備はいいか、鐘を鳴らせ。十点鐘だ。聖女の恩恵を受ける勇者よ、決選の火蓋を切って落とせ」

＊

カーンカーンと鐘が大きく鳴り始める。十回目の鐘が鳴り響いた時、大きな声援が上がり、右左の桟橋から十隻の船が中央の空樽目指して勢いよく飛び出した。

船の人員はどの船も七名。漕ぎ手が六名と先導が一名だ。

右から出てくるひときわ細く長い船が一番速い。よく見ると、先導も含めて七人で一斉に漕いでいる。私の上方から実況中継のような声が聞こえてきた。どうやらこの中央の物見台は競技の実況中継をする役目を負っているようだ。

「おぉぉー、今年はスカンジバル様の船が一番乗りのようです。二番はピートの船か！」

物見台で身を乗り出している人は、簡単な拡声器のような筒を口元にあてて実況中継している。その横には双眼鏡を持った二人。役割分担をしているのだろう。

「これ以降、わかりやすい実況中継のため、先導の名を船名として呼ばせていただきます」

うん。丁寧。よいアナウンサーです。

緑の一番は五番手。バルトさんは舳にどっかり座り込んでいる。五番手ということは五番目。つまり、まん中です。大丈夫だろうか。五番手というからには、優勝するには四つの船を抜かさなければならない。先制ダッシュという言葉があるように、先にポジションを取ったほうが有利な場合が多いのでは。ほらF1レースとかだと、進む先に邪魔が入らない一番のポジションは、圧倒的有利に思えるのだが。まだ始まったばかりだし、大丈夫だよねと思って見ていたら、実況が吠えた。

「ああ～、シェフト様の船がどうしたことか沈んでいく～！　なぁにがあったのか！」

出発地点からわずかな場所で金ぴか豪華な船がぶくぶくと沈んでいる。大半の船員は沈没しかけた船から飛び降り、シェフト様と思しき金の羽根の装飾品を頭につけた人が、船にしがみつき大声で助けを呼んでいた。

「……今入ってきた情報によると、シェフト様の船は重量過多で、船が耐えきれなかったそうです。黄金の聖女像が重すぎたためと思われます」

あ、そういえば、金ぴかの聖女像が船首についてた船があったような気がする。きらきら光ってたのは金箔ハリボテでなく、正真正銘の黄金像だったのですか。それはたしかに重いだろう。七人分の重量と黄金の重さに船の浮力が耐えきれず黄金の像がぶくぶくと海の底。どうやら女神の加護は彼らに届かなかったようです。

「こぉれで九隻になったぁ～！　さぁどうなるのか！　おおっとぉ、ここで一番手のスカンジバル様の船がオレンジの旗を一本取って～右に回り込む～」

一番手の細長い船は旗を素早く引き抜くと、そのまま右に船首を返した。だが、そこで横から突っ込んでくる船があった。

「ここで早々と二番手のピートの船が仕掛けたぁ～。船の横っ腹に勢いよく突っ込む～」

二番手の黒いオレンジ一番の船が、先頭の細長い船の中央に、舳から突っ込んだ。一番手の船の漕ぎ手二人が、黒の船の先導が持つ大きな棒先で海に叩き落とされた。

「あああぁ、スカンジバル様の船の漕ぎ手が二人、ピートに早速叩き落とされた～！　これでスカンジバル様の船は、漕ぎ手をコースから離れた場所で乗せるか、漕ぎ手を失ったまま進むか、どちらかになります！」

それは、どちらもかなりの時間ロスとなる。せっかく一番手だったのに。

「ああ、なんと先導ピート、ここでさらに追い打ちをかけて潰しにかかる！」

グラグラに揺れた細長い船は、ピートが持つ分銅のような形の棒の先で船の縁をぐいっと押さえつけられ、安定を失う。先頭に立って旗を持っていたスカンジバル船の先導がいきりたって対抗しようと船中央に向かおうとするが、細すぎた船は酷く揺れる上に、移動するスペースがなく、先導が混乱のまま叫んでいる。

「スカンジバル船、船の安定化のために漕ぎ手が船の縁に伏せて抵抗するようだ〜。先導はその背を走って中央に向かう〜！　間に合うか〜」

「うおおおおお〜」

スカンジバル船の先導が大きな威嚇の声を上げて中央にたどり着く前に、ピートが執拗に押さえつけていた分銅型の棒の先をぱっと船の端から離した。その途端に、細長い船は大きくグラついて、ぐるんと転覆した。

「スカンジバル船、転覆！　転覆です！　颯爽と一番手を務めていたスカンジバル船は、なんと旗を取って早々の退場となりました！」

あ、転覆したら退場なんだ。

「二番手のピートがスカンジバル船を沈めている間に、三番手から五番手までが左手から大きく回って旗を取っている！　これでピートの船は四番手に落ちるか〜」

はっと見ると、バルトさんの船は三番手にまで上がっている。おお、一気に三番手です。セブさんが嬉しそうに頷きながら教えてくれた。

「最初の旗を取って船首を回す時が、一番危険で狙われやすいんだ。だから、あの場所で仕掛けてくる奴は仕掛ける。五番手だったのはバルトの指示だろうな。いい作戦だよ。勇み足で先頭を取っていたら、確実にピートの船にあてられていたはずだ」

作戦？　そうなんですか。一番手がいいばかりではないのですね。

「あ、見てみろよ、次の仕掛けに先頭の船がかかるぞ」

セブさんが指差した先には、湾の右端に位置する小さな岩礁群があった。

「先頭を行くルースカイア船は、岩礁群に入る手前で右から迂回した～さすがです。ここは入念な下調べをしたという証拠だ～」

実況中継の言葉に首をかしげる？　なんでいきなり右に曲がるのでしょうか？　私が首をかしげたのを見て、セブさんが教えてくれた。

「あの岩礁群の周りには小さな渦が無数にある。右海から湾内に入ってくる海流と潮の流れによって生まれた渦は、小さいけれど強烈だ」

セブさんが指をくるくる回す。鳴門の渦潮みたいな感じだろうか。

「ああっと、二番手ムールガッシュ船は左から渦を避けながら岩礁群の間を進む作戦か～！　岩礁群に向かって一直線に船を進める～」

楕円形に近いゴムボートのような形の船が、岩礁群にまっすぐに向かっていく。

あの船は喫水線がかなり低い。船底がかなり浅く造られていて、船は海面を滑るように進んでいく。まるで本当のゴムボートのようです。

その横には店の宣伝文句が書いてあり、指輪の広告が見えたのは愛嬌だ。

渦といっても小回りが利いて、軽くて小さければなんとかなるのだろうか。そう思って見ていたら、ムールガッシュ船がいきなりグルンと回転した。そのまま勢いよく回り始め、オルゴールの人形のように一つの場所でくるくると回っている。

「あああ、ムールガッシュ船が渦に舵を取られた〜どうやら舵が利かないようだ！」

セブさんの声がため息と共に聞こえた。

「見た目小さな渦だからと甘く見るからこうなるんだ。あの辺の岩礁群の渦の強さは時おり大きな船でも座礁させることだってあるのに」

おう、やはり渦は怖しです。三番手のバルトさん、四番手のピートさんが右に迂回した。ぐるぐる回り続けるムールガッシュ船の先導が棒を岩礁群に何度かあてて、なんとか渦から船が離れるが、漕ぎ手全員がぐったりとしていて辛そうだ。

ムールガッシュの船の先導が、先ほど取った旗をひらひらと振った。

「あああっとムールガッシュ船、どうやらここで脱落です。先導以外の漕ぎ手全員が渦に酔ったようだ。これは読みが甘かったということでしょう」

なんと、まだ一周もしていないのに、はや三隻の脱落。残り七隻となり、先頭集団は、ルースカイア船、ピート船、バルト船、セルゲン船と続き、少し遅れてリカルド船、シャノワール船、サジノフ船と続く。岩礁群を無事に抜けた先頭を追いかけるように、どんどん同じルートを船が進んでいく。岩礁群を抜けた先で大きく舳を旋回して、今度は左の灯台に向けて船は勢いよく進む。

「先頭のルースカイア船が岩礁群脇を抜けた〜。そして、湾左の目印に向かって進む

～」

「オー、セッ。オー、セッ」

「1、2、1、2」

各船は先導が勇ましいかけ声を上げつつ、ぐんぐんとオールを漕いでいく。

「先頭のルースカイア船が、ここで少し遅れている。どうしたことだ～もう疲れが出たか～。直線では馬力がものを言うようだ～。おおっと、ここで先頭が入れ替わった～！　なんと、先頭はセルゲン船だ！」

先頭にいた唯一の女性先導ルースカイアの操る船のスピードが落ちた。ここで力強い漕ぎ手に定評があるセルゲン船がトップに立ち、そのあとを、ピート船、ルースカイア船、バルト船、リカルド船と続き、サジノフ船、シャノワール船が遅れて進む。

湾左端には、七色の派手な布を巻いた大きな杭が海の中に刺さっていた。これが折り返し地点の目印。杭はうっすら緑に見える海域のほぼ中央に刺さっているように見える。ぱっと見た限りでは、その周りには岩礁群のような障害物はない。だが、その杭の周りをいち早く回るために、まっすぐに緑の海域に向かったセルゲン船が、いきなりつんのめるようにして急停止した。急ブレーキのような止まり方だ。船なのに。

「あああ、先頭のセルゲンの船がいきなり止まった～！　何があったのか～」

漕ぎ手は慌ててオールを深く差し込み、何度も勢いよく漕ぐが、オールの先に緑の藻がびっしりと張りつきオールすら絡め取られ、前にも後ろにも動かなくなっていく。

「どうやら左の難関は鎖藻だ〜！　ここをどう切り抜けるか、セルゲン船！　二番手のピート船は鎖藻を避け右に小さく迂回し、三番手のルースカイアは左に迂回した〜」

藻。緑のは藻だったのね。でも、藻ごときで船が止まるのね。

「鎖藻はとても頑丈なんだ。鎖になぞらえられるだけあって一度絡みついた魚を二度と逃がさない。大きな船ならともかく、小舟だと抜けるのは至難の業だろう。特に、セルゲンの船は横や前方からの殴打にはめっぽう強いが底が深い。あれだと船底に藻が絡みついているかもしれない」

セルゲン船はバイキング船のような形をしている。全体的にもっそりで底が深いのがよくわかる。なるほど。たかが藻、されど藻なんですね。納得です。

「ああっと。四番手のバルト船がセルゲン船に向かっていく〜。どうしたことか〜。セルゲン船の周りは鎖藻地獄。鎖藻がとんでもなく絡み合っているというのに！」

バルトさんが太いオールを二本持って雄たけびを上げた。

「おい、お前ら、そっから出たけりゃ、全員今すぐ船に伏せろ」

バルトさんが大声でセルゲン船に声をかけると、驚きながらもセルゲン船の先導以下六名が、一斉に船に沿うように体を伏せた。

両手に大きなオールを持ったバルトさんが、雄たけびと共に一気に緑の藻のあちこちにオールをぐさぐさと差し込んでいく。バルトさんの激しいオールの動きに沿って、細かな波しぶきが藻を小さく刻むように外していく。

「ああっと、なんと！　なんと！　鎖藻が！　あの強靭な鎖藻が、面白いように切れていく～！　これは今までにない手法だ～素晴らしい！」

セルゲン船は、バルトさんが藻をものすごい勢いで切っていくのがわかったようだ。ゆらゆらと小刻みに激しく揺れる船の中、オールだけをなんとか死守して藻の鎖地獄から抜けられる時をじっと耐えて待っているように見えた。

切れた鎖藻の波しぶきが、空中を躍るように船の頭上から降り注ぐが、バルト船の進路は鎖藻に邪魔されることなく勢いを維持したまま、杭の周りをぐるりと旋回した。セルゲン船の先導は鎖藻の呪縛から逃れた一瞬を逃さず、ここぞとばかりに合図をし、藻が回復する前に、バルトさんが通った安全な道をなぞって進み後ろを追った。

「先導バルトの素晴らしい働きによって、セルゲン船も無事戦線に戻った～！　これで先頭はバルト船、ピート船、ルースカイア船、そして少し遅れたセルゲン船とリカルド船、そのあとを追うのはあと二隻だ～」

ええっと、今のはいったいなんだったのでしょう。セブさんが「うわっ」とか「ウソだろ」とか、「すげええ」とか言ってたけど、何がそんなにすごかったのだろうか。私の疑問がわかったのか、セブさんは興奮しつつ説明をしてくれた。

「すげえ、すげえよ。さすがバルトだ。一体全体どんな目してんだよ。ほとんど一撃で仕留めてる。見ろよあれ。鎖藻は頭と呼ばれる場所を切れば、鎖が落ちるように簡単に解ける。だけど藻の頭は同色で、海中での判別はほぼ不可能だ。表面からでは見分けがつかないうえ、頭部は硬い殻で覆われていて、石でぶつけたくらいじゃ割れない。鉈のような鋭い刃物で正面からすぱっと切らなければ解けないから、鎖って言われてるんだ。むやみやたらに刃物を振るったぐらいでは、藻の頭は叩けない。それをオールの先でやってのけるだなんて、漁師でも熟練の腕前じゃないとできないよ」

ええっと、よくわからないが、バルトさんがすごいことをしたのはわかった。

それに、今のでバルトさんの船がなんと一番に躍り出たのだ。

「ね、ね、セブさん、バルトさんの船が一番だよ。すごいね。このままいけるかな」

バルト船を含む先頭集団は、湾に沿うように大きく回って中央の物見台の方面へ。

「ああ、この先は同じコースを四周して中央の旗を取るだけだから、もしかしてこのままいけるかもしれない」

セブさんと手に手を取ってわくわくしてたら、中継が大声を上げた。

「ああっと、どうしたことだ！　後方シャノワール、サジノフ両船がコースを外れた。鎖藻の地点を通らず、直角に曲がって先頭集団に襲いかかる！」

後方にいた二隻が藻の中継地点を通らず、中央に向かっていた。それも先頭のバルト船に向かってまっすぐだ。

「シャノワール、サジノフ両船は、中継地点を通っていないため、この一周は数えられません。このままだと周回遅れになります。これは優勝を狙うどころではないぞ。もしやどこぞの差し金か！　それともなんらかの作戦があるのか～」

実況が耳に煩い。私は服の裾をぎゅっと摑んで、そのなりゆきを見つめた。

＊

「甲板長、奴らまとめて仕掛けてきます」

コリンの声で、艑で仁王立ちしていたバルトが顎をしゃくった。

「おう、こっちは任せておけ。お前ら、艑を三度右に向けろ。ゾルダック、横っ腹をやられんように、お前はオールで波面を叩いて応戦しろ。コリン、奴らの艑の角度を見ながら三度ずつずらせ。皆も乗り込まれないように、時折オールで水を打ち上げろ」

バルトは左のオールを逆手に持ち、右手のオールを、槍を投げるように構えた。

襲ってくるシャノワールの先導が、勢いをつけるためか甲高い声を上げた。

「ヒョアァー、覚悟しろ！」

「やっちまえ！　二隻でかかれば楽勝だぜ」

まずは意気揚々と襲ってくるシャノワール先導に、バルトが一瞬のうちにオールで掬った海水をばしゃっと頭の上から浴びせた。

「な、何、うわっ、しょっぺ、ぺっぺ」

雄たけびを上げるため大口を開けていたので、海水が口に容赦なく入ったらしい。

「おう、お前ら、ちったあ目が覚めたか」

バルトののんびりとした口調に、シャノワールの漕ぎ手がギンッと睨みつけ、バルトに向かって同じように海水を掬い上げてぶつけてくる。バルトは海水を払うように大きくオール中央を持ち、ぐるぐると車輪のように回して避けた。シャノワールの漕ぎ手の数人が、足元に隠してあったナイフを取り出し、バルトを狙って投げた。

「死にやがれ！」

バルトはそのまま車輪回しで、投げつけられるナイフを次々と弾いていく。

奴らの攻撃を防ぎ、どこか安心しそうになった時、なぜだかメイのつけたお守りがバルトを呼んだ気がした。電気が走ったようにとっさの本能が無意識に体を動かす。

バルトは、無造作に逆手に構えていた左手のオールを上から下に全力で叩きつけた。

その結果、シャノワールの左後方にいたサジノフ船にザバンッと海水が跳ね上がる。

「うわぁ、毒が、み、水。いや、か、海水で洗い流せ。急げ！」

サジノフ船の漕ぎ手中央の二人が頭からべっとりと紫の液体をかぶって白目を剝き、

泡を吹いていた。彼らは一瞬で意識を失い、薬の影響を気にする仲間によって海に叩き落とされた。シャノワール船とサジノフ船は禁止されている殺傷能力のある刃物と薬物を持って、バルト船の妨害を図ったようだった。

「小癪なマネを！　お前の船を沈めれば、俺たちは大金を手に入れることができるんだ。おとなしく海の藻屑になりやがれ！」

濡れ鼠になりながらも、シャノワール船はバルト船の横っ腹に追突しようとするが、わずかに斜めになった船の横板が、舳の衝突ポイントから滑るようにずれていく。

「え？　船が」

舳で横穴を開けるつもりでぶつかっていったのに、船はすり抜けるように届かない。ぱちぱちと瞼を瞬かせながら疑問を素直に口にする先導の動揺が収まらないうちに、バルトが両方のオールを逆さに持ち、それを相手船の舳の下に潜り込ませ、オールを交差させて一気に力を込めて持ち上げ、ぐるんと左に捻った。

「おらぁ！　海の下で魚と仲よくしてやがれ！」

バルトのかけ声と同時に、重いはずの相手方の舳が海面から持ち上がり、同時に左に捩《ねじ》られるように旋回した。

「う、うわぁあぁぁ～」

バチャーンッと大きな波を叩きつけるような音がして、バルト以外の誰もが何が起こったのかわからぬうちに、シャノワールの船はその底を海面にさらしていた。

「す、すげえ。力技でひっくり返したぜ。さすがだぜ、甲板長」

「さっきのなんか、俺には見えなかったぜ。まさに野生の獣」

「俺、もう絶対、甲板長に逆らわねえ」

コリンたちの称賛の声がぼそりと聞こえる。その時六人全員の心が一つになった。

海岸では中継が大声を張り上げている。

「危なかった！　実に危なかった！　バルト先導、まさに神憑《かみがか》り的な攻防だ〜！　これは歴史に残る一戦です。本当に素晴らしかった！　なお、シャノワール、サジノフ両船は禁止武器及び危険薬物使用により失格です。両船全員に罰則罰金重労働が科せられます！」

すぐ左後方にいたサジノフの船は、転覆船の衝撃で水面が大きく波立ち、船が激しく揺れてグラグラと安定を乱していたが、まだ半数以上が船に乗ったままだ。バルトは油断せず、残っている敵を討つために、サジノフ船に狙いを定め、オールを槍のように構えて踏ん張ろうとしたところで、何かを見つけ動きを止めた。その時、セルゲンの船が、いつの間にかサジノフの船の右に急接近しており、サジノフ船の横っ腹をセルゲンの漕ぎ手全員が一斉にオールで叩きつけた。

「お、お前ら、どうして俺たちの邪魔を」

大きく揺れたと同時に防御しようとした漕ぎ手がオールで応戦しようとするも、先ほどの毒液のせいで漕ぎ手が足らないサジノフ船は手も足も出ない。セルゲンの船のオールがサジノフ船の漕ぎ手数人を海に叩き落とし、サジノフ船のオールが根元から折れた。一瞬でオールの大半を失ったサジノフがセルゲンを睨みつけるが、先導セルゲンはサジノフの船に棒高跳びをするようにあっという間に乗り込み、サジノフの腹をドスッと殴りつけ昏倒させ、船から海に叩き込んだ。

「俺は卑怯な奴は好かん。それだけだ」

セルゲンは軽やかに跳んで自分の船に戻る。その勇姿を見て中継が大興奮している。

「す、素晴らしい、セルゲンの蝶のような華麗な技。我々の目を引きつけて魅了する！　軽やかに跳び、鋭く襲いかかる！　まさに鷹！」

セルゲンはバルトの船の横を通る時、バルトに向かって言った。

「借りは返した」

バルトは顎髭の辺りを掻きながら、にかっと笑った。

「おう」

そうして、バルト船とセルゲン船が共闘で二隻を沈めた頃、ピート船とルースカイア船は激しい先頭争いを続けていた。先導ピートがいろいろと小細工をするが、ルースカイアはなんともない様子で全てかわしているようだ。中継はルースカイアを褒め称えている。彼らの船はもうじき岩礁群を抜け、湾の右から左の鎖藻に向かっていくだろう。そのあとをリカルド船が追い、すぐ後ろにセルゲン船、バルト船と続く。

バルトが鎖藻を切ったのを知っているので、もはやどの船も迂回をせずまっすぐに進んでいく。少しずつ差を縮めてはいるが、二周目、三周目と順位は変わらず、四周目に入ろうとした時、バルトは空を見上げて太陽の位置を確認し、しばらく波を見下ろしていたが、「よしっ」と膝を叩いたあと、いきなり叫んだ。

「作戦決行だ。予定どおり勝負に出るぞ」

バルトは大きな声で檄を飛ばす。漕ぎ手は一気に気を引き締めた。バルト船が岩礁群を右ではなく左に進路を取った。実況中継が唾を飛ばす勢いで声を張り上げる。

「ああっとバルト船、変わらない順位に焦りを覚えたか～！　無謀にも左の渦に向けて進路を取った～！　危険です。無謀です。無謀極まりない！」

バルトは中継の騒がしい声にも気を散らさず、集中を高めていた。

「おいお前ら、合図をしたらオールを全て引き上げろ。いいな」

全員がオールの柄をぐっと握り締め真剣な顔で頷いた。

船はゆっくりと渦に向かって進んでいく。

「おし、ここだ。オールを上げろ」

渦に抗うわけでもなく、さらにお手上げとばかりに全員がオールを引き上げる。誰もがムールガッシュ船のようにバルト船が渦に呑み込まれると思い、目を瞠った。

太陽が雲に隠れて空が陰り、目の前の景色が薄れる。これは暗雲立ち込めるかと思いきや、バルトは紬でオールを逆手に一本持ち、慎重に渦外側を回るように持ち手の棒の部分を海面に沈め、ゆっくりとした動作で渦の軌道に沿って棒を動かしていく。

渦は、バルトの船の横を通り過ぎる形で避けていくかに見えた。小さな渦、大きな渦、たくさんの岩礁群に広がる渦の波目の間を、一本の棒だけで、時おり岩礁の底を突くように棒を動かしながら、すいすいとバルト船は進んでいく。

それは、誰しもが初めて見る光景だった。先導ではなく船頭としての腕前が誰よりも上だと認め、その技術に感嘆し、心の底から声なき驚きの叫びを上げた瞬間だった。

難なく岩礁群の間を抜けたバルト船は、ピート船とルースカイア船の前に躍り出た。

「な、そんな馬鹿な」

「ほう、あそこを抜けるか、まことに見事よの」

ピートとルースカイア両者が、違う意味でだがバルトを驚愕の目で見つめた。

「よう、先に行かせてもらうぜ」

バルト船の漕ぎ手は、バルトが運んだ奇跡の所業に興奮し、疲れを忘れていた。

「行くぜ、野郎ども」

「「「「「おう！」」」」」

バルトのかけ声でぐんっとスピードが上がる。

全員の力が漲《みなぎ》る。これで最後と、一斉に力をためて漕いでいく見事なまでの船足。

五周目の最終周は、バルトは岩礁群を通らず右に舵を取った。

疲れが隠せないのか、バルト船にどうやっても追いつけず後方を進んでいた二隻の船は、五分以上遅れてだが、ほぼ同時に岩礁群に向かった。だが、何を思ったかピートは岩礁群を先ほどのバルトと同じように左に向かった。

「俺だってできるはずだ。あんな爺にできて俺ができないなんて、絶対に絶対にありえない。ここを抜ければ誰よりも先に立てるはずだ」

バルトはいつものように髭を撫でつつ太陽の影を目で追い、そして湾の波を見た。

「思うに、ちっとばかし時間切れじゃあねえか？」

バルトのつぶやきが聞こえたのは、同じ船に乗っている漕ぎ手だけ。

しばらくして、バルトの後方で実況中継が吠えた。

「あぁ～ピート船が横転、横転した～！　岩礁群に乗り上げた～！　先導ピートはまだ勝負を諦めていないが、おそらく船底に穴が開いている模様です。岩礁に乗り上げた結果でしょう。これではもはや棄権するしかない～。これは無念の敗退です」

バルト船は誰にももはや邪魔されることなく順調に進み、先導であるバルトが中央の檣に転がる一本の白い大旗を摑んで、堂々と天に向かって優勝を宣言した。

「取ったぁ！」

その瞬間、雲に隠れていた太陽が顔を覗かせ、バルトの船に一筋の太陽光が差し込んだ。それは、バルトに勝利の女神が微笑んだ瞬間だった。感動的なその光景に、その場にいた誰もが心からの拍手と喝采を送った。後に人々は語る。あれは奇跡のように素晴らしい試合だったと興奮と感激に咽《むせ》び、語り合い、勝利の光景を思い出しては、感嘆の溜息をついた。


「優勝～！　左の顔役マティアス様支援のバルト先導の船が、見事に優勝いたしました」

そして、ルースカイア船、セルゲン船、リカルド船が相次いでゴールを決める。

「素晴らしい、誠にもって素晴らしいとしか言えない、手に汗握る攻防でした」

実況中継の言葉に、どの観客も大きな拍手と声援を送った。

「あんないい試合見せてくれたら、もう文句は言えねえよなぁ」

「そうだ、あれ見たか？　シャノワール船がひっくり返されたの。びっくりしたなぁ」

「それもそうだけど、驚くのはあの鎖藻の断ち切りだよ。初めて見たよ」

「いや、それよりももっとすごいのは、あの岩礁群を抜けたことだ。あれ、どうやっ

たんだ？　遠くからだとわからねぇ」

「先導は確かにすごかったし、漕ぎ手の技術も素晴らしかった」

「やったぁ～俺の万馬券～！　ありがとう～嫁が手に入る～」

「今回の船競走は伝説になるかもしれねえな」

「違いねえ。本当に見事だった」

人々の称賛があちこちで聞こえる。まあ、一部でおかしな言葉も聞こえたが、ほとんどが彼らを褒め称え、惜しみなく拍手を送っていた。

バルトと六人は大勢の拍手を受けて、誇らしげに手を上げて答えていた。


中央の物見台でマティアス様が、嬉しそうな顔で誇らしげに競技を締めくくる。

「優勝は緑一番のバルト先導の船です。二位はオレンジ三番のルースカイア船、三位は緑三番のセルゲン船、四位は緑五番のリカルド船。以下はなし。優勝賞金は当初の表示のとおりとし、本日素晴らしい接戦を見せてくれた一位から四位は、次回の出場権の枠と、この町の名物の七色敷物と、バリボリの海鮮焼きを進呈します」

マティアス様の傍らでアンドレアが、手に持った酒ビンをぐいっと呷って吠えた。

「ちくしょう、負けたか。だが、俺は絶対に貴様を認めんぞ」

マティアス様はにこりと微笑み、民の前で高らかに宣言した。

「そして、左の顔役として本日より次の祭りまでの三年間は、私がこのマーミラの町の顔役主査となったことを宣言いたします」

わぁっと会場が揺れた。その時、マティアス様が会場の後方に視線を向けると、数人の立派な制服を着た者が縄で一気にアンドレアを捕縛した。いきなりのことに動揺し、酒に酔っていたアンドレアに抵抗する力はない。

「アンドレア、王都からお前の逮捕状が届いた。お前、王都で貴族の子女に無法を働いたそうだな。マーミラはそのような男を顔役に任ずることはできない。左の顔役としてお前の資格を剝奪する。素直に縛に就け。そうすれば司法にも温情はあるぞ」

王都からの逮捕状と聞き、身に覚えがあったアンドレアはおとなしく膝をつく。

そしてそのまま王都の警邏《けいら》隊の制服を着た男どもに連れて行かれた。制服を着た男たちは、物見台横に立っていたカースに頭を下げ、さっさと馬車に乗っていった。

「アンドレアが捕まった。奴に追従する奴らも追い出しちまおう」

「そうだそうだ。これでマーミラの町は安泰だ」

「これで次の祭りも商売繁盛間違いなしだ」

「マティアス様万歳！　バルト先導万歳！　六人の漕ぎ手は英雄だ！」

町の住民は幸先のいい出来事に心浮き立ち、新しい風を笑顔で迎え入れたのだった。

＊

「平和だなぁ〜」

思わずこぼれた言葉に空をふいっと見上げる。太陽は明るく、吹きつける風が小さな白い雲を順調に送り、人々の頬を撫で上げる。本日は晴天なり。出航日和です。

今日、私たちはこの町を出ます。出航は西の風が吹いている午前中の予定なので、バルトさんが言っていたとおり、多分、あと半刻で出航だろう。

この町にいたのは実質十四日だけど、なんだかもっと長く滞在した気がします。いろいろあったもの、本当に。船競走はもちろん、泥棒退治や祭り見物も楽しかったし、美味しい物珍しい物もたくさんあった。でも、そろそろ平和な船旅が懐かしい。

あの後、マティアス様のご厚意で、たくさんのバリボリが船に運び込まれた。レナードさんの天才的な技がこれでもかと発揮された七色の魚は絶品でした。塩焼きから始まってムニエル、煮込み三種、香草焼き、塩釜焼きに、パイ包み、シチューにから揚げにサラダにスープまで、バリボリだらけの夕食を食べました。美味しかった！舌に残るクリーミーな風味。香ばしい皮と身の絶妙なる焦げ具合。口に入れた途端に全てにおいて味覚が支配する。夢のように美味しいとは、このことでした。

それから、ここには醤油があったのですよ。美味しく懐かしくて、大事に少しずつ食べていたらバルトさんが「ありがとな。あん時は助かった」とニカッと笑い、私の頭をガシガシと撫でてから、自分の皿から一番大きな切り身を一切れ私の皿に載せてくれた。あの時がどの時かはわかりませんが、切り身の追加は正直大変嬉しい。「こちらこそありがとう」と言って、いざ食べようとしたら、カースにこれ以上は豚になりますと皿を奪われました。半泣きになっていたら、ラルクさんがこそっと、調味料と味つけは覚えたから、後日ご馳走してやると約束してくれた。どうやらバルトさんが頼んでくれたらしい。ラルクさんのアレンジを利かせた料理。楽しみですね。

アンドレアの逮捕で、この町で幅を利かせていた奴隷商人やならず者は、あの晩以降どこかに消え、姿を見なくなりました。おかげで町は平和を取り戻したようです。

そうそうセブさんですが、優勝賞金で見事カチュアさんの借金を返済し、カチュアさんは晴れて自由の身に。周りにせっつかれたものの、今回の俺は何もしてないと求婚に踏み切れないセブさんを、焦れたカチュアさんがまさかの押し倒し、そして寄り切り。結果、期せずして逆プロポーズとなりました。幸せそうで何よりです。顔は嬉し涙でぐちゃぐちゃだけど。それを見て、いいなあっとつぶやいたら、カースは赤くなって顔を背けるし、レヴィ船長はにやりと笑って私の額を凸ピンした。

「俺はどちらかというと押し倒すほうがいいが、メイ、お前は？」

プロポーズの方法ですか？　私としてはあまり暴力的な行為は遠慮したい。どちらかと言えば、指輪を掲げて結婚してくださいの方が想像しやすい。

「押すのも押されるのも痛そうで怖いので、平和的求婚が理想ですね」

「なるほど、参考にしよう」

レヴィ船長とカースは誰かが呼んだので離れたが、私はこの世界の求婚作法についてちょっと悩んでしまいました。この世界では、あのように押して迫らないと求婚にならないのかと。それならばと相撲の技を思い出すべく、記憶の箪笥を開ける作業をしたが、一向に思い出せずに終わった。日本の国技なのに、どうしてもっと真剣に見てなかったのかと一人反省会を頭の中で展開していた。

「さぁ、出航だ！　碇を引き上げろ」

「おお！」

湾を出たところで、長いオールが引かれて一斉に帆が開く。

西の風を受けて、白い帆が大きく風を含んで、ぐんっと前に進む。さあ、出航です。

気持ちいい晴天と人々の感謝のエールを背に受けて、船はまっすぐに進んでいった。

＊

離れていく故郷を見ながら、セランは見送りに来た旧友の言葉を思い出していた。

「突然消えて便りすら寄越さない薄情なお前だが、それでも俺は久しぶりにお前に会えて嬉しかったよ。お前の娘にも会えたしな。お前にあまり似てないが、奥さん似か？私には息子しかいないから、可愛い娘を持つお前が羨ましいぞ」

娘と聞いて一瞬首をかしげそうになったが、友人を出迎えた際に一緒にいたメイのことかと思い至って、友人の勘違いな褒め言葉にセランは適当に返事をした。

「……ああ、そうだろ。俺の娘だからな」

「気立ても良さそうだし、あの子ならいい婿を早々に捕まえて、早いうちに孫の顔を見せてくれるんじゃないか？　そうしたら、一度、皆で遊びに来いよ」

「そうだな」

出航後、セランはいつものように医務室に戻り、椅子に座ってペンを回していた。

「……娘か」

しばらくぼうっとしたあと、セランは紙に何かを書き始めた。その顔はいたずらを思いついたような、とても楽しそうな顔だった。

閑話　新しい味と飽くなき挑戦

それは、マーミラからイルベリー国に向かう、平穏な一日の昼下がり。

嵐の一件から、メイとマートルは、同じ下っ端仲間でコック見習いとして切磋琢磨する間柄となっていた。そんな二人は今、竈の前で首をかしげていた。どうやら新しいスープを模索中のようだ。

「どうしてかな。この蕪《かぶ》のスープ、苦しょっぱいよね。それに変な臭いがする気が」

レードルを持ち上げて、味見用の小皿片手に、マートルは首を捻った。

「うわっ、マートル、これ絶対に蕪以外に何か入っている。何を入れたの？」

同じく小皿片手に、顔を顰めて舌を出すのはメイだ。

「いや、レナードさんのスープはいつも肉の脂でコクを出すだろう。ラルクさんは、豆油。なら、俺もオリジナルで作りたいじゃん。で、いろいろ験《ため》し中なの」

そう言ってレードルを小鍋に戻して、ぐるりとかき混ぜる。ちなみに、そのスープの色は深緑色。とぷんと浮いてくる具材は蕪ではない何かだ。

初めて任された仕事だから、マートルが新しいスープの開発に燃えるのはわかる。だが、模索中とはいえ、これは酷い。

「でも、マートル、何を入れたらこんな色と味になるの？　舌が痺れるよ、これ」

メイの問いに、マートルはしきりに首をかしげる。

「おかしいんだよなぁ、滋養にいい魚の目玉と燕を丸ごと。それに、元気になる熊の胆嚢入れたんだよ。コクを出すために砂糖も入れた。予測では、栄養満点滋養にもいい最高に美味しいスープができるはずなのに」

首をかしげるマートルに、メイの背筋がぞぞぞっと震える。

「燕と砂糖はまぁいいとしても、目玉や胆嚢？　それはスープには合わないよ、絶対」

深緑色のスープはどろりとして、異臭を放っている。

「でもさ、この前、メイが言っただろ。薬にもなる美味しいスープがあるって。それは、体を温めたり喉を潤したり体に良い上に美味しいスープなんだろ」

マートルなりに、薬になるスープというのを考えたらしい。

単純に、身近で手に入る薬の材料を、混ぜ込んだ結果がこれらしい。

「いやいや、私が言ったのは植物の根とか、葉を混ぜた物だから。主な材料は、薬草と言われる植物だって、言ったよね」

マートルは、レードルを持ち上げて、ぷかりと浮いてきた白い目玉を掬う。

「食べられる薬草は食糧庫にないだろ。セラン先生に余ってないかって聞いたら、料理に使うほど在庫はないって断られたし、だから仕方なく、その、なぁ」

それは、船の中だから仕方ないことだろう。ただでさえ貴重な薬が余るはずがない。

「で、薬になるものって探してたら、アントンさんが、熊の胆嚢を干した物をくれたんだ。船酔いに効くんだって。それに、バルト甲板長が言うには、魚の目玉は頭が良くなるって昔から言われてるらしいから入れてみた」

どうやら、アントンとバルトの入れ知恵があったらしい。ちなみに胆嚢は、船酔い相手にそれ以上の強烈な臭いを放って鼻を麻痺させる代物だ。

この船で一番臭い革靴の底を発酵させて、更に強力になった感じの汚臭がする。

「いくら健康にいいって言ったって、この味はちょっと厳しいよな。苦いし。不味い。あ～、失敗かぁ、せっかく、俺オリジナルの新しいスープができると思ったのに」

よくこんな臭いがするものを、スープの材料に組み込もうと思ったものだ。

メイは、思いっきり頷く。これを飲んだら、多分、皆、吐くと思う。

「ね、ねぇ、薬のことはひとまず置いといて、普通のスープを作ろうよ」

せめて食べられるスープがいいと思う。だが、マートルは口を尖らせて言う。

「嫌だ。普通のじゃあ、レナードさんたちをあっと驚かせるスープにならないだろ」

いやいや、このスープは、別の意味で驚くと思う。

「ラルクさんに、お見それしました。流石マートルだって、言われる予定なんだから」

その予定は妄想という言葉に変わるのではとメイは言いたかったが、未来を想像して鼻高々に胸を張るマートルの背後に、二つの大きな影がゆらりと立った。

「おうそうか、確かにあっと驚いたぜ、別の意味でな」

その声に、マートルの体がぴきりと固まる。

「俺も、お見それした。全く違う方向だがな」

倉庫に行っていた二人のコックが、いつの間にか背後に立っていた。

ぎぎぎと錆びついた首を動かすマートルに、レナードの拳骨がドゴンと落ちた。

「スープは料理の基本だ。遊んでんじゃねぇ」

ラルクが、レードルを取り上げて、マートルの口に深緑の蕪スープを流し込んだ。

「コックが、食材を無駄にするな」

マートルはその場で白目を剥いて床に倒れた。まぁ、すごい味だが、仮にも薬が材料なのだから死にはしないだろう。現に、レナードたちは、マートルを放置している。

「まぁ、薬になるスープって考えは面白かったがな」

基本、こちらの世界でもスープというのは前菜扱いで、メインには決してならない。

だが、薬膳スープはそれ自体がメイン料理にもなる一品だ。

「美味しいし、飲むと体がポカポカしてきて、冬になると嬉しいの」

玉ねぎスープとか、生姜スープとか、冬のあったかご飯の一つだ。

「メイの故郷は島国だったな。なら、スープに肉はあまり使わないのか？」

レナードの言葉に、メイは、うん？　と首をかしげた。

日本は島国だが、鳥も牛も豚もいる。だが、日本人がスープと言えば味噌汁だ。

味噌汁の出汁は基本海産物がメインで、鰹出汁、昆布出汁、貝出汁、等々。

「そうだね、鰹節と昆布をよく使ってた」

メイの言葉に、今度はレナードとラルクが首をかしげる。

「カツオブシ？　なんだ？　昆布はわかるが、アレは藻の一種だろ」

「海藻は味がない」

やはり鰹節はないようです。あれは手間暇がすごく掛かる代物だからね。

「鰹節は、カツオという青背の魚の身を茹でて燻製にし、乾燥させた究極の調味料。

昆布もそのままでは味はないですが、しっかりと干してから使うと旨みが出るんです」

「ウマミ？　究極の調味料？」

二人とも、目を丸くして聞いていたが、レナードさんが、はっと何かに気が付いた。

「そういえば、俺の師匠が世界で一番美味い調味料はカツオブシを使った料理だと言っていたのを聞いたことがある。ウマミが最高なのだと」

「ああ、師匠のレシピ帳に書いてあった幻の調味料のことですよね」

二人の言葉と幻のレシピ帳という単語にメイの方が驚く。

「そ、その師匠さんは、今どこに、いるのですか？」

もしかして、こんな所に日本人？　同郷の人かもとメイは思わず尋ねていた。

だが、レナードは小さく溜息をついて、首を振った。

「師匠は晩年になって体を壊してな。それでも、そのウマミ？　カツオブシ？　を作ろうと試行錯誤していたそうだが、数年前に亡くなったんだ」

「弟子がその跡を継いでいるが、実現できたとは聞かない。惜しい人を亡くした」

亡くなっている。その言葉で、少し寂しくなった気がした。

「俺の亡くなった師匠の名はゼンジロウ・シン・マラシャオだ。師匠の故郷は遠い島国だと聞いていたが、もしかしたら師匠はメイと同郷だったのかもしれんな」

ゼンジロウ。名前からして日本人？　でも、続く名前が中国や他の国を思わせる。

「そう、なのかな？」

日本人かもしれないレナードさんの師匠。もし生きていたなら、会ってみたかった。

「師匠は生前に何度か故郷のことを話してくれた。故郷には食の王国とも言えるほど美味い物がたくさんあって、それらを使った多くの料理法が日々開発され、師匠でさえ手が届かない頂《いただき》にいる料理人が両手の指では足らない程たくさんいたと」

メイは、うんうんと頷いていた。確かに日本は美味しいモノがたくさんあった。

それに、料理番組も頻繁にあったし、料理の鉄人なんかもたくさんいた気がする。

「師匠は、俺たちでは考え付かないような数多くの美味い料理を生み出した料理人で、料理の神様とも言われていてな。俺はその直弟子の一人だ」

料理の神様、いい響きだ。レナードさんの素敵料理は、ご師匠様直伝だったらしい。

「見ても食べても感動する師匠の料理に魅了されない料理人はいない。師匠は弟子をたくさん育てたが、誰も師匠の域に達した料理人はいやしない。俺もまだまだだ」

今こうして美味しい料理が食べられるのはゼンジロウさんのお蔭なのだと理解したメイは、彼に感謝したい気持ちで一杯だった。

「それからな、実は師匠が残した多くのレシピが手つかずのままなんだ。味も、見たことのない食材も、想像がつかなくてな、誰もが手を拱《こまね》いたままだ」

確かに、鰹出汁や昆布出汁、醤油や味噌がなかったら、料理の初段階で躓《つまず》くだろう。

そうか、日本食は無理なのかとメイは心持ちしょんぼりしていた。

「いつか作ってみたいとは思っていたが、メイが師匠と同郷なら話は早い」

「確かに」

しんみりしているメイとは対照的に、レナードとラルクの目が輝く。

「よし、メイ。お前の知っている故郷の料理を教えろ。俺が全部作ってやる」

「これで、師匠の途切れた夢を繋げる」

二人の言葉に、一気にメイのテンションが上がる。

「はい。私の知っている全てを話します。なので、どうかお味噌汁を作ってください」

レナードの料理は確かに美味しいが、そろそろ故郷の味が恋しいのも事実。

この世界では鰹節や昆布出汁、味噌や醤油は手に入らないのかもしれないと諦めかけていた矢先のこの言葉だ。メイは笑顔で頷いた。

これで、いつか日本食が食べられるかもしれないと、大きな希望が灯った。

レナードたちは生粋の料理人だ。日本食の重要な要点を外さなければ、メイの素人料理よりよほど美味しいモノを作るに違いない。そうなると、あれもこれもと、メイの脳裏に食べたい物がずらりと並ぶ。鍋もいいが、鉄板焼き、すき焼き、茶碗蒸しに、カツオのたたき、土瓶蒸しにちらしずし。身振り手振りも含めて一生懸命に説明するメイの料理に、レナードたちは心を躍らせた。初めて聞いた料理に、新しい調理法。知らない調味料。わくわくが止まらない。目を輝かす二人の顔にはそう描いてあった。

その日から、レナードが主体になって、メイの主観や味見を取り入れ、新メニューの開発は貪欲に進められた。そして、後日、イルベリー国に無事に戻ったレナードが、誰もが目を見張る新メニューをお披露目するのだが、それはあとのお楽しみです。

閑話　ある船員のつぶやき

「おい、コリン。様子はどうだった？」

「本当のところはどうなんだ？　なんか言ってたか？」

「さっき、甲板で転がってたぜ。どこか怪我してるんじゃないのか？」

皆、口々にコリンに尋ねてくる。何をって？　それはメイについてだ。


実は漂流していたメイを一番最初に見つけたのはコリンだった。海で漂流することは死に直結する。だから漂流者は見つけたら保護するのが船乗りの常識だ。

コリンはこの船に乗って三年。その間に多くの船員がいなくなった。

嵐の甲板で波にさらわれたり、海賊に襲われて命を落としたり、体調不良や怪我で船から降りた。船乗りとはそういうものだと思い始めた頃に、海で拾った漂流者。船乗りの間では幸運の象徴とも言われる存在だ。その幸運にあやかりたいというのもあるが、毎日同じ生活の中で違った顔が増えるだけでも、それなりに話題になる。

俺が見つけた時、メイは板切れの上で遭難していた。夜で視界がよくなかったこともあるが、見つけた時は目と鼻の距離で、あっという間にぶつかってた。同じ夜警をしていた船員に告げて、慌てて小舟を下ろした。

漂流者《メイ》はまだ木切れの上に腕半分が乗っていたため、すぐに見つかった。引き上げた時、小さくて柔らかい感触があった。姉の子供を抱き上げた感触と同じだった。こんな子供が漂流しているなんて、と見たことのない親に無性に怒りを覚えた。

すぐにその子供は医務室に連れて行かれ、それから三週間、一度も部屋から出てこない。皆の興味が大きくなっていく頃、現れた本人の姿に、ちょっと拍子抜けした。やっぱり子供。低い身長に細い体。顔立ちは幼く、黒い目が印象的だった。

いつも機嫌よく笑って、表情がくるくる変わる。それに、ちょこまかとよく動く。皆を見上げる目がまっすぐに向けられることも高評価だ。すぐに、皆はペッソって愛称で呼び始めた。基本、俺たち船乗りは表面上の愛想はいいが、信用した相手でないと愛称でなんて呼ばない。下働きを始めてすぐに愛称で呼ばれているメイは、ちょっとした噂だったよ。否定的な人もいたけど、おおよそは好意的。もしくは無関心だった。あの嵐に会うまでは。

あの嵐のあと、レヴィ船長をはじめ、カース副船長にセラン船医にバルト甲板長、俺の直属の上司のアントンまで、メイを見る目が変わった。アントンは面倒見のよい俺の上司だが、人を見る目はかなり厳しい。いい所と悪い所を計って天秤の傾いた方で人物を評価する。その彼がメイを手放しで褒めた。疑う余地がないだろう。

彼のメイに対する評価で皆の信用度がぐっと上がった。それに、一生懸命なメイの仕事ぶりも高評価だ。丁寧に洗われて畳まれた俺のシャツ。ほつれていた襟元と脇がキチンと修繕されてあって、丁寧な仕上がりに感心した。ハロルドのシャツは大きな穴が裾付近にあったのに、洗濯から返ってきたシャツはあて布までして綺麗に繕ってあった。自分の母親ですら、ここまで綺麗に繕わない。男にこんな丁寧な仕事ができるものなのか？　それに加えてメイの容姿から、もしかしてメイは女の子じゃないか？一部の船員はそう思ったらしい。俺もそう思った。

まあ、見た感じ十五歳以下の子供だし、手を出すことはないだろう。色気も皆無に近いしな。俺も下積時代は雑用に明け暮れた。今、メイがしている雑用とほぼ同じきつい仕事。それを小さな女の子が、文句も言わずに毎日こなしている。そりゃあ、応援してやりたいって思うだろ。だから、ときどき重そうな荷物を抱えてたら手伝う。ハロルドやゾルダックも同じように考えたみたいだ。船の皆は大方、メイが女の子だって気がついてる。多分、船長も皆が気がついているってわかっているはず。

だから、メイを船長たちの側からあまり離さない距離に置いている。

メイは隠し事ができない性格らしく、いつの間にか一人称が僕から私になってたけど、俺たちは気にしなかった。だって、女性なら次の港で降ろすだろうし、俺たちとは早々に縁が切れると思っていたから。一部の船員はそれまでの辛抱だって言ってた。

あの奇妙な島で、メイに対する態度が変わった。あの小さなメイが俺たちを助けるために危険な岩場を登って、貴重な薬草を取りに行ったらしい。そのうえ、命の危険をものともせず、あの恐ろしい呪いを解くために敢然と立ち向かったって、目覚めてすぐにセランがみんなに簡単な説明をしてくれた。多分、メイがいなかったら俺たちは間に合わず、眠ったまま死んでいたかもしれない。そう言われて心から感謝した。

メイに最大の感謝を。俺と仲間の命を救ってくれて、ありがとうって言いたかった。メイはすぐ寝ちゃったから、言えなかったけどな。

メイを女じゃないかって追及するより、俺は仲間って認めたい。目を見ればわかるさ。ずっと一緒に船に乗ってきた仲間だ。多分、皆も同じ気持ちだ。

もうじき、俺たちの国に帰り着く。そうしたら、メイはこの船を降りてしまうだろう。ちょっとだけ寂しくなるな。そう思ってる。

あとがき

はじめましての方も、再度こちらの本を読んでくださる方も、こんにちは。

白壁と晴れの街、マスカットが美味しい倉敷に住むひろりんと申します。

最初は単行本で出ていた『箱をあけよう』シリーズですが、この度なんと、文庫を出していただけることになりました。一巻が完売になってしまって、私個人としては大変嬉しいのですが、どうにか手に入りませんかとのお話をちらほらと聞いていただけに、本当に嬉しいです。文芸社の皆様に本当に感謝します。

さて、この文庫を出すに至って、改めて物語を読み、大幅に書き直しをしました。

初めての本は、何が良くて何が悪いのかわからない、本当に手探り状態で出した本だったと、振り返ってみてたくさんの想いを残す結果となった一巻でしたので、今度こそ、その書き切れなかった想いをさらに詰め込んだ作品にと頑張りました。

そして、これが重要なのですが、なんと、この文庫には単行本になかった、挿絵を入れてもらえることになりました。挿絵があれば、もっとたくさんの人に手に取っていただけるのにと、以前に何度か臍《ほぞ》を噛んだことがあるだけに、本当に嬉しいです。

大変お忙しいのに、イラストレーターの夏目様は快く引き受けてくださったとか。

それを聞いた時、やったぁと、小躍りして飛び回ったのは私です。

盆踊り小躍りついでに、単行本にない閑話を一話、おまけで差し込みました。

この話は、私的パソコンに書き散らした話の一つで、ネットにも上げていない、ちょっとした裏話になります。こちらも楽しんで読んでくれると嬉しいです。

美しい挿絵と、目詰まりしそうなほど詰まりに詰まった作品は、読んでくださる読者の方々を、もっと深い箱の世界に連れていける作品に！　なっていれば幸いです。むしろ、単行本との読み比べをしても違いがわかっておもしろいかもと、私個人は少し違った楽しみを見つけたところです。

私にとってこの作品は、大切な我が子であり、どこかの誰かに届けたいメッセージでもあり、私の中の不変をテーマにした大事な物語です。箱をあけたメイの異世界の旅が、いつかどこかで誰かの心に残りますようにと祈りを込めた作品でもあります。

こうして、新たに文庫になり、どうか『箱をあけよう』の世界を好きになってくれる人が現れますようにと今は神頼みするのみです。神様もまたかと苦笑いするかもしれませんが、困ったときのですので、私も芽衣子のように、思いっきり鈴を振りますよ。ええ、本当に。

最後に、私をずっと支え応援してくれた両親、姉妹、友人、同僚、我が親友、里枝様。そしてネットや感想カードで励ましの言葉をくれた読者の皆様。この話を続けられたのは、優しく見守ってくれた貴方たちのお蔭です。ありがとう。大好きです。また、文庫の出版を決めてくださった文芸社の方々、綺麗なイラストを描いてくださった夏目様、注文が多いしいろいろ面倒な私の為に頑張ってくださった担当編集者の桑原様、本当に有難うございます。縁の下の力持ちと言えば、聞こえは良くないかもしれませんが、この本がこうして文庫にまで至ったのは、貴方たちのお蔭です。本当に感謝します。

余談ですが、文庫化の手紙を頂いた時に、浮かれた挙句に転んで小指の骨を折りました。左手とはいえ小指が動かない日々は辛かった。小指だけが動かないのに、全てにおいてバランスが崩れた感じがしました。日頃から添え物のように思っていただけに驚きました。たかが小指、されど小指なのですね。当然身近にある物の大切さを心の底から実感いたしました。安楽な日々を私が常日頃から送るためには、当然あるであろう添え物的に考えている何かもないと駄目なのだと、そういうことを理解しろということなのかもしれません。しみじみと思い知った今日この頃です。日々を大事に、そして、コロナに負けない様に毎日を生きていきましょう。

文芸社の皆様とこの本を読んでくださる方に精一杯の感謝と愛を込めて。

令和元年　十月二十七日 筆　ひろりん

本書は、二〇一五年に弊社より刊行された単行本を大幅に加筆・修正し、文庫化したものです。

本作品はフィクションであり、実在の個人・団体などとは一切関係がありません。

文芸社文庫

箱をあけよう　メイの異世界見聞録

二〇二〇年五月十五日　初版第一刷発行

著　者　ひろりん
発行者　瓜谷綱延
発行所　株式会社　文芸社
〒一六〇－〇〇二二
東京都新宿区新宿一－一〇－一
電話　〇三－五三六九－三〇六〇（代表）
〇三－五三六九－二二九九（販売）

印刷所　株式会社暁印刷
装幀者　三村淳

ISBN978-4-286-21480-1